한국 민화에 대하여

# 한국 민화에 대하여

손진태 著

김헌선 · 강혜정 · 이경애 譯

도서출판 **역락**

# 自序에서

　　나는 부산에서 서쪽으로 1리정도 떨어진 동래군 하단이라는 마을에서 태어났다. 어려서 할머니와 어머니가 돌아가시고 누님들도 없었기 때문에 다른 애들에 비해서 민담을 들을 기회가 많지 않았다. 철이 들 무렵에는 가난해서 짚시처럼 떠돌이 생활을 했기 때문에 민담에 대한 나의 흥미와 지식은 상당히 빈약한 것이었다. 내가 이것에 흥미와 일종의 책임감을 느낀 것은 10년 전 동경으로 건너가 인류학이나 민속학에 관한 책을 읽기 시작한 때부터다. 그래서 나는 여름방학때면 한국에 돌아와서 민풍토속(民風土俗)을 조사하고 민간 설화 수집에도 준비를 게을리 하지 않았다. 그러나 유감스럽게도 그 지방에서 가장 민담을 좋아하고 이야기해 줄 수 있는 사람들이 모두 다「왕년에는 많이 알고 있었지만 오랫동안 얘기할 기회가 없어서 지금은 거의 잊어 버렸다」고 했다. 새로운 문명의 침입에 따라 그들의 생활에는 심리적으로 그리고 물질적으로 급박한 변동이 일어나서 이제는 유치한 옛날이야기에는 만족할 수 없게 되었을 뿐 아니라 그러한 이야기를 말하고 즐기는 시간적 여유도 없어지게 되었던 것이다. 그들의 머리 속은 현실생활에 대한 사고로 가득차 있는 것 같다. 또 젊은 사람들은 이것을 보고 황당무계(荒唐無稽)한 이야기 혹은 미신적인 이야기라고 생각하게 되었으므로 부인들도 이것을 아이나 손주들에게 이야기하려고 해주려고 하지 않는다. 그래서 조선민담은 하루하루 사멸의 길을 걷고 있다. 민풍토속에 있어서도 마찬가지다. 한심스러운 일이지만 어쩔 수가 없다. 우리는 하루라도 빨리 이것을 집대성하지 않으면 안되는 의무와 책임을 충분히 느끼고 있지만 하여간 세상사는 마음대로 될 수 없고 그냥 사라져가는 그 모습을 응시할 뿐이다.

　　한편 채집 방법에 대하여 언급하면, 처음 만난 사람들에게 갑자기 민담을 이야기해 달라고 부탁해도 잘되지 않았고 또 학교 학생한테 이것을 과제로 내도 완전함을 기대할 수는 없었다. 전자의 경우에는 처음 만난 사람한테 유치한 민담이나 미신적 설화를 이야기하는 것은 실례이며 불명예(不名譽)라고 생각하여 대부분의 사람들은 야사로 전해지는 설화를 두세 편 이야기하고 도망가는 것이 보통이었다. 후자 경우에 있어서도 학생이나 그 학부형 또는 가족들이 문식(文飾)이나 표현력이 부족하기 때문에 애매하게 대충 윤색을 한다든가 중요한 부분을 안쓰거나 하는 것이 많았고, 또 될 수 있는대로 그들이 고상하고 재미있다고 생각하는 것만을 보고하려고 해서 민속・신앙에 관한 설화를 그것에 의지하여 얻기는 어려웠다. 그래서 나는 우선 내가 듣고 싶다고 생각하는 일례를 스스로 이야기하고, 이러한 이야기가 없냐고 물어보는 것을 첫 번째로 사용했다. 이렇게 하면 상대는 내가 요구하는 이야기의 정도를 헤아려 마음놓고 어떤 이야기라도 해 주게 된다. 다음으로 이야기가 중단되었을 때는 내가 다른 이야기를 해서 상대방에게 쉬는 시간을 주고 그 동안에 또 다른 기억을 불러일으키는 방법도 취했다. 이것은 상대가 많은 이야기를 알고 있을 경우에는 상당히 유효하다. 진지한 이야기에 실증날 경우는 중간에 웃기는 이야기 등을 하면서 기분을 바꾸는 것도 또 하나의 방법이다. 話者에게 적당한 보답을 잊지 않고 드리는 것은 당연한 것이지만 자기 마음을 열고 행동하는게 가장 중요하다. 이것은 내 경험담이지만 나로서는 상당한 고심과 노력을 다해서 채집 편성한 것이 바로 이 책이다. 그리고 될 수 있는 대로 충실하게 엮은 것이므로, 이것이 다행하게 학문을 좋아하는 여러분에게 도움이 된다면 더할 나위 없겠다. 마지막으로 이런 나의 일에 종종 호의와 원조를 주신 여러분들과 마사쯔구 신지(西村眞次)교수에게 깊은 감사를 드린다.

1930년 5월
손진태

# 목 차

## I. 신화·전설

# II · 민속 · 신앙에 대한 설화

## Ⅲ. 우화·재치설화·소화

# Ⅳ. 기타의 민담

# 범  례

1. 이 책에 수록된 조선설화 대부분은 내가 직접 채집한 것이며, 지방 유지들이 내 일에 호의를 가지고 기고해 주신 약간의 설화도 함께 실었다.

2. 내가 아는 범위에 있어서 문헌상으로 보이는 설화나 다른 사람들에 의해서 간행된 이런 종류의 책속에 소개된 설화는 생략하였다. 그러나 특히 필요하다고 생각되는 23편의 설화와 내가 제공한 자료에 의해서 발표된 약간의 설화는 이런 사실을수록하기로 하였다.

3. 중국설화로써 이야기되고 있는 설화는 물론 채집하지 않았지만 중국이나 인도 근원설화 같으면서도 마치 조선 고유의 민담같이 민간에서 이야기된 설화는 채집하기로 하였다.

4. 원고는 각각 청취하고 나서 바로 써둔 것을 약간 손질했을 뿐이어서, 내 창의적인 뜻은 전혀 덧붙이지 않았다.

5. 이 책의 원문은 조만간 조선에서 발표할 예정이다.

# Ⅰ. 신화·전설

# 1 신화 · 전설

## 1. 인간과 생물의 창생

개벽 당시는 하늘과 땅이 서로 붙어 있었다. 그후에 하늘은 다시 위쪽으로 올라가고 땅은 하늘의 압력에 의해서 평평하게 되었다. 그 뒤 땅위에서는 첫 번째로 인간이 태어났다. 인간이 태어난 뒤, 대부분의 생물이나 그 밖의 다른 만물이 태어났다.

(1923년 8월 3일 경북 칠곡군 왜관 김영섭노인 이야기)

## 2. 세계 멸망시대

언젠가는 세계의 멸망시대가 온다. 그 때는 크고 새빨간 태양이 뜬다. 그리고 하늘과 땅은 다시 서로 붙어버려서 맷돌같이 되어 회전한다. 그렇게 되면 지상의 모든 생물은 멸망해 버린다. 그후 새로운 인간과 생물이 태어난다고 한다. 또 어떤 설에 의하면 하늘과 땅이 맷돌같이 되어 회전할 때 착한 사람만이 맷돌 구멍속에 남아 있어서 다시 인류를 번식시킬 것이라고 한다.

(같은 날 김영섭씨 이야기)

## 3. 생물은 물에서 생겨난다

생물은 모두 물에서 태어난 것이다. 인간도 물에서 태어난 것이 아닐까?

(같은 날 김영섭씨 이야기)

## 4. 천동지정(天動地靜)

하늘은 움직이지만 땅은 움직이지 않는다. 인간 역시 위에 있는 남자는 움직이지만, 아래에 있는 여자는 움직이지 않는다. (——)

(주) 천둥이 우르릉 거리는 것을 한국에서는 天動이라고 한다.

## 5. 태양과 달과 별

옛날 옛적 어느 곳에 세 자매와 한 갓난아기를 둔 어머니가 살고 있었다. 어느 날 어머니가 시장을 보고 돌아가는 길에 깊은 밤이었는데, 산 속에서 호랑이를 만났다. 호랑이는 그녀를 잡아먹으려고 하였다. 어머니는 「나를 잡아먹는 것보다 우리 집에 가서 우리 네 아이들을 잡아먹는 것이 좋지 않겠냐?」고 하니까 호랑이가 아이들의 이름을 물어 보았다. 어머니가 「해순이, 달순이, 별순이」이라고 가르쳐 주고 애기는 아직 이름이 없다고 말했다. 호랑이는 그녀를 잡아먹고는 집으로 가서 문을 두드리면서 「해순아, 달순아, 별순아, 빨리 문을 열어라」하고 소리쳤다. 그 목소리가 어머니 목소리와 별로 닮지 않아서 아이들은 이상하게 생각하여 「정말로 어머니라면 손을 보여주세요」라고 말하자 호랑이는 문틈으로 손을 내밀었다. 아이들은 그 손을 살펴본 뒤 「왜 이렇게 손이 노랗게 됐어요?」 하고 물었다. 호랑이는 「큰집에 가서 도배를 했더니 이렇게 되었지」라고 대답했다. 아이들은 다시 「그러면 다리를 보여 주세요」라고 하자 호랑이는 다리를 내밀었다. 아이들은 그것을 자세히 살펴본 뒤 「왜 이렇게 다리가 검어요」라고 물었다. 호랑이는 「큰집에서 맞았는데 멍이 들어서 이렇게 되었지」라고 대답했다. 아이들은 정말로 그런지도 모른다고 생각해서 문을 열어 주었다. 호랑이가 아이들한테 「애기를 이리 다오」 해서 애기를 건네주니까 부엌으로 애기를 데리고 갔다. 이윽고 부엌에서 우두둑 우두둑 소리가 들렸다. 아이들은 마침 배가 고파서 「어머니, 혼자서 뭘 먹고 있어요? 우리도 좀 주세요.」 하고 했지만, 들은척도 하지 않았다. 그래서 아이들이 창호지 구멍으로 무엇을 먹나 엿보았더니 호랑이 한마리가 아기의 손가락뼈를 씹고 있는 것이었다. 아이들은 도망려고 하였으나 호랑이에게 들키게 되면 큰일이라고 생각해서 꾀를 내어 「어머니 변소에 가고 싶어 죽겠는데 가도 되요?」하고 물었더니 호랑이는 「안된다」 하고 허락하지 않았다. 그래서 아이들은 「그러면 뒷문지방에서 눠도 되요?」하고 물어보자 호랑이는 그것은 허락하였다. 아이들은 대변을 보는 척을 하며 뒷문으로 빠져 나와, 마당 우물 옆에 있는 높은 나무 위에 올라갔다.

호랑이는 아이들을 찾아서 우물까지 왔다. 그리고는 우물 속에 세 아이의 그림자가 비친 것을 보고는 아이들이 나무 위에 있는 것을 알았다. 호랑이는 「일순아, 월순아, 별순아. 너희들은 어떻게 그 나무 위에 올라갈 수 있었니?」 하고 물었다. 아이들은 「큰집에 가서 참기름을 빌려와서 그것을 나무에 바르고 올라왔다」고 대답하였다. 호랑이가 그대로 했지만 미끄러져서 올라갈 수가 없었다. 호랑이는 다시 「일순아, 월순아, 별순아, 너희들은 어떻게 거기에 올라갈 수가 있었니?」하고 다시 물어보았다. 자매 중의 하나가 「큰집에 가서 도끼를 빌려와서 나무 줄기에 계단을 만들어서 올라오면 되지.」라고 말해 버렸다. 호랑이는 계단을 만들어 척척 올라오기 시작하였다. 세 자매는 하는 수 없이 하느님께 기도를 올렸다. 「하느님이여 저희들에게 은밧줄을 내려주세요」라고 하니 진짜로 은밧줄 세 가닥이 하늘에서 내려왔다. 아이들은 각각 그 줄을 하나씩 잡자 줄은 쭉쭉 하늘로 올라갔다. 호랑이는 또다시 나무 위에서 물어보았다. 「일순아, 월순아, 별순아 너희들은 어떻게 올라갈 수 있었니?」 아이들은 「썩은 밧줄을 내려달라고 하느님께 빌어봐」하고 대답하였다. 호랑이는 아이들이 말한 대로 기도하였다. 호랑이에게도 역시 줄이 내려왔지만 썩은 줄이었기 때문에 호랑이는 도중에서 줄이 끊어져 우물 속에 떨어져 죽어버렸다.

세 자매는 하늘에 올라가서 각각 해와 달과 별이 되었다.

(1923년 8월 14일 함남 함흥읍, 장동원군 이야기)

1) 큰집이란 반드시 크기가 큰 것을 의미하는 것이 아니라, 가족 중에 서열이 높은 집을 지칭한다. 예를 들면 남동생 집에서는 형집을, 자식집에서는 아버지집 등을 큰집이라고 한다.

2) 화자는 다만 흙일을 하였다고 했는데 흙일이라는 것은 말하자면 도배나 벽바르기 같은 것이다. 그 흙은 황토였던 것같다.

3) 한국의 변소는 집내부와 연결되어 있지 않다. 집과 떨어져 마당 구석에 있다.

4) 지금 한국에는 특히 신을 뜻하는 고유한 말이 없다. 하늘의 신은 하느님→하늘님 이라고 한다. 하늘은 천(天)이고, 님은 주인 혹은 사랑을 뜻한다. 그러나 이것들이 동시에 신이라는 뜻도 갖고 있다.

## 6. 해와 달이 된 오누이(1)

옛날 하느님에게 두 오누이가 있었다. 오빠는 해가 되고 누이 동생은 달이 되었는데, 누이동생은 「달은 사람들이 다 보고 있으니까 싫어요. 해는 사람들이 직접 볼 수 없으니까 날 해가 되게 해줘요」라고 불평을 했다. 하지만 오빠는 안된다며 「해는 천하를 주유(周遊)한다. 이것은 남자의 기상이다」라고 해서 양보를 하지 않았다. 그래서 오누이는 거기서 서로 다투게 되어 오빠는 굴뚝으로 누이동생의 눈을 찌르고 그것을 으깨 버렸다. 오빠는 이 일때문에 동생을 불쌍하게 여겨 해를 누이동생에게 양보하고 자기는 달이 되었다.

(1923년 8월 29일 함남 함흥군 함흥면 중리 강씨 부인(60세) 이야기)

## 7. 해와 달이 된 오누이(2)

옛날 두 오누이를 둔 어머니가 있었다. 오누이는 사이가 나빠서 항상 싸움만 하고 있었다. 어느 날 오빠는 동생의 눈을 針으로 찔러 죽여버렸다. 그 일로 인하여 어머니는 오빠를 감금하여 굶겨 죽였다. 그 후 동생은 해가 되고 오빠는 달이 되었는데, 동생은 침으로 눈이 찔렸기 때문에 지금도 센 빛을 발하고 사람들이 그녀를 볼 때는 그 사람의 눈을 눈부시게 한다.

(1923년 8월 15일 함흥읍 중하리 조영숙여사 이야기)

## 8. 일식과 월식

천상에도 이 세계와 같이 많은 나라가 있다. 그 중에 하나는 「암흑국(까막나라 또는 어둠나라)」이다. 그 암흑국에는 무서운 맹견을 많이 사육하고 있었고, 그 개들은 「火犬(불개)」이라고 불렸다. 암흑국의 임금님은 무엇보다 자기 나라가 어두운 것이 싫었고 걱정거리였다. 그 나라에는 해도 없고 달도 없어서 항상 어둠속에서만 살아야 했기 때문이었다. 그래서 암흑국의 임금님은 때때로 그 맹견을 보내서 세상의 해이나 달을 훔쳐오도록 시켰다.

옛날 암흑국의 임금님은 그 나라에서 제일 용맹하고 힘이 센 불개에게 「태양을 훔쳐 오너라」하고 명령하였다. 그 개는 불도깨비도 물 수 있으므로 「불개」라고 불리던 개였다. 불개는 해를 훔치려고 그것을 물어 보았지만 너무나 뜨거워서 입 속이 탈 뻔 했으므로 할 수 없이 중지했다. 불개는 안타까워서 몇 번이나 물었다 놓았다 했지만 결국 훔치지 못하고 돌아갔다.

암흑국 임금님은 불개를 야단치긴 했지만, 어쩔 수 없어서 이번에는 빛은 좀 약하지만 그래도 어두운 것보다 낫다고 생각해서 달을 훔치기로 하였다. 그것은 해만큼 뜨겁지 않으므로 쉽게 훔칠 수 있으리라 생각했다. 그래서 맹견 한 마리를 또 보냈다. 그러나 달은 너무나 차가와서 불개는 몇 번이나 물었다 놓았다 하다가 또 다시 실패하고 돌아갔다. 암흑국 왕은 몇 번 실패해도 이것을 단념할 수 없었다. 때때로 욕심이 생겨서 몇 번이고 맹견에게 세상의 해나 달을 훔치게 하였지만 늘 실패로 끝나버렸다. 불개가 해나 달을 물었을 때는 그 물린 부분이 빛을 잃어서 어두워지므로 일식이나 월식이 되는 것이다. 불개가 해나 달을 무는 모습은 사람 눈으로도 볼 수 있다. 해는 눈부셔서 이것을 직접 볼 수 없으므로 일식의 모습을 보려면 큰 대야같은 그릇에 물을 담아 먹물을 풀어넣고, 그 속에 비치는 해를 보면 희미하게나마 그 형태를 볼 수 있다. 월식이 일어날 때도 마찬가지로 먹물을 타서 보면 불개가 물었다 놓았다 하는 모습을 볼 수 있다고 한다.

( 1923년 8월 12일 함남 함흥군 함흥면 하동리 김호영씨 이야기)


※이 이야기는 한국 어디에나 있다.


## 9. 북두칠성의 유래

옛날 어느 곳에 한 과부가 살고 있었다. 그녀는 일곱 명의 아들을 두고 있었는데, 아들들은 아주 효자였다. 겨울이 되면 노모가 따뜻하게 잘 수 있도록 산에서 많은 땔감과 장작을 가져와서 온돌에 불을 지펴드렸다. 그러나 어머니는 늘 춥다고 하고 어딘가 쓸쓸한 표정을 하고 있었다. 방바닥이 탈 정도로 불을 지펴도 춥다고 하였다. 오뉴월 삼복 더위에도 춥다고 하니 아들들은 도저히 이해할 수가 없었다.

어느 날 밤 큰 아들이 잠을 자다가 깨어 보니 어머니 모습이 안보였다. 큰아들은 뭔가 짚히는 것이 있어서, 그 밤을 한숨도 자지 않고 어머니가 돌아오기를 기다렸다. 그는 졸면서 기다리고 있었는데 새벽녘이 되니까 어머니는 아들들 몰래 살그머니 돌아왔다.

다음 날 밤 큰 아들이 남 몰래 어머니 뒤를 밟더니 어머니는 동구밖에 흐르는 시냇가에 이르러서는 옷자락을 올리고 「아! 차가워」라는 말을 되풀이 하면서 - 그 때는 겨울이었다. - 그 시내를 건너, 강 건너편에 있는 가난한 초가집으로 갔다. 어머니는 초가집 앞에 멈추어 서서 「아버지 계십니까」라고 물었다. 초가속에서 한 노인이 나오면서 「어머니입니까」라고 하며 맞이하였다. 노인네는 짚신을 삼아서 가난하게 살고 있는 홀아비였다. 두 사람은 방 안에 들어가서 서로 등을 긁고 있었다.

큰아들은 어머니의 마음을 알았다. 그리고 바로 집으로 돌아가서 자고 있는 동생들을 깨워 모든 것을 다 이야기하고는 나서 일곱 형제들이 협력해서 그 강에 징검다리를 놓아두었다. 그리고 그들은 아무것도 모르는 척하고 잠을 잤다. (겨울의 차가운 강을 옷자락을 올리고 건너가는 어머니의 고통을 덜어드리기 위해서 징검다리를 놓았던 것이다)

집에 돌아가려고 시내에 왔을 때 어머니는 놀랐다. 여태까지 없었던 징검다리가 놓여 있었기 때문이었다. 어머니는 자기의 아들들이 이런 일을 했다고는 꿈에도 생각지 못했다. 그리고 그런 좋은 일을 해 준 사람에게 어떻게 감사해야 좋을지도 몰랐다. 그래서 어머니는 하늘을 향하여 「하느님. 여기 징검다리를 놓아주신 사람은 북두칠성이나 남두칠성 되게 해주십시오.」하고 기도했다.

그 후 일곱 효자형제는 죽어서 어머니의 기도대로 북두칠성이 되었다고 한다.

　　　(1923년 8월 28일 함남 함흥군 함흥면 함흥리 이쁜이조모이야기, 69세)


1) 혹은 막내라고도 한다. 이하 같다.
2) 혹은 서당(옛날 학교)의 홀아비 선생이라고도 한다.
3) 등을 서로 긁는다는 것은 노부부에 대하여 즐겨 사용되는 말로 노후에는 교접할 수 없으므로 등을 서로 긁으면서 즐기는 것이라고 한다. 그러므로 이 말은 노인의 경우에 있어서는 때때로 교접의 은어로 쓰기도 한다.
4) 한국 시내에는 통나무 다리 대신 대개 징검다리가 놓여 있고 그것은 석교(돌다리)라고 일컬어진다.

※이 설화는 전국적으로 분포되어 있다. 기록상에 유사한 이야기가 보이는 것은 「동국여지승람」이다.

## 10. 삼태성의 유래 (1)

옛날 어느 곳에 한 부자가 살고 있었다. 어느 해 아버지와 형제들은 다 관직을 구하러 경성으로 가고, 딸이 혼자 집을 지키고 있었다. 그런데 어느 날 한 스님이 시주를 얻으러 왔기에 딸은 여종을 시켜서 쌀을 드리게 했다. 스님이 말하기를 「제발 이 바리(대)에 가득 차게 넣어 주십시요」 하고 부탁했다. 딸은 하녀를 보고 「그렇게 해 드려라」하고 말했다. 하녀가 쌀을 퍼주고 나와 넣어 주어도 그 바리는 가득 차지 않았다. 창고에 있는 쌀을 다 퍼주고, 조나 피까지 꺼내 넣어도 들어차지 않았다. 하녀는 이상하게 여기고 「도대체 어떻게 하면 그 바리가 가득 찹니까?」하고 물었더니, 「이 댁 따님이 나오셔서 넣으시면 금방 가득 찰 것입니다.」하고 대답하였다. 딸도 이상하게 여기고 스스로 스님 앞에 나가서 담아 보았다. 그러나 역시 가득 차지 않았다. 「은 젓가락으로 한알씩 9번 넣으면 가득 찰 것입니다」라고 스님이 말을 해서, 딸이 그대로 해보았지만 역시 가득 차지 않았다. 그러자 이 안에는 「아가씨가 구덩이 속에 들어가서 속옷을 벗고 넣으면 가득 찰 것입니다.」라고 해서 말하는 대로 해보았지만 역시 바리는 가득 차지 않았다. 그런 사이에 날이 저물었다. 그러자 스님이 「제발 하룻밤만 재위 주세요」라고 간청했다. 그러나 딸은 사랑방이 없어서 안되겠다고 거절했지만 「마굿간이라도 좋습니다」하며 가려고 하지 않았다. 그래서 마굿간에 자고 가라고 허락해 주었다.

한밤중이 되자 스님이 「여기는 추워서 잘 수 없으니 부엌방의 구석에서 잘 수 있게 해 주십시요」하고 애원하였다. 불쌍한 생각이 들어서 그것을 허락하였다. 조금 지나자 스님이 다시 「부엌방도 추워지니 따님 방 뒷방에서 잘 수 있게 해주십시요」하고 부탁하였다. 딸은 또 그것을 허락해 주었다. 다시 조금 지나서 「여기도 따님방 병풍 뒤에서라도 자게 해 주세요」라고 사정을 했다. 딸은 그것을 허락을 하였다. 그래서 드디어 함께 잠을 자게 되었다.

다음날 아침 잠을 깨어보니 같이 잔 스님이 보이지 않았다. 그 후 아버지는 경성에서 돌아왔다. 많은 하인과 하녀 및 친척들이 마중하였다. 그러나 딸만은 나가지 못했다. 그녀는 이미 임신을 하고 있었기 때문이다. 그것을 아버지가 그 소식을 듣고 몹시 화를 내면서 딸을 죽이려고 하였다. 딸을 마당 한 노비, 종에게 그녀의 목을 도끼로 치라고 하였다. 종이 도끼를 들어올리자 도끼가 뚝 부러져 뒤로 떨어졌다. 이번에는 칼로 베려고 하였다. 칼을 들어올리자 칼이 중간에서 부러져버렸다. 아버지는 할 수 없이 딸을 위해 토굴을 만들고 그 속에 딸을 감금하고는 결코 음식을 주지 않았다. 그리고 그 열쇠는 항상 아버지가 갖고 있었다. 딸을 굶겨 죽이려고 한 것이다.

그 날부터 밤이면 예전의 그 스님이 매일 토굴 속에 나타났다. 어디에서 와서 어떻게 들어왔는지 몰랐다. 스님은 올 때마다 많은 음식을 가지고 왔다. 이렇게 해서 그녀는 토굴 속에서 아기를 낳았다. 삼태자를 낳은 것이다.

몇년 뒤 「이제는 뼈만 남았을 것이다.」라고 생각한 아버지가 토굴의 문을 열었다. 그랬더니 뜻 밖에도 토굴 속에는 세 아기가 딸 곁에서 책을 읽고 있는 것이었다. 아버지는 놀라서 그 비결을 물었다. 딸은 그 간의 다 이야기 했다. 딸 이야기를 듣고 아버지는 그 스님을 불렀다. 그리고 「이 세 아기가 정말로 네 아기냐」고 물었다. 「그렇다면 그 증거를 보여 주겠습니다」 하면서 스님은 장삼소매를 올리고 이야기를 계속하였다. 「만약 이 사내아이들이 내

옷소매 자락 속을 조금도 건드리지 않고 지나가면 이 아이들이 내 아들이라고 인정해 주십시오」라고 하였다. 아이들은 모두 옷소매 속을 무사히 지나갔다. 그리고 나서 다시 스님은 「아이들에게 나막신을 신게 하고 백사장을 걷게 해서 모래 위에 자국이 안 남으면 이 아이들이 내 아들이라고 인정해 주십시오」라고 했다. 아이들에게 그렇게 하도록 시켰더니 과연 백사장에는 나막신 자국이 남지 않았다. 그래서 스님은 딸과 결혼 허락을 받았다. 그 스님은 신승(神僧)이었다.

그 후 삼태자는 죽어서 천상에 올라가 삼태자성이 되었다. 그들은 한 뱃속에서 세로로 태어나 그들의 지상의 묘는 옆으로 세 개 나란히 세워지게 되었다. 그래서 지금도 삼태성이 하늘에 뜰 때는 세로로 나오고, 질 때는 옆으로 나란히 지는 것이다.

(1923년 8월 17일 함흥군 서호진 내호 도상독군 어머니 이야기)


## 11. 삼태성의 유래(2)

옛날 어느 곳에 세 아기를 둔 어머니가 살고 있었다. 어느 날 아이들은 함께 산에 놀러 갔다가 산 속에 있는 외딴집에 들어가게 되었다. 그 집에는 한 노파가 살고 있었다. 세 형제는 그 집에서 그날 밤을 묵기로 하였다. 한밤중에 잠을 깨서 보니 두 번째 동생이 보이지 않았다. 두 형제는 크게 떠들었다. 그러자 노파가 나와서 「걱정하지 말아라. 지금 그 아이는 소변을 보러 갔다.」고 말하였다. 하지만 아이들은 안심할 수 없었다. 아무리 기다려도 돌아오지 않으므로, 형제는 불안해서 그날 밤은 잠을 잘 수 없었다.

다음 날 아침 노파가 장작을 주우러 나가자, 두 아이는 노파의 집을 구석구석까지 찾아보았다. 노파 집 변소 옆에 큰 동굴이 있고 그 속에 동생 시체가 놓여있었다. 형제는 몹시 놀라서 그곳을 급히 도망쳤다. 그런데 운이 나쁘게 마침 장작을 주워서 돌아오는 노파에게 발각되고 말았다. 이 두 형제도 또한 그 동굴 속에 던져졌다. 둘은 여러가지 고생을 한 끝에 드디어 동굴에서 나갈 수 있었지만 다시 노파에게 발각되어 죽임을 당하였다. 세 형제 어머니는 아들을 찾아 여기저기로 다녔지만 찾을 수 없었다. 그 때부터 천상에는 전에 없었던 별 셋이 나란히 나타났다. 그 삼태성을 세상 사람들은 노파에게 죽임을 당한 삼형제가 하늘로 올라가서 생겨난 것이라 한다.

(1923년 8월 13일 함흥 김호영씨 이야기)

## 12. 천둥과 번개

옛날 조선에는 천둥과 번개가 매우 많이 내리쳤다. 그로 인해 사람과 가축의 사상(死傷)은 물론 농작물에도 피해가 많았다. 고려시대의 강감찬장군은 그 번개를 퇴치하려고, 어느 날 굽이 높은 나막신을 신고 길가의 변소에서 (또는 우물속에서) 일을 보고 있는데 갑자기 번개가 맹렬한 여세로 치는가 하더니 붉은 불꽃이 되어 그의 앞을 스쳐갔다. 그는 재빨리 그 번개를 두 손으로 잡고 중간쯤을 꺾어버렸다. 이에 놀란 천둥은 그 뒤부터 매우 적어졌고 번개도 결코 땅으로는 내려치지 않게 되었다고 한다.

(1924년 7월 부산시 사천동 김승태군 이야기)

## 13. 산·강·바다·들판의 유래

　지구상에 아직 산·강·바다·평원 등이 형성되지 않았던 때의 일이다. 하느님의 사랑스런 딸이 소중히 여기던 반지를 떨어뜨리고 말았다. 그 반지가 땅으로 떨어졌기에 아무리 하늘에서 찾아보아도 있을 리가 없었다. 하느님은 그 사실을 알고 한 장수에게 명령하여 「땅에 내려가서 반지를 찾아오너라」하고 명령했다. 하늘의 장수는 땅에 내려와 보았지만, 땅은 그때까지 아직 진흙 투성여서 어느 곳에 반지가 묻혀 있는지 알 수가 없었다. 그래서 하늘의 장수는 그 커다란 손으로 여러 방법을 사용하여 반지를 찾았다. 진흙을 파서 쌓아둔 것은 산이 되었고, 손바닥으로 문지른 곳은 들판이 되었으며, 깊게 판 곳은 바다가 되었고, 손가락으로 휘저은 곳은 강이 되었다고 한다.

(1924년 7월 경남 사천군 조재호군 이야기)

## 14. 조선 산천의 유래

　옛날 한 사람의 거인이 살고 있었다. 그가 어느 정도 컸는지는 알 수 없지만, 하여튼 귀의 길이가 30척이나 되었다고 한다. 그 거인의 평생소원은 한번이라도 좋으니 옷을 입어보고 싶다는 것이었다. 거인은 항상 칡넝쿨이나 나뭇잎으로 겨우 사타구니만 가리고 있었다. 당시의 왕 - 물론 단군 이전의 왕이다 - 에게 애원했더니 왕도 거인을 동정하여 일년동안 삼남(충청·경상·전라)의 베 전부를 그에게 주었다. 거인은 그 베로 난생 처음 옷을 만들어 입을 수가 있었다. 하지만 그 많은 옷감으로도 거인의 옷을 만들기는 부족하였다. 그래도 거인은 만족하였다. 그러자 거인은 기쁜 마음에 聞慶(경북)의 조령 꼭대기에 올라가 마음껏 춤을 추었다. 그러자 거인의 옷자락이 해를 가려 삼남의 땅은 모두 구름낀 날씨처럼 되어 곡물이 조금도 자라지 못하게 되자 농부들은 왕에게 하소연하였다. 왕은 할 수 없이 거인을 국경 밖으로 추방하였다. 거인은 지금의 만주땅으로 추방되었다. 그곳에서 거인은 음식을 찾았지만 있을 리가 없었다. 거인은 배고픔 때문에 할 수 없이 광야의 땅을 무턱대고 먹어 치웠다. 그러자 이번에는 목이 말랐다. 어쩔 수 없이 바닷물을 배터지게 마셨다. 그랬더니 결국 설사를 하기 시작했다. 바로 지금의 백두산이 있는 부근에서 배설을 했던 것이다. 그 배설물은 거인이 먹은 흙이었는데, 배설한 바로 밑에 흙이 제일 높게 쌓였고, 거기에서 흘러내린 흙은 어떤 것은 높게 어떤 것은 낮게 쌓이게 되었다. 그것들이 지금의 조선의 산들이 된 것이다. 그리하여 백두산은 모든 산 가운데서 가장 높게 우뚝 솟아 있는 것이다. 또 대변말고도 소변도 함께 나왔는데, 한 줄기의 소변이 흘러서 압록강이 되었고 다른 한 줄기의 소변은 흘러서 두만강이 되었다. 또한 그 강들의 지류도 생겼다. 강의 근원을 산으로 보고 있는 것은 바로 이 때문이다.

(1923년 8월 경북 달성군 월배면 상인동 이희병씨 이야기)

## 15. 지진의 이유

아주 옛날에 하늘 한쪽이 기울어 있었을 적이 있었다. 하느님은 커다란 구리로 만든 기둥으로 그 기울어진 데를 지탱하려고 했다. 그런데 땅은 공중에 걸려 있었기에 그 기둥의 무게 때문에 점점 내려가서 기둥뿌리를 지상에 박을 수가 없었다. 그래서 하느님은 천하에서 가장 크고 가장 힘이 센 장군에게 명령하여 땅밑에서 어깨로 땅을 지탱하도록 한 후 기둥을 세웠다.

그 장군은 지금도 어깨로 땅을 지탱하고 있는데, 지탱하고 있는 어깨가 아플 때는 때때로 그 어깨를 바꾸는 일이 있다. 그 때마다 땅이 흔들려 지진이 생기게 된 것이다.

옛날에는 지진이 매우 많이 발생하였지만 지금은 드물다. 그 이유는 예를 들면 짐을 짊어진다 하여도 처음에는 익숙치 않아서 자주 어깨를 바꿔야만 하지만, 익숙해지면 그 어깨를 바꾸는 일도 적어지는데 그와 같이 장군도 지금은 상당히 지탱하는 것에 익숙해져 있다고 생각된다.

(1923년 10월 같은 장소, 이희병씨 이야기)

## 16. 밀물·썰물·해일의 이유

바닷속에는 대단히 큰 메기가 있다. 그것은 바닷속의 커다란 동굴 속에서 살고 있어 그 메기가 동굴에서 나오면 바닷물이 동굴로 들어가서 썰물이 되고, 반대로 동굴로 들어가면 동굴의 물이 나와 밀물이 된다. 그리고 때때로 난폭하게 굴면 바닷물이 거칠어져 풍랑이 된다.

(1924년 10월 20일 경북 달성군 월배면 상인동 정상화군 이야기)

※ 메기는 한국말로 "미여기" 또는 "미거지"라고 불리고, 미꾸라지의 모습을 한 것이라고도 한다.

## 17. 대홍수와 인류 (1)

옛날 어느 마을에 커다란 계수나무가 한 그루 심어져 있었다. 그 나무 밑에는 항상 선녀가 내려와서 쉬고 있었다. 선녀는 계수 나무와 정을 통하여 옥동자 한 명을 낳았다. 그 아이가 7~8세가 되었을 무렵 선녀는 아이를 나무 밑에 홀로 남겨두고 하늘로 올라가 버렸다.

어느 날 갑자기 폭풍우가 불기 시작하였다. 비는 몇 개월이나 계속해서 내려 땅은 전부 거친 바다가 되어버려서 홍수는 결국 계수나무에까지 이르게 되었다. 그 때 계수나무는 아이에게 「너는 내 아들이다. 지금의 폭풍우는 너무 강해서 내가 곧 쓰러지게 될 것 같구나. 만약 내가 쓰러지면 너는 등에 오르거라. 그러면 살 수 있을 테니까」라고 말하였다. 이윽고 폭풍과 함께 거친 파도가 덮쳐와 큰 나무를 쓰러뜨렸다. 아이는 아버지가 가르쳐 준 대로 큰나무에 올랐다. 쓰러진 큰나무는 며칠 동안이나 파도에 떠내려 흘러내려 갔다.

어느 날 수많은 개미떼가 떠내려오더니 큰 소리로 「살려주세요! 살려주세요!」하고 외쳤다. 목도령(나무의 아이라는 뜻)은 그 것이 불쌍해서 아버지인 큰 나무에게 「아버지. 저 개미들을 살려 줘도 될까요?」하고 물었다. 아버지가 「그래」하고 대답하자 목도령은 「나무로 올라와라」라고 외쳤다. 개미들은 기뻐하며 나뭇가지와 잎 위로 기어올라왔다. 또 한참 떠내려가자, 이번에는 수많은 모기들이 날아와서 「살려주세요! 살려주세요!」라고 소리쳤다. 목도령은 또 아버지에게 물었다. 「아버지 저 모기들을 살려줘도 될까요?」 아버지가 또 「그래」라고 말해서, 목도령은 「나무로 올라와라」라고 외쳤다. 모기들도 기뻐하며 나뭇가지와 잎 위에 앉았다. 또 조금 떠내려가자, 이번에는 한 아이가 - 마침 목도령과 똑같은 나이의 사내아이가 - 떠내려오면서 「사람살려! 사람살려!」하고 외쳤다. 목도령은 이번에도 아버지에게 「저 불쌍한 아이를 살려 줄까요?」라고 물었다. 그런데 아버지인 계수나무는 뜻밖에도 「안된다」라고 대답하였다. 나무는 그대로 떠내려갔다. 뒤에서 떠내려오는 아이는 「사람살려!」하고 또 소리쳤다. 목도령은 「아버지. 저아이를 살려줄까요」라고 다시 애원하였다. 그렇지만 아버지는 역시 「안된다」라고 대답하였다. 나무는 그대로 흘러갔고 아이도 뒤에서 떠내려왔다. 그리고 또 「사람살려!」라고 소리쳤다. 목도령은 불쌍해서 견딜 수가 없어 또 한번 아버지에게 「아버지, 저 아이를 살려 줘요」라고 애원하였다. 세 번째의 아버지의 대답은 「그렇다면, 네 마음대로 하거라」라고 하였다. 목도령은 매우 기뻐하며 「나무위로 올라와라」하며 떠내려오는 아이를 향해 말하였다. 그러자 그 아이는 몇 번이고 절을 하면서 나무위로 기어올라왔다.

두 아이와 개미 그리고 모기를 태운 계수나무는 흘러흘러 한 섬에 당도하였다. 그곳은 백두산처럼 높은 산의 가장 높은 봉우리였던 데 였다. 개미와 모기는 목도령에게 덕분에 목숨을 건졌습니다. 그럼 안녕히 계십시요」하고 말하고는 어디론가 가버렸다. 두 아이는 배가 고파 견딜 수가 없어서 인가(人家)를 찾아 걸었다. 그러다가 도중에 어둠 속에서 산 위를 보자 그곳에 희미한 등불을 밝힌 작은 오두막 한 채가 있는 것이었다. 두 아이가 그 집을 아가니 집안에서 한 할머니가 나와서 그들을 맞이하였다. 그리고 두 아이는 그 할머니집의 머슴이 되어 열심히 일하였다. 할머니에게는 두 딸이 있었는데 하나는 친딸이고 다른 하나는 의붓딸(혹은 노비)이었다.

비가 그치고 홍수도 사라졌지만 세상에 사람이라는 사람은 한 사람도 남아있지 않았다. 대홍수 때문에 모두 죽었기 때문이다. 남은 사람이라고는 두 남자아이와 두 딸 그리고 할머니 뿐이었다. 그들은 논을 경작하며 생활하고 있었다. 두 아이와 두 딸이 성장하여 결혼할 시기가 되자 할머니는 그들을 두 쌍의 부부로 만들려

고 하였다. 그래서 현명한 사람에게는 자신의 친딸을 주고, 그렇
지 못한 사람에게는 의붓딸을 주려고 하였다. 그것을 안 목도령을
구해준 청년은 할머니에게 「목도령에게는 이상한 재능이 있습니
다. 한 가마니의 조를 모래밭에 뿌려놓으면 반나절도 안되어 그
조를 원래의 가마니대로 만들 수가 있습니다. 게다가 모래는 한
알도 섞이지 않은 채 원래의 가마니 속으로 주워 넣을 것입니다.
그렇지만 그는 쉽사리 그 기술을 사용하지 않습니다. 그것을 한번
시켜보세요.」라고 거짓말을 하였다. 할머니는 그 일을 목도령에게
하도록 시켰다. 한 번도 해보지 않았던 일이라서 거듭 사양하더니
할머니는 크게 화를 내며 「너는 나를 모욕하고 있다. 내가 말하는
것을 듣지 않으면 나의 친딸을 너에게 줄 수 없다.」라고 하는 것
이었다. 목도령은 할 수 없이 할머니가 뿌려둔 모래밭 위의 조를
바라보고 뿐이었다. 하나씩 하나씩 주워보기 시작했지만 반나절은
커녕 반년이 지나도 원래의 가마니 속으로 가득 담을 수가 없을
것 같아서 목도령은 그저 머리를 숙이고 골똘히 생각하고 있었다.
그러자 그 때 목도령의 복숭아뼈를 쿡하고 찌르는 것이 있었다.
내려다 보니 그것은 커다란 개미 한 마리였다. 「무슨 걱정거리라
도 있습니까? 저는 일전에 당신에게 도움받은 개미입니다. 저희들
이 가능한 일이라면 무엇이든 할테니까 제발 말씀해 주십시오」라
고 개미는 말하였다. 목도령은 걱정하고 있는 내용을 개미에게 이
야기했다. 「그런 일이라면 문제없습니다」하며 인사하고는 개미는
어디론가 가버렸다. 이윽고 셀 수 없을 정도로 수많은 개미들이
왔는데 개미 한 마리가 한알씩의 조를 물고 와서 부대 속에 채우
자, 순식간에 원래 상태의 곡식을 담은 부대가 되었다. 「안녕히
계세요」라고 말하고 개미들은 또 어디론가 사라져 버렸다. 조금
지나서 찾아온 할머니는 기뻐하였지만 다른 청년은 놀라고 있었
다. 그 청년은 목도령을 곤란하게 만들어 할머니와의 사이를 나쁘
게 하여 할머니의 친딸을 자신과 결혼하게 할 속셈이었는데, 이런

결과가 되었던 것이다. 그는 그래도 역시 친딸이 탐이 나서 목도령에게 친딸을 주려는 할머니의 말을 듣지 않았다. 그래서 할머니는 말했다. 「너희들은 모두 내게는 귀엽다. 그렇기에 누구에게 친딸을 주고, 누구에게 의붓딸을 줄 수는 없다.  여기 좋은 방법이 있다. 오늘은 때마침 그믐날이다. 오늘 밤 내가 두 딸을 동쪽 방과 서쪽 방에 각각 집어넣을 것이다. 어느 방에 어떤 딸을 넣을지는 내 마음대로다. 그동안 너희들은 밖으로 나가거라. 그리고 내가 됐다고 할 때 와서 각자 들어가고 싶은 방에 들어가면 된다. 그래서 원하는 사람을 만나면 다행이다. 불평은 없겠지」두 청년은 저녁 식사 후 각각 밖으로 나갔다. 때는 마침 여름이었다. 목도령은 「자아 어느 방으로 들어가면 좋을까?」하고 생각하고 있는데, 커다란 모기 한 마리가 목도령의 귓가로 날아들면서 「목도령 동쪽 방이예요. 윙윙윙」라고 말했다. 그것을 듣고 목도령은 동쪽 방으로 들어가서 아름다운 친딸을 얻을 수가 있었다.

그들 두 쌍의 부부에 의해, 사람의 씨(종자)는 겨우 이어지게 되었다. 그들이 오늘날 인류의 조상이라고 하는 이야기이다.

(1923년 11월 8일 부산시 사천동 김승태군 이야기)


※ 내가 살고 있는 곳에도 이와 비슷한 이야기가 있는데, 이야기 속에 구렁이나 제비 등이 나온다. 자세한 내용은 잊어버렸지만 -

(마산시 명주영군 이야기)



## 18. 대홍수와 인류 (2)

옛날 대홍수가 일어났던 적이 있었다. 오랫동안 많은 비와 풍랑 때문에 이 세상은 온통 바다로 되어버려서 생물은 물론이고,

사람이라고 하는 사람은 모두 죽어버렸다. 그 중에 단지 오누이가 살아남아 높은 산 위에 표류했다. 커다란 나무에 올라가 있었던 것이다.

홍수가 끝나고 세상은 원래대로 되었지만, 사람이 한 사람도 남아있지 않아서 그 두 사람(오누이)이 결혼을 하지 않으면 사람의 씨는 끊어지게 되었다. 그러나 오누이 사이에 결혼을 할 수도 없었기에 두 사람은 결국 늙어버려서 머리털이 빠지기 시작하였다. 그 때 한 마리의 호랑이가 어디선가 남자 하나를 데리고 와서 누이는 그 남자와 결혼하여 자식을 낳아 마침내 오늘날 인류의 조상이 되었다고 한다.j

(같은 장소 김승태군 이야기)

## 19. 대홍수와 인류 (3)

옛날 대홍수가 일어나 세상은 온통 바다로 변하여 사람이 모두 전멸되어 버린 적이 있었다. 그 때 오직 두 오누이가 살아남아 백두산처럼 높은 산의 가장 높은 봉우리에 표류하게 되었다. 드디어 물이 빠져서 오누이는 세상으로 내려와 보았지만, 사람의 모습은 찾아볼 수가 없었다. 만약 이대로 있으면 사람의 씨는 끊어질 수밖에 없게 되었지만, 그렇다고 해서 오누이가 결혼할 수도 없었기에 오누이는 오랜 세월동안 여기 저기로 사람을 찾아 떠돌아다녔다. 그러다 보니 점점 나이를 먹어 하는 수없이 그들은 각자 맷돌의 한쪽 부분을 갖고 마주 보고서 있는 두개의 봉우리 꼭대기에 각각 올라가서 누이동생은 암맷돌(맷돌의 상반부로 중앙에 구멍이 있다)을 굴렸고, 오빠는 숫맷돌(맷돌의 하반부로 중앙에 돌기가 있다)을 굴렸다. 그리고 그들은 하느님에게 기도하였다. 맷돌 양쪽 부분은 이상하게도 계곡 밑에서 마치 사람이 일부러 맞춘 듯이 정확히 맞춰졌다. 오누이는 그것이 하느님의 뜻임을 깨닫고 둘이서 결혼하여 사람의 씨(종자)를 다시 지속시켰다. 그들 오누이가 실로 오늘날 인류의 조상이라고 하는 이야기이다. 그리고 혹 다른 이야기에는 그들 오누이가 두 개의 봉우리에서 푸른 소나무(청솔가리)잎을 각각 태웠는데, 그 연기가 신기하게도 하늘에서 서로 만나서 하느님의 뜻을 헤아려 오누이는 결혼하였다고도 전한다.

(1923년 8월 11일 함흥군 함흥읍 하동리 김호영씨 이야기)

## 20. 형제바위

함경남도 함흥군 서호진 앞 바닷가 가운데에는 두 개의 바위섬이 마주보고 서있다. 그것을 사람들은 형제바위라고 한다.

옛날 어떤 형제가 바다 한가운데에서 뱃놀이를 하고 있었는데, 갑자기 폭풍을 만나서 형이 배에서 떨어져 죽었다. 그것을 본 동생도 너무나 슬픈 나머지 바닷 속으로 뛰어들어 죽었다. 그래서 그들은 지금의 그 바위섬이 되어 서로 마주보고 서있는 것이다. 지금도 바다가 조용할 때는 장례식 행렬 따위가 섬안에 나타난다.

(1923년 8월 17일 함흥군 서호진 내호수 도상록군 이야기)

## 21. 人知의 한계

아주 먼 옛날의 일이다. 한 소년이 매일 서당에 다니면서 열심히 공부하고 있었다.

어느 날 서당에 가는 도중에 한 아름다운 처녀를 만났다. 처녀는 소년에게 사랑의 추파를 던졌다. 그렇지만 소년은 모르는척 하고 서당에 갔다. 그런 뒤로 매일 그 아름다운 처녀가 정해진 시간에 정해진 장소에 나타나 소년을 유혹하는 것이었다. 결국 소년은 처녀에게 유혹되어 한 작은 집으로 들어갔다. 그 집은 처녀의 집이었다고 한다. 소년은 처녀에게 입맞춤을 요구하였다. 그러나 처녀는 그것을 허락하지 않았다. 몸을 섞는 것은 허락하여도 입맞춤만은 허락하지 않았다. 아무리 강요하여도 응하지 않았다. 그래서 소년은 문뜩 떠오르는 생각이 있었는데 「이 여자는 구미호임에 틀림없다. 구미호는 혀 위에 구슬을 갖고 있다. 만약 인간이 그 구슬을 삼키어 그것이 녹지 않는 사이에 - 그 구슬은 입 속에 들어가면 곧바로 녹아버리는 것이다 - 하늘을 보면 모든 천상의 사정을 알 수가 있으며, 지상을 보면 모든 지상의 사정을 알 수가 있다고 전해지고 있다. 좋다, 어떻게 해서든지 내가 이 구슬을 가져야지」라고 생각하였다. 그리고 처녀에게 「너는 나를 싫어하고 있음에 틀림없다. 몸을 허락하고 입맞춤을 허락치 않는 것은 도리에 맞지 않는다. 이쯤에서 헤어지자」라고 말하고 떠나려고 하였다. 처녀는 소년의 격노한 모습을 보고 할 수 없이 입맞춤을 허락하였다. 처녀의 혀 위에는 과연 팔각 야광주가 붙어 있었다. 소년은 처녀의 혀에서 그것을 물어 채서 삼키어 자기의 입속에 넣자마자 재빨리 밖으로 나왔다. 우선 하늘을 보고 그리고 땅을 보려는 속셈이었던 것이다.

그런데 소년이 뛰어나올 때 문지방에 다리가 걸려 고꾸라지고 말았기에 하늘은 볼 수가 없었고 단지 지상만을 보았던 것이다. 구슬은 순식간에 녹아버렸다. 그래서 지금도 인간은 지상의 일만을 알 수가 있고, 천상의 일은 알 수 없게 되었다는 이야기이다.

(1922년 12월 함경남도 함흥군 북주동면원동 한림군 이야기)

1) 구미호에 관련된 일화는 함경·평안·황해의 여러 지방에 특히 많다. 그러나 남방에서는 다만 여우로 불려지고 있다.
2) 팔각 야광주는 함경·평안·황해의 여러 지방의 일화중에 자주 등장하고 있지만, 남방에서는 그다지 전해지지 않는 듯하다. 남방에서는 다만 구슬이나 야광주로 불리며, 뱀도 자주 이런 구슬을 입 속에 지니고 있다고 한다.


## 22. 사람이 서로를 잡아먹던 시대

옛날 사람과 사람이 서로 잡아 먹던 시대가 있었다. 그것은 사람이 서로 소로 보였기 때문이었다. 그 때 어떤 사람이 세상을 저주하며 고향을 버리고 정처없이 방랑의 여행을 떠났다. 그는 도중에 나환자(문둥이)를 우연히 만났다. 나환자는 그가 방랑하는 이유를 물었다. 그는 애처롭게 대답하였다. 「사람이 사람을 먹는다는 것은 뭐랄까 비참한 짓이지요. 나는 이렇게 더럽혀진 나라를 버리고, 차라리 다른 선량한 나라로 가서 살려고 합니다」. 「그것은 잘못된 생각입니다. 온 세상이 모두 그렇기 때문에 어떤 나라로 가더라도 마찬가지입니다. 역시 당신의 고향으로 돌아가는 쪽이 좋을 것입니다」라고 나환자는 말하였다. 「그러나 지금 내가 고향으로 돌아가더라도 그들에게 죽임을 당할 것입니다. 어떻게 하면 좋을까요?」라고 물으니, 나환자는 「그렇다면, 당신은 파를 먹으세요. 파를 먹으면 지금까지 소로 보였던 사람들도 원래 모습대로 보이게 됩니다.」라고 가르쳐 주었다. 이상한 나환자에게 그렇게 전해듣고 그는 재빨리 고향으로 돌아갔다. 친구들을 만나 반갑게 인사를 했지만 친구들은 「이 소는 목소리가 매우 좋다」며 그를 붙잡았다. 그는 「나는 소가 아니다. 너희들의 친구인 아무개다」라고 변명하였지만, 친구들은 「이 소는 바보스럽게 우는 소다」라고 말하며 빨리 죽여 먹자고 서로 이야기하고 있었다. 그리고 그를 기둥에 동여 매었다. 그 때 마침 한 처녀가 파를 담은 광주리를 머리에 얹고 그의 앞을 지나가는 것이 보였다. 그는 매우 기뻐하며 처녀의 광주리에서 파를 꺼내서 그것을 먹었다. 다 먹고 나자 그의 친구들은 「야, 너였었냐? 그 동안 어디에 갔다왔냐?」라고 말하며 그 옆에 다가왔다. 그래서 그는 지금까지의 일들을 친구들에게 이야기하고 파를 먹도록 권유하였다. 그 말에 의해 사람들은 모두 파를 먹어 그 후부터 사람을 진짜 사람으로서 보게 되었다. 이후 그들은 파의 재배를 권장하여 사람을 먹는 나쁜 풍습을 끊었다는 이야기이다.

(1923년 8월 11일 함흥읍 하동리 김호영씨 이야기)

## 23. 생식기의 유래

처음 인간의 생식기는 남녀 모두 이마에 붙어 있었다. 서로 그것을 볼 수가 있었기에 매우 도덕이 문란해져 사람들은 남의 눈만 없으면 장소를 가리지 않고 어디에서라도 원하는 대로 음행을 하였다. 친구의 아내에게도 쉽게 나쁜 짓을 하였다. 그래서 두 눈동자神 - 지금은 눈 속에 있지만 그 때는 양 눈썹 위에 있었다. - 이 서로 논의해서 위치를 약간 아래로 하여 지금의 입 부분으로 옮겼다. 그랬더니 「냄새가 나서 못 견디겠다.」며 불평을 하여서, 이번에는 배꼽부분으로 옮겨갔다. 그러자 다리 쪽에서 불평을 터트렸다. 그런 귀중한 것을 상체 쪽에만 두는 것은 몸의 아랫 부분을 학대하는 일이라는 것이다. 그래서 공평하게 이것을 몸의 중앙에 붙여 두자고 논의해서 현재의 장소로 옮긴 것이다. 배꼽은 옛날 그 흔적이고, 입 주위에 수염이 자라는 것은 옛날 생식기가 그곳에 있었기 때문이다. 그리고 여자의 음부가 세로로 길게 되어 있는 것은 상체와 하체가 서로 이것을 잡아당기고 있었기 때문이다. 또 두 신은 이것을 움직이지 않도록 하기 위해서 음부 속에 못모양의 것을 박아 넣었다. 두 신은 또 남근도 움직이지 않도록 뽑아 놓았다고 한다.

덧붙여서 말하면 눈동자神은 밤에 승천하여 세상의 사건을 천신에게 알린다고 한다. 그래서 사람은 꿈을 꾸게 된 것이라 한다.

(같은 날 김호영씨 이야기)

## 24. 오누이의 결혼

경상북도 개녕(지금의 고령) 午谷(오실) 羅氏는 지금도 평민으로 살고 있다. 그 이유는 다음과 같다.

임진왜란 때에 사람들이 죽어서 씨가 말라 오직 오누이만 남아 있었다. 그들은 자손을 남겨야만 했지만 결혼할만한 상대자가 없었다. 그렇다고 해서 오누이가 결혼할 수도 없고 해서 그들은 두 개의 산봉우리에 올라가 푸른 소나무잎에 불을 붙이고 각자 하느님께 기도하였다.

「하느님 만일 우리들이 자손을 남기게 해 주실거라면 양쪽에서 올라가는 연기를 공중 위에서 합치게 해주십시요. 또 만약 우리들의 자손을 끊을 계획이라면 멀리 떨어져 있는 봉우리에서 올라가는 연기를 뿔뿔이 흩어지게 해주십시요.」 바람도 없는 날씨였는데도 두 산에서 올라가는 연기가 이상하게도 공중에서 합쳐졌다. 그래서 그들이 하느님의 뜻을 알고 오누이가 결혼하여 후세에 그 자손을 남긴 것이 지금의 나씨 일족인 것이다. 그래서 그들에게는 「외가」가 없다. 때문에 그들 羅氏一家는 여전히 평민으로 불리어 관리의 버슬에도 오를 수 없는 것이다.

(1923년 8월 3일 경북 칠곡군 왜관읍 김영재씨 이야기)

## 25. 갓의 유래

사람이 아직 의복을 입는 것을 몰랐던 옛날은 전쟁이 매우 빈번하였다. 그 전쟁을 멈추게 하기 위하여 단군(혹은 기자)은 백성에게 명하여 흙으로 만든 갓(冠)을 쓰도록 하고, 만일 그 갓을 깨뜨리는 자가 있으면 반드시 엄벌에 처하도록 교지를 내렸다. 그로부터 사람들은 전쟁을 삼가하게 되었다고 하는 이야기이다. 그리고 오늘날의 갓은 옛날의 흙으로 만든 갓에서 발달한 것이라고 한다.

(1923년 8월 11일 함흥 김호영씨 이야기)

## 26. 고려장(棄老) 설화

옛날에는 사람이 70(혹은 80이라고도 전해진다)세가 되면 산속에 버려졌다. 그 당시 일로서, 어떤 사람의 아버지가 꼭 70세가 되어 아버지를 버리려고 지게에 아버지를 싣고 산속으로 들어갔다. 그는 많은 음식을 아버지에게 주고 지게와 함께 아버지를 버리고 돌아 가려고 하였다. 그런데 그 때 함께 따라온 그의 아들이 버려진 지게를 갖고 돌아가려고 지게를 등에 지는 것이었다. 아버지(아버지를 버린 사람)는 화를 내면서 「그런 것은 갖고 가지 않는거야」하고 말하였다. 그러자 자식은 「아버지, 아버지가 나이가 들었을 때, 나는 이 지게로 또 아버지를 버리려고 합니다」라고 하자 그는 자식의 말에 섬뜩함과 함께 마음에 느끼는 바가 있어, 버리려던 아버지를 다시 모시고 돌아갔다. 그로부터 노인을 버리는 나쁜 풍습이 없어졌다고 하는 이야기이다.

(1921년 11월 전북 전주군 완산면 유춘섭군 이야기)

※ 이 설화는 전국적으로 퍼져 있다.

## 27. 구렁이(또는 지네) 퇴치 설화

옛날 어느 가난한 집에 한 처녀와 그 어머니만이 살고 있었다. 그 처녀는 매우 상냥했다. 어느 비오는 날 두꺼비가 부엌으로 들어왔다. 처녀는 불쌍히 여겨 두꺼비에게 자신의 밥을 식기에서 퍼서 주었다. 그런데 두꺼비는 돌아가려고도 하지 않았다. 처녀도 또한 두꺼비를 쫓으려하지 않고, 자신의 밥을 나누어 두꺼비에게 주었다. 두꺼비는 하루하루 커갔다. 자고 일어나 보면 몰라볼 정도로 쑥쑥 자라나서 두꺼비는 마침내 개만큼의 크기가 되었다. 두꺼비가 커지는 만큼에 따라서 처녀의 음식 몫도 줄어들었지만, 처녀는 싫은 내색을 한번도 보이지 않고 두꺼비를 길렀다.

그런데 그 마을에는 커다란 구렁이가 한 마리 있어, 마을 사람들은 매년 한사람의 처녀를 희생시켜 구렁이에게 바치지 않으면 안되었다. 그렇게 하지 않으면 마을에 재앙이 일어나 구렁이의 난폭함에 의해 많은 사람과 가축이 죽게 되기 때문이었다. 때마침 그 해의 희생양으로서 뽑힌 사람이 두꺼비를 기른 그 처녀였던 것이다. 기일이 다가왔기 때문에 처녀는 자신의 처지를 두꺼비에게 이야기를 하면서 아침저녁으로 울고 있었다. 두꺼비도 슬픈 얼굴을 하고 있었다. 드디어 그 날이 오자 처녀는 구렁이의 동굴 앞에

끌려갔다. 처녀가 집을 떠나올 때 두꺼비도 어슬렁어슬렁 따라갔지만, 처녀는 눈치를 채지 못하였다. 구렁이는 처녀를 삼키려고 동굴에서 나왔다. 처녀는 눈을 감고 몸을 떨면서 죽음을 각오하고 있었다. 구렁이 처녀를 삼키려고 나오자 커다란 두꺼비가 맹렬한 독기(혹은 독이슬)를 뱀을 향하여 내뿜기 시작하였다. 뱀도 지지 않고 독기를 뿜었다. 구렁이와 두꺼비는 오랫동안 독기를 뿜으며 계속 그렇게 있었다.

처녀는 눈을 감은 채 마음을 졸이며 이제나저제나 하고 죽음을 기다리고 있었지만 아무런 일도 일어나지 않았다. 그러나 눈을 뜨고 구렁이의 모습을 볼 용기도 없었다. 이윽고 무시무시한 소리에 놀란 처녀가 눈을 떠서보니, 구렁이가 처녀의 눈앞에 동굴에서 몸을 반쯤 내민채 쓰러져 있는 것이었다. 어떻게 된 것인가 하고 옆을 보니, 거기에는 그녀가 아침저녁으로 밥을 주어 기른 두꺼비가 쓰러져 있었다. 그리고 주위는 이상한 연기로 덮여져 있었다. 처녀는 비로소 그 두꺼비가 독기를 뿜어 구렁이를 죽인 사실을 알고 죽은 두꺼비를 업고 집에 돌아와 그것을 잘 묻어 주었다.

마을 사람들은 커다란 구렁이를 동굴에서 끄집어내어 태웠는데 구렁이는 3개월하고도 열흘이나 탔다고 하며, 그 뒤로부터는 처녀를 희생시키는 나쁜 풍습이 없어졌다고 하는 이야기이다.

커다란 지네의 경우는 뱀과 같이 커다란 지네가 커다란 창고 천장 안에 살고 있어 마을사람들은 처녀를 창고 안에 넣고 문을 닫는다. 지네가 처녀를 잡아먹으려고 할 때, 두꺼비는 아래에서 독기를 뿜고 지네는 위에서 독기를 뿜는다. 그리고 마을사람들이 다음날 아침 처녀의 뼈를 간추리려고 창고안으로 들어갔을 때에는 지네도 두꺼비도 쓰러져 있고 처녀는 그 옆에 기절하고 있었다. 마을사람들은 기절한 처녀를 미음으로 소생시키고 지네의 시체를 태워버리고 두꺼비를 묻어준다고 하는 줄거리로 되어 있다.

(같은 날 유춘섭군의 이야기)

※ 이런 종류의 이야기도 전국적인데, 명주영군의 이야기에 의하면 마산에서는 딸(처녀)이 어머니의 병 때문에 몸을 팔아 커다란 지네의 희생양으로서 지네가 사는 커다란 빈집에 들어간다. 다음날 아침 마을사람들이 시체를 거두려고 빈집에 들어갔을 때에는 두꺼비와 지네가 쓰러져 있고 처녀는 기절해 있다. 몸에 온기가 있어 미음을 마시게 한 결과 소생하게 된 처녀는 자신이 직접 두꺼비를 묻어 준다. 또 몸값으로 어머니의 병도 고칠 수 있었다고 전해지고 있다.


## 28. 말이나 해보지 고개

마산에서 그다지 멀지 않은 부산쪽을 향한 곳에 높은 고개가 있다. 그것을 「말이나 해보지 고개」라 하는데, 그 유래에 관해서는 마산에서는 다음과 같이 전해지고 있다.

옛날 어떤 남자가 누나를 따라 그 고개를 넘었다. 고개 정상까지 왔을 때 갑자기 폭우가 쏟아졌다. 비를 피할 장소도 없어 두사람은 흠뻑 젖었다. 그 때가 여름이었기 때문에 누나는 얇은 홑옷을 입고 있었다. 그 옷이 완전히 젖었기 때문에 옷은 여인의 살갗에 착 달라붙었다. 뒤에서 그 모습을 바라본 동생은 나쁜 충동에 사로잡혔다. 그러나 다음 순간, 그는 강한 죄의식을 느꼈다. 그래서 그는 돌을 잡아서 자신의 남근을 쳐서 자살하였다. 그런 사실을 전혀 모른채 혼자서 부리나케 걸어가고 있던 누나는 동생의 발자국 소리가 전혀 들리지 않아서 뒤를 돌아보니 동생이 길가에 쓰러져 있는 것이었다. 곁에 다가가서 보니 그런 상황이었기에 누나는 그의 마음을 이해하였다. 그리고 슬피 울면서 「말하면 좋았을텐데 말해 보지도 못하고 너는 이런짓을 했느냐」하며 탄식하였다.

그래서 그 고개를 지금도 「말이나 해보지 고개」라고 한다.

(1927년 8월 마산시 명주영군 이야기)

※ 이러한 종류의 이야기는 다른 지방에도 여기저기에 전해지고 있다. 경주의 형산강 서쪽에도 「달래나 보지 고개」라고 하는 고개가 있는데, 거기에 얽힌 전설은 다음과 같다.

여름에 오빠와 누이동생이 그 고개에 다다랐을 때 갑자기 천둥이 치더니 큰비가 내려 오누이는 놀라서 어떤 바위 밑으로 숨었는데, 장소가 매우 좁아서 두 사람은 서로 껴안고 있는 사이에 두 사람의 몸은 젖은 홑옷 한 벌을 사이에 둔 것 뿐이어서 오빠 쪽이 차츰 음탕한 마음이 생기는 것을 느꼈다. 그래서 오빠는 소변보러 간다고 하고 나갔는데, 동생이 아무리 기다려도 돌아오지 않자 동생이 오빠를 찾아보니 오빠는 자신의 남근을 돌로 내리쳐서 죽어 있었다. 누이는 오빠의 마음을 헤아리고 슬퍼하며 달래나 보지라고 말하였다 한다.

또 충청도의 어떤 곳에서는 「내 몰랐구나 고개」라는 것이 있는데, 거기에 관한 이야기는 이렇다.

5월에 어떤 스님이 그의 조카 딸을 데리고 앞서 이야기한 고개를 넘는 도중에 갑자기 비가 와서 조카딸이 입은 모시홑옷이 젖어 몸에 달라붙어 그 하얀 살갗이 그대로 드러났다. 뒤에서 가던 스님은 마음이 산란하여 조카딸을 뒤에서 걷도록 몇 번 말하였지만, 그 고개는 옛날부터 도적이 많이 출몰하는 곳이었기에 조카딸은 도적이 무서워 도저히 뒤에서 따라올 수가 없다고 했다. 스님은 할 수 없이 조카딸에게 소변보러 간다고 하여 먼저 가게 하고는, 돌로 자신의 남근을 쳐서 죽었다. 애타게 기다리던 조카딸이 뒤로 되돌아와서 보니 그런 상황이었기에, "내가 나빴다. 내가 몰

랐다"라는 의미의 앞서 언급한 말을 하며 한탄하였다고 하는 이야
기이다.

(1930년 3월 대구시 본동 이상기군 이야기)

## 29. 사랑산과 절부암

홍원(洪原)의 북쪽에는 사랑산이라 불리는 산이 있는데, 그 한
쪽 끝에는 절부암이라는 커다란 바위가 있다.

그 바위에 관해서는 다음과 같은 전설이 전해지고 있다.

옛날 홍원읍 밖에 한 상인이 있었다. 그에게는 아름다운 아내
가 있었는데, 그 상인에게 자금을 대주는 부자가 있어 항상 그의
아내에게 흑심을 품고 있었다. 어느 해 그 부자는 그를 먼 나라로
장사하러 보냈다. 그곳은 매우 위험한 곳으로 한번 가면 좀처럼
살아서 돌아올 수 없는 나라였다. 생각한 대로 몇 년이 지나도 남
편은 돌아오지 않았다. 아내는 아침저녁으로 지금의 절부암 위에
올라가 남편의 귀향을 애타게 기다리고 있었다. 부자가 어느 달밤
에 그녀의 집을 찾아왔기에 여인은 술을 내서 환대하였다. 그런데
술에 취했을 때 부자가 말했다. 「당신의 남편은 유감스럽게도 이
젠 돌아올 수가 없을 것이오. 죽은 사람을 위해 고생하느니 나의
아내가 되어 주시오. 그렇게 한다면 아무런 불편없이 유복하게 살
수가 있을 것이오.」 여인이 그 말을 거절하자 부자는 너무 화가
나서 그녀를 겁탈하려고 하였다. 그러자 아내는 한 계책을 생각해
내고 「화내실 것까지는 없습니다. 저도 남편이 떠난 이후 매우 괴
로운 생활을 하고 있습니다. 그렇지만 지금 만약 당신에게 몸을
허락한다면 후일 남편이 돌아왔을 때 어떻게 다시 얼굴을 들고 다
닐 수가 있겠습니까. 그래서 거절하였던 것인데 다시 생각해보니
남편은 이미 돌아올 수 없는 사람이 된듯 합니다. 그렇지만 오늘

밤까지만 기다려 주십시요. 오늘밤이 지나도 돌아오지 않는다면 저는 과감히 당신의 아내가 되겠습니다.」라고 하였다. 부자는 기뻐하며 그것을 허락하였다. 여인은 밤새 절부암 위에 서서 남편의 귀향을 기다리고 있었다. 첫 번째 닭, 두 번째 닭, 세 번째 닭이 울어 새벽이 밝아와도 남편의 모습은 보이지 않았기에 그녀는 절망하여 바위 위에서 바다 아래로 몸을 던져 죽었다. 후세의 사람들은 그녀가 몸을 던져 죽은 바위를 절부암이라고 하였고, 그녀가 남편의 돌아오는 모습을 찾으려고 바라보고 있던 산을 사랑산이라 부르게 되었다.

(1923년 9월 함경남도 홍원군 홍원읍 김병섭씨의 이야기)

## 30. 아이 묻은 전설

충청북도 옥천군과 충청남도 태전군의 경계에 우뚝 솟은 높은 산이 있다. 옛날 그 산 아래에 효자와 효부가 살고 있었다. 그들은 노모를 봉양하면서 한 갓난아이를 키우고 있었다. 그들이 어머니를 대하는 효성은 정말로 놀랄만한 일이었다. 매일 부부는 노모를 위해 맛있는 음식을 구하러 다녔다. 맛있는 것이 있다는 소문을 들으면 어떤 짓을 해서라도 그것을 구해와서 노모에게 바쳤던 것이다. 그렇게 하면서도 그들은 여전히 부모공양이 부족하다고 생각하였다. 그러던 차에 부부 사이에 커다란 걱정거리 하나가 생겼는데, 아이가 차츰차츰 성장해 가면서 그들이 애써 구해서 바친 어머니의 음식이 항상 아이 손에 쥐어지게 된 것이다. 아이를 꾸짖으면 노모는 그것을 또 마음 상해하셨다. 「아이가 있어서는 도저히 생각한 대로 봉양을 할 수 없다. 아이 때문에 어머니를 굶주리게 해서는 안된다」라고 생각한 그들은 논의한 끝에 자신의 아이를 산채로 파묻기로 결심하였다. 그래서 남편은 곡괭이를 갖고 산에 올라가 한 곳을 파기 시작하였다. 대략 2척 정도(약 80cm) 파내려 갔을 때, 이상한 그릇이 하나 있어서 그는 그 그릇을 조심스레 꺼내고 다시 흙을 파기 시작하였다. 그 때 마침 부인은 아이를 업고 있었는데, 갑자기 부인은 목이 메는 소리로 남편을 불렀다. 남편은 아내의 이상한 소리에 뒤돌아보니, 아내는 두꺼비처럼 복스러운 자신의 아이를 업고 눈물을 머금은 눈을 하고서 서 있던 것이었다. 「이 아이를 파묻는 일은 불쌍해요, 어머님이 식사하실 때 우리들이 이 아이를 업고 밖으로 나가요. 그렇게 해서 식사가 끝난 뒤 돌아가면 어머님을 봉양하는 일도 되고 아이를 죽이지 않아도 되는 것이 아닌가요」라고 아내가 말하였다. 남편도 그게 좋겠다고 생각하며 기뻐하고 그릇을 갖고 자식을 데리고는 집으로 돌아왔다. 그들은 흙 속에서 얻은 그릇을 깨끗이 닦아 그것을 사용하게 되었다. 그런데 이상하게도 그 그릇에 뭔가 약간의 것을 넣어두면 어느샌가 넣어 두었던 것과 똑같은 것이 가득 차게 생겨나 있는 것이다. 매우 이상히 여겨 시험삼아서 엽전 한닢을 넣고 지켜보자 똑같은 엽전이 가득히 있었다. 「이 그릇은 하늘이 우리 어머니를 위해 하사하신 것이다」라며 부부는 기뻐했다. 그리고 「그 그릇에서 나오는 것은 모두 노모를 위해서만 사용하고 어머니가 돌아가신 후에는 이 그릇을 다시 원래 장소에 묻기로 부부는 맹세하였다. 그 후 효자부부는 어려움없이 노모를 봉양하였고 노모가 돌아가신 뒤에는 처음 맹세한 대로 그 그릇을 원래의 장소에 묻었다.

그 후 어떤 사람이 이 사실을 듣고 다시 그 그릇을 얻으려고 찾아 보았지만 도저히 발견할 수가 없었다고 전해진다. 이런 연유로 그 산의 이름을 食藏山이라 부르게 되었다고 한다.

(정묘년 음력 9월 22일 충북 옥천군 북서 증암리 민병우씨 이야기)

## 31. 조화신과 송악·대동강·삼각산의 신

옛날 송악산(개성에 있음)에는 커다란 동굴이 있었다. 이상한 동굴이어서 누구도 들어간 사람이 없었다고 전해지는데 어떤 한량이 「그렇다면 내가 한번 들어가 보자」 하고는 등에 짊어질 수 있을 만큼의 많은 식량을 갖고 동굴 안으로 들어갔다.

며칠이나 걸었는지 하여튼 계속 가보니 안에는 무릉도원같이 아름다운 세상이 있었다. 특별히 인가같은 것도 없었는데 어떤 산정상에 연기가 나는 집 한 채가 보여 그곳에 가서 주인을 부르자 잠시 후 나온 사람은 한 아름다운 여인이었다. 그는 그곳에서 진수성찬을 대접받았다. 이윽고 남편인 남자가 돌아왔는데 남편은 키가 9척에다 긴 수염을 기른 대장부였다. 어떠한 것을 물어봐도 침묵하고 입을 열지 않았다. 「당신은 누구요」하고 몇 번이고 물어봐도 못들은 체하고 있었다. 한량은 몹시 화가 나서 칼을 뽑았다. 그러자 「기다리시지요. 저에 대해서 알고 싶다면, 대동강 변에 있는 스님에게 물어 보시요. 나는 잠시 사냥하러 나갈테니 그동안 저의 아내와 부부가 되어 주십시요」라고 말하고 남자는 나가 버렸다. 한량은 그가 돌아올 때까지 그의 아내와 함께 생활하였다. 한량은 그곳에서 나와서 평양까지 갔다. 그리고 대동강 주변에서 한 늙은 스님을 만나 송악산 동굴 속에 있는 남자가 누구냐고 묻자, 늙은 스님은 그저 울 뿐이었다. 몇 번이고 애원해서 물어보아도 울고만 있을 뿐이었다. 화가 나서 죽이려고 하니 「그것이 알고 싶으면 송악산 꼭대기에 있는 늙은 스님에게 물어보세요」라고 말하였다. 그는 다시 송악산으로 돌아가서 산꼭대기에 이르러 늙은 스님에게 그 사연을 물었다. 그 스님도 역시 울 뿐이었다. 또 칼을 뽑으려고 하자 「그것이 알고 싶으면 삼각산 꼭대기에 있는 남자에게 물어보시오」라고 말을 해서, 그는 다시 경성으로 가서 삼각산 꼭대기에 있는 남자를 만났다. 그 남자는 웃고만 있을 뿐이었다. 또 화가 난 한량이 칼을 뽑으려고 하자 「그럼 이야기하지요. 송악산의 동굴속에 있는 사람은 천지조화신입니다, 대동강 변의 스님은 고구려의 선조로 고구려가 멸망해서 울었던 것입니다. 송악산의 늙은 스님은 송악산의 신령인데 수도를 송도에서 경성으로 옮기려고 해서 울고 있었던 것이다. 나는 삼각산의 신령으로 수도가 경성으로 옮겨지게 되어서 그것이 기뻐 웃고 있는 것입니다」라고 말하였다.

(1928년 1월 함경남도 정평군 정평읍 물리학자 김량하군 이야기)


## 32. 커다란 지렁이의 아들 최충

옛날 어느 마을에 새 관리가 부임하기만 하면 당일날 밤에는 반드시 그 아내가 무엇인가에게 납치되는 기괴한 일이 있었다. 그런 까닭으로 아무도 그 마을의 군수로 가려는 사람이 없어 나라에서는 하는 수 없이 지원자를 모집하게 되었다. 어떤 사람이 스스로 청원해서 그것을 허락하였다. 그 남자는 부임 당일날 문단속을 단단히 하고 몇백 개의 촛불을 방 가득히 켜놓고 아내의 허리를 굵은 실로 묶고, 또 거기에 튼튼하고 긴 비단실이 묶여 있는 실패를 연결해 두었다. 한밤중이 되자 갑자기 번개와 천둥이 치면서 방안의 촛불이 순식간에 다 꺼져 버렸다. 이윽고 주위가 조용해져서, 불을 붙여보니 아내는 이미 보이지 않았다.

다음날 아침 실을 따라가보니, 실은 산 속에 어느 커다란 바위 속에 있는 구멍 - 겨우 주먹 하나 넣을 수 있을 정도의 - 속으로 들어갔다. 아내가 이 속에 틀림없이 있을 거라고 생각은 되었지만, 구멍이 너무 작아서 사람이 들어갈 수 있을까라고 생각할 정도였다. 문득 떠오른 것이 「子午石」이었다. 세상에는 자오석이라는 것이 있는데 그것은 자시(밤 11시~1시 사이)와 오시(낮 11시~1시)에만 두개로 나눠져 커다랗게 열린다고 하는데 어쩌면 이 바위가 그것인지 모르겠군. 하여튼 여기서 오시까지 기다려보자고 그는 결심하였다. 과연 한낮 오시가 되자 바위는 커다랗게 두개로 열렸다. 그래서 안으로 들어가보니 그곳에는 다른 세상이 있었는데 그의 아내와 많은 여인들이 붙잡혀 와 있었다. 아내는 남편을 보더니 반가워하며 「도둑은 지금 사냥하러 나갔습니다. 도적은 보통 때에는 사람처럼 보이지만, 기면서(혹은 엎드려서)보면 커다란 지렁이처럼 보입니다. 또 어떤 때는 커다란 돼지처럼 보이는 적도 있습니다」라고 말하는 것이었다. 조금 지나자 도적이 돌아왔다. 그는 도적을 칼로 베어 죽이고 아내를 구해 데리고 돌아왔다. 그러나 아내의 몸은 이미 전과 같지 않았다. 11달이 지나고 한 남자아이를 낳았는데 그는 하인에게 명령하여 그 아이를 강에 버리게 하였다. 그렇지만 하인은 그 아이를 차마 강에 버릴 수 없어서 길가에 버렸는데, 길에 있던 한 마리의 커다란 지렁이가 기어가는 것을 보고 어린 아이는 방글방글 웃었다. 그 때는 마침 비가 내리는 날이었다. 그 어린아이는 최모라고 하는 자식이 없는 노인이 주워 키웠고, 나중에 매우 훌륭한 사람이 되었는데 그가 고려의 최충이었다든가 혹은 신라의 최치원이었다고 전해지고 있다.

(같은 날 김량하군의 이야기)

## 33. 3년 벙어리 부인의 설화

어떤 사람이 무남독녀를 매우 소중히 키워 시집을 보낼 때 「시집살이는 매우 힘들다. 보아도 못본 척하고 들어도 못들은 척하고 말수를 적게 하지 않으면 안된다.」라고 가르쳤다. 딸은 시집을 가서 조금도 말을 하지 않았다. 장님처럼 벙어리처럼 귀머거리처럼 하면서 3년이 흘렀다. 그래서 시댁으로부터 벙어리 취급을 받아 친정으로 보내지게 되었다. 도중에 타고가는 가마 안에서 산꿩의 울음소리를 듣고 「아아 그리운 꿩이구나」라고 말을 하였기에 함께 가던 시아버지는 매우 기뻐하며 다시 며느리를 데리고 돌아와 하인에게 명령하여 그 꿩을 잡아오게 하였다. 며느리는 꿩을 요리하면서 「감싸준 이 날개는 시아버지께 바치자. 잔소리가 많은 이 주둥이는 시어머니께 바치자. 두리번두리번 주위를 둘러보는 이 눈은 시누이에게 주고 싶다」(以下는 전하지 않음)라고 노래하였다 한다.

이 이야기는 유명한 이야기로 전국적으로 알려져 있고 부인들의 노래로도 되어 있어 자주 불려지고 있다.

(1923년 11월 경상남도 포항(박씨 부인의 이야기)

## 34. 청개구리 설화

옛날 한 마리의 청개구리가 있었다. 그 개구리는 불효자로, 어머니가 동쪽으로 가라고 말하면 반드시 서쪽으로 가고 산에 가서 놀라고 하면 바다에 가서 놀았다. 어머니가 말하는 말을 한번도 들은 적이 없었다. 청개구리의 어머니는 임종에 즈음하여 자식을 불러 「내가 죽거든 산에 묻지 말고 반드시 강가에 묻어라」고 유언하였다. 그 본심은 산에 묻히고 싶었기 때문이었다. 유언도 물론 반대로 행할 것이라고 생각하였기 때문이다. 불효자인 청개구리도 어머니가 돌아가시는 것을 보고 갑자기 뉘우치는 바가 있어 진실로 평소의 불효를 후회하기 시작하였다. 그래서 어머니의 유언을 따르기로 하고, 어머니의 유해를 강주변으로 모셔와서 흙을 파고 눈물을 흘리며 그 유해를 묻었다. 그 뒤부터 청개구리는 장마철만

되면 강물이 넘쳐 어머니의 묘소가 휩쓸려 가지는 않는가 하고 걱정이 되어 울게 되었다고 한다. 지금 청개구리가 장마철 때 슬픈 소리로 우는 것은 그 때부터 시작되었던 것이다.

(1923년 8월 대구시청 백기만군의 이야기)

## 35. 烈不烈女설화

경상남도 창원군 진동에는 유명한 한 열녀전설이 있다.

지금으로부터 약 100년 전의 일이다. 진동에 한 아름다운 여인이 있었다. 그녀의 남편은 산에서 땔나무와 장작을 베어서 그것을 팔아 생활하는 나무꾼이었다. 같은 마을에 또 한 사람의 나무꾼이 있어 두 사람은 항상 함께 산에 올라가서 나무를 했던 것이다. 그런데 이웃 나무꾼은 친구 아내의 미모를 흠모하여 언젠가는 그녀를 자신의 여자로 만들 생각을 하고 있었다. 어느 날 여느 때처럼 두 사람은 산에 올라가서 일을 하고 있었는데, 갑자기 이웃집 나무꾼이 남편의 목을 졸라 죽이고 그 시체를 절벽 아래로 버렸다. 남편이 목이 졸려 죽을 때 입에서 거품을 품고 있었다. 나쁜 나무꾼은 태연스럽게 돌아와서 저녁밥을 먹고 나서 여느때처럼 친구의 집을 찾아와서 시치미를 뚝 떼고 「어이 있나?」하고 불렀다. 그 집의 아내는 놀라서 「항상 정해진 시간에 돌아오는 사람인데 오늘은 어찌된 영문일까요. 지금 당신 집으로 가려고 하던 참입니다」라고 말했다. 「저는 오늘 볼 일이 좀 있어서 일찍 돌아왔는데 어찌된 일일까요」하며 나쁜 나무꾼은 능청을 떨었다.

그 뒤 남편의 소식을 모르는 아내는 친구인 나무꾼을 의심하기는 하였지만 증거가 없어서 어떻게 할 수가 없었다. 남편을 잃고 나서는 원래의 가난한 생활로 겨우 입에 풀칠해갈 뿐이었다. 나쁜 나무꾼은 그 후 여인의 집에 식량과 땔감을 갖다 주며 매우 친절히 대해 주었다. 그리고 말하길 「필시 당신도 혼자서 살기 곤란하겠지요. 무슨 소식이 있을 때까지는 내가 의식주를 도와 줄테니 부디 낙심하지 마세요」라고 위로하였다. 그럭저럭 몇 년이라는 세월이 흘러도 남편의 소식은 전혀 없었다. 어느 날 이웃집 나무꾼이 와서 말하길 「여자 혼자서 사는 것은 곤란할 것입니다. 그 사람은 아무래도 죽은 것 같습니다. 저도 올해까지 홀아비생활을 하고 있어 매우 불편합니다. 어떻습니까? 저와 함께 생활할 마음은 없는지요?」 이 말에 가슴으로 어떤 굳은 결심을 하고 여인은 흔쾌히 그것을 승낙하였다.

두 사람 사이에는 이윽고 3남 2녀가 태어났다. 나무꾼도 매우 기뻐하였지만, 여인도 결코 전남편의 일을 입밖에 내지 않았다. 어느 해 장마철에 처마 끝에서 떨어지는 빗물이 마당에서 거품을 만들고 또 그 거품이 사라지는 것을 바라보고 있던 나무꾼은 무엇을 생각했는지 하하하 하고 크게 웃었다. 여인은 웃는 사연을 물었다. 「아무 것도 아니야」라고 가볍게 대답하였지만, 여인은 도무지 그 웃는 모습이 보통 때와 달라서 그 이유를 애타게 물었다. 「다섯 명의 아이까지 있는 부부 사이인데 못할 이야기가 뭐가 있겠어요」라고 여인은 얼굴빛을 바꾸며 말하였다.

결국 나무꾼이 자백하면서 말하길 「실은 이런 이유야! 당신의 남편은 내가 죽인거야. 당신과 부부가 되고 싶어 그런 나쁜 짓을 했던 거야. 그 녀석이 죽을 때 입에 거품을 물고 있던 모습이 지금 이 빗물 거품을 보고 생각났기 때문에 그래서 엉겁결에 웃고 말았어. 사람의 목숨이란 거품과 같은 것이잖아. 부디 용서해 줘」 그것을 들은 여인은 아무런 충격도 받지 않은 것처럼 「그런 것이 그토록 우스꽝스럽습니까?」라고 말하고 부엌일을 하기 시작했다. 그렇지만 그녀의 가슴에는 불같은 결의가 불끈 솟아올랐다. 남자는 안심하고 밖으로 나갔다. 그가 집을 비운 사이 그녀는 관가로 달려가서 그의 남편을 고발했다. 그리고 나쁜 나무꾼은 사형에 처해졌는데, 「저의 미모때문에 저는 두 남편을 죽였으므로 그 죄는 저에게 있습니다」라고 하고는 여인도 자결해 버렸다.

이런 사건이 있은 후 어느 해, 창원으로 부임한 새 관리가 이 여인의 묘지를 지나가는 일이 있었는데 새 관리가 탄 말의 다리가 땅에 달라붙어 움직이지 못하자 군수는 마을사람들로부터 이 이야기를 들어 사연을 알게 되자 그 묘소에 향하여 열녀비(烈女碑)를 세우도록 하겠다고 약속하였다. 그러자 즉시 말이 걸을 수 있었다. 그래서 군수는 그 일을 비석에 새기어 후세에 전하였다고 전하는데, 도무지 그 비석같은 것은 지금은 없는 듯하다.

(1927년 8월 마산시청 이은상·명주영군의 이야기)


## 36. 의로운 개의 설화 (1)

선산군 도개면 신림동에는 개무덤이라는 것이 있다. 그것에 대해서 이런 이야기가 있다.

백년전쯤의 일이라고 한다. 신림마을의 어떤 사람이 개를 데리고 시장(5일마다 열리며, 일반적으로 장이라고 한다)에 가서 여러 군데의 술집에서 친구들과 어울려 술이 잔뜩 취해 돌아가는 도중에 산기슭에서 그만 쓰러져버렸다. 그때 마침 산불이 나서 그의 주변으로 다가오고 있었는데, 개는 큰 소리로 짖기도 하고 주인의 옷을 물어뜯어 깨우려고 하였지만 아무런 효과가 없었다. 그래자 개는 그 밑에 흐르는 시내까지 달려가서 꼬리를 물에 적셔 와서는 주인의 얼굴에 뿌렸다. 그래서 주인은 겨우 눈을 떠서 위험한 지경에서 살았지만, 개는 기력이 빠져 쓰러져 죽고 말았다. 주인은 그 개를 위해서 특별히 사람과 똑같이 장사 지내고, 묘를 만들어 걸어주었다. 돌비석의 비명은 당시의 선산부사 안모가 썼던 것이라고 한다.

(1927년 8월 3일 경상북도 왜관읍 김영섭씨의 이야기)

## 37. 의로운 개의 설화 (2)

옛날 어떤 사람이 소를 팔려고 언덕 건너편 마을의 시장에 갔
다. 날이저물어 돌아오는 도중에 언덕 숲 속에서 도적을 만나 소
판 돈을 빼앗기고 죽게 되었다. 주인을 따라 갔던 개가 주인이 죽
는 모습을 보고 주인집으로 달려가서 그 집안 사람의 옷소매를 잡
아당기면서 멍멍하고 슬픈 소리로 짖었다. 이를 이상히 여긴 그
집안 사람들이 개를 따라 가보니 그와 같은 상황이어서 곧 그 사
실을 관가에 알리자, 관가에서는 그 시체를 부검까지 해보았지만
산적의 소행같아서 어찌 할 수가 없었다. 그 때 또 그 개가 나타
나 포졸의 소매를 잡아당기며 짖기에, 전에 일도 있고 해서 개를
따라가니 개는 의외로 죽은 사람의 옆집으로 들어가는 것이었다.
그리고 옆집 주인을 향해 시끄럽게 짖어 댔다. 자세히 보니 옆집
남자의 얼굴이 새파랗게 질려서 개를 보고 난감해 하고 있었다.
포졸은 그 남자가 범인이라는 것을 알아차리고 구속하여 조사한
결과, 그 남자는 옆집 주인이 소를 팔러가는 것을 알고 나쁜 마음
이 생겨 숲 속에서 기다리다가 그와 같은 소행을 저지른 것이었
다. 그 후 개가 죽었을 때 그 집에서는 훌륭한 장례식을 치루어
주고 묘까지 만들어 주었다고 한다.

(같은 날 김영섭씨의 이야기)

## 38. 광포(廣浦)설화

함경남도 정평군 선덕면에 있는 광포의 유래에 대해서는 다음
과 같은 전설이 있다. 오늘날의 광포는 작은 어촌에 지나지 않지
만, 5백년전까지만 해도 광포는 커다란 마을이었다. 그 당시 광포

에는 불량방탕한 청년들이 많았고 마을에는 한 노파가 술집(주막)을 운영하고 있었다. 어느날 허름한 차림의 한 늙은이가 노파의 주막을 찾아와 구걸하면서 밥을 요구하였다. 노파는 자비심이 깊은 사람으로 늙은이의 허기를 채우도록 여러 음식을 주었다. 늙은이는 땡전 한푼도 가진 것이 없다고 말하자, 「배고픈 사람을 돕는 일은 좋은 일입니다. 음식값 따위를 받을 생각은 털끝 만큼도 없습니다.」라고 노파는 대답하였다. 늙은이는 잠시 깊은 생각에 잠기더니 노파에게 이렇게 말하였다. 「지금부터 3일 분량의 식량을 준비해 놓고 만약 저 산에 있는 묘소 앞에 세워져 있는 동자석상의 눈에서 피가 흘러나오면 곧바로 그 준비한 식량을 갖고 높은 산꼭대기로 피난하십시오. 그렇지 않으면 큰 재앙을 맞을 겁니다.」 이 말을 남기고 늙은이는 어디론가 사라져버렸다. 노파는 그 날부터 아침저녁으로 동자석상의 눈을 점검하러 갔다. 그리고 동네 청년들에게도 피난 준비를 권하였다. 그러나 행실이 좋지 않은 청년들이 노파의 이야기에 귀를 기울일 리가 없었다. 그 뿐만 아니라 그들은 노파를 놀려주려고 한밤중에 몰래 가서 동자석상의 눈에 피색깔의 염료를 발라 놓았다. 이튿날 아침, 그것을 본 노파는 허둥지둥하며 식량을 갖고 산꼭대기로 도망갔다. 행실이 나쁜 청년들은 이때다 하고 노파의 집으로 달려가서 술항아리를 열어 실컷 마시고 춤추며 야단 법석을 떨기 시작하였다. 그 때 갑자기 해일이 덮쳐와서 광포는 순식간에 바다가 되어 사라지게 되었다. 현재 광포의 대하구는 그 때 수몰되어 생긴 것으로 그 후 새롭게 건설된 것이라 전해지고 있다.

(1927년 8월 17일 함흥군 서호 진내호 도상록군의 이야기)

## 39. 김수로왕의 根

가락국의 시조인 김수로왕의 남근은 터무니없이 컸다. 어느날 왕이 그 남근으로 仙岩나루에 다리를 놓고 있을 때 한사람이 등에서 짐을 내려놓고 그 다리 위에서 쉬면서 담배에 불을 붙이고 있었다. 그래서 그곳에 반점이 생겨나게 되었다. 그런 까닭으로 오늘날에도 김해 김씨의 자손들은 남근에 점을 지니고 있다.

또 수로왕의 부인이었던 허황옥의 음부도 터무니없이 컸다고 한다. 그래서 어느 연회가 있던 날 연회석의 방석을 대신해서 사람들이 허황옥의 음부를 깔고 앉았는데 어떤 손님이 뜨거운 국을 그 위에 흘려서 그곳에 반점이 생겨 오늘날까지 김해 김씨의 후예는 음문 위에 점을 지니고 있다고 한다.

(필자의 기억)

## 40. 나비의 유래

옛날 어느 곳에 한 처녀가 살고 있었다. 처녀에게는 결혼을 약속한 남자가 있었는데, 그 남자는 불행하게도 결혼 전에 죽었다. 그 부음을 들은 여인은 「흰 가마1)」를 타고 결혼을 약속한 남자집으로 향해 가서 머리카락을 풀어헤치고 울었다.2) 그리고 여인은 아침저녁으로 남자의 묘소로 가서 남자의 이름을 부르면서 묘소 주변을 울면서 돌았던 것이다. 여인은 그저 이름만 알았을 뿐 얼

---

1) 조의를 뜻하기 위해 가마를 하얀 천으로 씌웠던 것이다. 이것을 일반적으로 흰(하얀) 가마라고 한다.
2) 조부모의 상을 당하면 그 장손이, 부모 또는 남편의 상을 당하면 그 아들들이나 시집 안간 딸들과 그의 처 등이 머리를 풀어 헤치고 슬피 운다.

굴은 전혀 알지 못하였다. 결혼 전까지는 볼 수가 없었기 때문이다. 그리고 재혼하는 것도 물론 불가능하였다. 양반 집에서 재혼이 있으면 그 가문은 벼슬길마저 박탈되었던 것이다. 그래서 옛날 어느 가문(집안)에 청상과부가 있으면 독약을 마시게 하여 죽이는 일마저 있었다. 「저승에서라도 부부가 됩시다. 만약 인연이 있다면, 부디 이 묘소 한 가운데를 두 쪽으로 갈라주세요.」라고 매일 여인은 울면서 기도하였다. 그날도 역시 울며 기도하고 있는데 갑자기 묘소가 한가운데로부터 둘로 갈라졌고 여인은 그 속으로 뛰어들었다. 그것을 본 몸종은 뛰어드는 여인의 치맛자락을 잡으려고 했지만, 이미 여인의 몸은 묘지 속으로 들어가 버리고 치맛자락이 조금 남아 있을 뿐이었다. 몸종이 그 남은 치맛자락을 당겼다. 그러자 치맛자락은 찍찍 찢어지면서 아름다운 나비가 되어 하늘 높이 날아갔다. 오늘날의 나비는 모두 그 때의 나비로부터 태어난 것이다.

(1923년 11월 경남 동래군 포항 박씨 부인의 이야기)

## 41. 구포 마을신 설화

옛날 구포에 인접한 대리라고 하는 마을에 최씨 할머니라는 무당이 살고 있었다. 동래(지명 이름)로부터 백량의 금을 갖고 구포로 돌아가려고 동래고개(동래와 구포 사이에 있음.)까지 왔을 때, 56명의 산적들이 나타나서 할머니의 금을 뺏으려고 했다. 그런데 도적들이 발이 갑자기 땅에 붙어서 떨어지지 않았다. 도적들이 "할머니 살려주세요"하고 애원하자 겨우 무사하게 되었다. 최씨 할머니는 큰 무당이었던 것이다. 할머니가 임종할 때 「내가 죽으면 복금당(福金堂)에 모셔 달라」고 유언해서, 구포사람들은 유언대로

신당을 세우고 이 신당을 복금당이라 칭하고 그곳 마을신으로서
할머니를 모시게 되었던 것이다. 할머니를 모시는 일은 지금도 역
시 성행하고 있으며 구포사람들에 의해 할머니는 「복금당최씨」라
고 불리고 있다. 구포의 불신(마을 신제(神祭))은 최씨 할머니를
위하여 매년 한번 또는 3년에 한번씩 행해지는 것으로 할머니는
구포 마을의 창건자이다.

(1922년 8월 경남 동래군 구포리 석무당의 이야기)

## 42. 大邱와 公州의 설화

대구는 원래 바다 위의 섬이었지만 바닷물이 빠지면서 땅이 함
몰하여 평원이 되어서 오늘날의 대구가 세워졌던 것이다. 그리고
지금의 대구 앞산인 해슬산에는 섬이었을 당시 배를 정박시켰던
쇠사슬이 커다란 바위 주변에 걸려있는 채로 남아있다고 전해지고
있다.

또 지금의 달성공원 안에 있는 소위 달성산은 원래 중국에서
떠내려온 것으로, 그것이 동재(옛날에는 동쪽과 서쪽 양쪽에 재가
있었다.) 앞까지 와서 생겼다면 좋았을 것을 한 여인이 때마침 그
때 빨래를 하고 있다가 산이 떠내려오는 것을 보고 「아이구머니나
산이 떠오고 있네」라고 말을 하였기에 산신령이 요망한 말을 하는
여자라고 화내서 그 여인을 누르고 그대로 그곳에 위치하게 했다
고 전해지고 있다.(이 이야기를 듣고 자세히 달성산을 바라보면
어딘지 인공적으로 만들어진 것같이 생각되는 점들이 많다.)

또 충청남도 공주는 배모양의 땅과 같은 형세를 띠고 있어, 어
떤 도사(혹은 기이한 사람, 혹은 풍수쟁이라고도 불린다)의 말에
따라 그 땅의 형세를 좋게 하기 위해 중앙에 범주(帆柱)모양의 높

은 나무를 세웠다고 하며 지금까지도 그 기둥을 보존하고 있다고
들었다.

(1930년 3월 대구시 남구 86번지 이재양군의 이야기)

## 43. 하회유씨 묘지설화

경상북도 안동군 하회의 유씨는 서애 유성룡선생을 배출하여
양반이 되었지만, 그전의 유씨는 빈약한 가문이었다. 거기에 반하
여 오늘날의 안동 김씨는 당시 매우 유복한 가문이었다. 그 때 김
씨문 중의 여자로 유씨집으로 시집가게 된 여인이 있었는데 동시
에 친정아버지와 시아버지의 상을 당하게 되었다. 양가에서는 함
께 묘지를 찾고 있었는데 김씨문중에서는 부자였기에 천하의 풍수
(지관을 말함)를 불러 모아 훌륭한 묘자리를 점쳐 보았지만, 유씨
문중에서는 그렇게 할 수가 없었다. 김씨문중쪽의 한 지관이 한
묘자리를 찾아내어 말하기를 「내일 오시(午時오전 11~1시사이)
에 와봐서 만약 물이 나오지 않으면 이 묘자리는 매우 뛰어난 명
당자리이므로 반드시 삼대에 걸쳐 정승이 나올 것이다」라고 사랑
방에서 말하고 있는 이야기를, 그 때 마침 친정아버지의 상(喪)때
문에 친정에 와있던 김씨문중의 딸이 듣고 밤중에 몰래 그 묘자리
로 가서 밤새도록 물을 길어 부어 놓았다. 다음날 오시, 김씨문중
에서 가보니 묘자리에서 물이 나와 김씨문중에서는 그 묘자리를
포기하고 말았다. 여인은 오빠에게 청원하여 그 묘자리를 양보받
고 시아버지의 시신을 그곳에 묻게 되었다. 그 이후 김씨 문중은
점점 쇠퇴해지고 유씨문중은 번영하게 되었다고 전해지고 있다.

(같은 날 이재양씨의 이야기)

## 44. 송림사의 연기

경상북도 칠곡군 도덕동에서 약 10리(한국은 4km, 일본의 약 1리) 쯤 되는 곳에 송림사라는 커다란 사찰이 있었던 흔적이 있다. 5·6년전 내가 가보았을 때에는 대웅전과 승방 2동의 부속건물이 잔존하고 있었지만, 원래는 대규모의 사찰이었던 것으로 사방 1리(그곳은 평원으로)의 넓이에 옛날의 반석이 남아있고 돌절구 등도 거의 파묻힌 채로 역시 남아있있다. 또 절터로부터 멀리 떨어진 절의 동구(입구)로 생각되는 곳에 지금도 높은 막대(흔히 장대라 한다)가 세워져 있고 그 위에는 어떤 모양의 조각상이 설치되어 있다. 오늘날 대웅전에는 세 큰 좌불상(三座大佛)이 있고 금으로 도금한 큰 좌불과 백분을 칠한 세개의 흰 불상과 그밖에 조각상, 주상 등 모두 4~50개의 불교 조각상이 어수선하게 진열되어 있다. 또 약간 검은 색을 띤 기와탑이 있는 데 그 기와는 가끔 무너져 떨어지는 일도 있다. 떨어짐과 동시에 사라져 버려서 떨어진 기와를 주운 사람은 일찌기 없다고 하는 이야기이다.

그 탑 위에 금속성의 긴 막대가 세워져 있는데 중간 부분 정도에서부터 굽어져 있다. 그 이유는 임진왜란 때 일본병사가 그것을 황금으로 착각하여 자르려고 구부렸는데 도중에 천둥번개가 쳐서 천벌이 무서워 그만두었기에 지금까지도 굽어진 채로 남아있다고 마을사람들은 말하고 있다. 그리고 이 송림사에 대해서는 다음과 같은 연기설화가 있다.

송림사의 터는 풍수지리적으로 아주 훌륭한 길지로서 만일 그곳에 묘자리를 쓰는 사람이 있다면 그 가문에는 3代에 걸쳐 정승이 나올 장소였다. 이런 사실을 안 어느 도승(고승 또는 신승을 의미한다)이 그곳에 절을 세우려고 하였는데 다른 한 도사(이는 중이 아니고, 풍수지리를 잘 아는 지관을 가리킴)가 그것을 알고 어떤 양반집에 찾아가서 그 사실을 전하고, 그곳에 묘자리를 세우도록 권하였다. 양반은 사람을 보내어 그 지리를 살피게 하여, 막 묘지로 쓰려고 했다. 그러나 도승이 완고히 이를 막으며 절의 기초공사를 하고 있었다. 양반은 이 사실을 지관과 논의하였다. 그러자 지관은 「많은 사람을 보내어 중을 잡아서 땅에 쓰러뜨리고, 닭우는 소리를 세 번 울 때까지 때리십시오」라고 하였다. 도승은 채찍의 고통을 참지 못하고 닭우는 소리가 두 번 나자 「이젠 이 땅의 악귀는 완전히 도망가버렸으니 부디 안심하고 묘지를 쓰십시오」(세 번 닭우는 소리를 내면 악귀들이 도망가는 것이다)라고 하였다. 심부름꾼들이 돌아가서 그 사정을 고하자, 지관은 깜짝 놀라서 곧바로 혈기왕성한 남자들을 데리고 되돌아가보니 도승은 하룻밤 사이에 절의 기초공사를 끝내고 절을 세우고 이미 수많은 스님들과 염불을 외면서 절주변을 돌고 있는 것이었다. 이렇게 해서 만들어진 것이 송림사이지만 이 절은 근세에 와서 화적(산적)들로 인하여 불타 없어졌다고 한다. 또 率堵婆속에는 석가모니의 치아를 사리로 받들고 있고 여기에 기도하면 대단한 효험이 있다고도 전해지고 있다.

(1930년 3월 대구시 본동 이상간군의 이야기)

※ 매장할 쯤에도 닭울음 소리를 내는 일도 있다고 한다. 묘자리를 파서 관을 넣고 죽은 사람의 이름을 쓴 銘旌을 관 위에 놓고 그 위에는 번호를 기입한 다섯 장의 판자를 차례로 옆으로 두고 그 중간의 두 장을 들고 그 안을 향하여 세 번 "오오 닭아"라고 외친 뒤 흙을 덮고 봉분을 만드는 것이다. "꼬끼오"하고 닭울음소리를 내는 것은 아닐 듯 싶다. - 이상 간군의 이야기

필자가 생각건대, 닭이 세 번 울면 귀신이나 요괴가 모습을 감추

거나 사라진다고 하는 이야기는 한국의 귀신설화 속에 흔한 것으로 이야기 속에 세 번 닭울음소리를 낸다고 하는 부분은 첫 번째 닭, 두 번째 닭, 세 번째 닭의 울음소리를 의미하는 것은 아닐 것이다.


## 45. 칠불사 설화

경상남도 하동군에는 칠불사라는 절이 있다. 그 경내에 있는 연못은 사람이 이 연못을 들여다보면 반드시 그 모습이 일곱 개가 되어 비친다. 옛날 가락국의 시조인 김수로왕이 김해로 도읍을 세워 그곳의 왕이 되어서, 수로왕의 여섯 동생은 하는 수 없이 하동으로 가서 절을 세우고 그곳의 스님이 되었다. 그 후 수로왕은 보고싶은 동생들을 만나러 그 절을 찾아갔지만 동생들은 이미 죽고 없었다. 절을 나와 돌아오는 도중 문득 경내의 연못을 들여다보니 그곳에 여섯 동생의 모습과 자신의 모습이 일곱으로 나란히 비쳤었다. 그래서 수로왕은 그 절을 칠불사라고 명명하였던 것으로, 그 후로는 누구나 들여다 보아도 연못물에 그 모습이 일곱으로 비치게 되었다고 전해지고 있다.

(1930년 5월 전남 여수군 여수읍 김동무군의 이야기)


## 46. 애비야언덕과 無心項과 血川

"애비야"라고 말하면 아이는 대부분 움츠러든다. 지금은 이 말이 「아이구 무서워」라는 의미로 해석되는데, 이에 대해서는 다음과 같은 유래가 전해지고 있다. 언제였는지는 알 수 없지만 옛날 조선군이 대규모로 일본을 정벌하러 갔던 적이 있다. 그 때 조선 군은 일본의 "애비야"라고 하는 들판에서 일본군과 싸워 최후의 한사람까지 싸우다가 죽었다. 그 이후 조선인은 "애비야"하고 들으면 몸서리를 치게 되어 지금도 이런 말이 남아서 아이들을 놀라게 하는(주의를 주는) 말이 되었다는 이야기이다.

또 전남 여수군 돌산면에는 무심항이라고 하는 좁은 해협이 있는데, 이 해협은 원래 섬과 섬 사이의 해발 겨우 4m(10척) 남짓의 물에 의해 이어져 있는 곳으로, 먼 곳에서 이곳을 바라보면 서해와 남해가 맞닿아 있는 것 같이 보이지만 실제로는 그 물에 의해 구획지어져 있다. 그런데 임진왜란 당시 일본해군은 이것을 모르고 그 해협에서 도망치려고 전군을 이끌고 무심항에 이르러 진퇴양난에 빠져 이순신의 수군에 의해 전멸되고 말았다. 그래서 일본인은 당시 이곳을 무심한 해협 즉 무심항이라 불렀으므로 지금도 역시 그렇게 불리우게 된 것이라 한다.

또 이 무심항 근처에는 혈천(血川)이라는 강이 있는데 이는 임진왜란 때에 일본의 수군이 그곳에서 패하여 그 피가 이 강을 붉게 적시었기에 오늘날에도 그렇게 불리고 있는 것이라 한다.

(같은 날 김동무군의 이야기)

## 47. 국사동 최씨설화

임진왜란이라고 하면 누구나 다 알고 있는 일이다. 그리고 그 때 침입한 왜병의 수는 사실은 3조 8억이었다고까지 전해지고 있다. 이 전란 때의 이야기로 지금의 아포면에 한 부자가 있었는데 그는 자기의 딸을 옆마을의 최모에게 시집을 보냈는데 최모는 자식 하나를 두고 그만 죽고 말았다. 이윽고 임진왜란이 일어나자 부자는 노비들과 소작인 등 수 백명을 모아서 國士山 계곡 입구에 성벽을 쌓고 그곳에 진을 치고 있었다. 이 이야기를 듣고 최모의 아내는 그 젖먹이를 등에 업고 아버지가 있는 진영으로 찾아가 보호해 줄 것을 청하였지만, 그녀의 아버지는 여자가 진영에 들어오는 것을 불길한 징조라며 그녀를 쫓아버렸기에 그녀는 할 수 없이 울면서 집으로 돌아갔다. 그런데 그날밤 왜병이 쳐들어와서 국사산의 성을 부수고 그안에 있던 모든 군인들은 남김없이 죽임을 당하였지만 최씨부인만은 난을 피해서 살아 남을 수가 있었다. 오늘날 아포면 국사동에 몇 가구의 최씨들이 살고 있는데 이들은 그녀의 후손이라고 전해지고 있다.

(1928년 2월 경북 김천군 아포면 국사동 김문환씨 이야기)

## 48. 수탉설화 (날개옷설화)

옛날 어느 곳에 한 젊은이가 어머니와 단둘이 살고 있었다. 나이가 30이 될 때까지 젊은이는 아내를 구할 수가 없었다. 그는 매일 산에 올라가서 아침부터 저녁까지 나무를 해서 그것을 팔아 어렵게 생활하는 나무꾼이었다. 어느 날 여느 때처럼 산에서 나무를 하고 있는데 어디선가 한 마리의 사슴이 누군가에게 쫓기고 있는 것처럼 나무꾼이 있는 곳으로 뛰어와서는 「제발 살려주세요」라고 헐떡이면서 애원하였다. 나무꾼은 사슴을 불쌍히 여겨 쌓아 놓은 나무 밑에 숨겨두고 모르는 체하고 일을 계속하고 있었다. 머지 않아 맞은 편에서 한 포수(총포를 쏘는 사람 혹은 사냥꾼이라고도 한다)가 숨을 헐떡이면서 뛰어와서는 「사슴이 이곳으로 도망오는 것을 보았지」라고 나무꾼에게 물었다. 「봤소. 하지만 그 사슴은 저 맞은편 길로 도망가 버렸죠」하며 나무꾼은 맞은편 산길을 가리키며 대답하였다. 포수는 나무꾼이 가르쳐준 길로 사슴을 쫓아 달려갔다. 포수가 보이지 않게 되었을 때 나무꾼이 사슴을 꺼내주자 지금까지 나무 밑에서 숨을 죽이며 떨고 있던 사슴은 나무꾼의 지혜로 위험에서 모면하였기에 매우 기뻐하며 몇 번이고 인사를 하면서 나무꾼에게 이렇게 말하였다. 「나는 이 산의 신령으로 오늘은 모처럼 놀러 나왔는데 포수에게 발견되어 이런 혼이 났다. 너는 나의 목숨을 구해주었으니 나는 그 보답을 하지 않으면 안 된다. 어떤 것이라도 좋으니까 네 소원을 말하여라.」 나무꾼은 잠시 생각해 보았지만 이렇다 할만한 소원이 없어서 「특별히 원하는 소원은 없지만 저에게는 아직 아내가 없으니 부디 저에게 아름다운 아내를 맞도록 해주십시요」하고 부탁하였다. 그러자 사슴은 「그러냐. 그렇다면 좋은 방법이 있다. 이 산을 어디까지 올라가면 그곳에 커다란 연못이 하나 있을 것이다. 그리고 그 연못 안에는 하늘에서 내려온 선녀들이 지금 목욕을 하고 있을 것이다. 선녀들은 모두 그 선녀옷을 연못가에 벗어놓았다고 하니 그 중에서 가장 젊은 선녀의 옷을 몰래 숨기거라. 그렇게 하면 선녀들이 목욕을 마치고 하늘로 돌아가려고 할 때 옷을 잃어버린 선녀만 날수가 없을 것이다. 선녀는 그 옷이 없으면 날 수가 없게 된다. 그때 네가 선녀에게 잘 접근해서 집으로 데리고 돌아와서 아내로 삼으면 될 것이다. 그렇지만 결코 그 옷을 선녀에게 보여서는 안된다. 그것을 찾기만 하면 선녀는 그것을 입고 하늘로 날아가 버릴 것이다. 그렇지만, 만약 아이가 네 명 태어난다면 그 때는 옷을 돌려주어도 상관없다. 세 명까지라면 둘은 양팔로 한 명씩 안고, 한 아이는 가랑이 사이에 끼고 날아올라갈 수는 있지만 네 명이라면 아무리 하여도 방법이 없다. 한 아이라도 남겨 놓고는 어머니는 돌아갈 수 없기 때문이다.」라고 가르쳐주고는 사슴은 아까 왔던 길에서 산 속으로 사라져 버렸다. 나무꾼은 사슴이 가르쳐 준대로 잠시 후 그 산을 올라가니 과연 커다란 연못이 보였고 그 연못 안에는 아름다운 선녀들이 알몸으로 목욕을 하고 있었다. 그리고 연못가의 커다란 바위 위에는 비단(명주)처럼 희고 아름다운 선녀들의 옷이 벗어져 놓여 있었다. 나무꾼은 발소리를 죽이고 풀과 나무사이를 기어 들어가서 한 선녀의 옷을 숨기고 바위 그늘에 숨어 있었다. 목욕을 마친 후 다른 선녀들은 각자 자기의 옷을 입고 날아갔지만 가장 젊은 선녀만은 날아갈 수가 없었다. 그녀는 발을 동동 구르며 옷을 찾아보았지만 찾을 수 없었다. 그 때 나무꾼이 바위그늘에서 나타나 「옷은 내가 갖고 있소.」라고 말하니. 선녀는 그것을 돌려달라고 애원하였다. 하지만 나무꾼은 「나의 아내가 되어준다면 돌려주겠소.」고 말했다. 선녀는 할 수 없이 나무꾼의 집으로 따라가서 나무꾼의 아내가 되었다.

그들 사이에서는 이미 세 명의 자식이 태어났다. 큰 아이는 경성에 가서 과거시험에까지 급제하였다. 부부는 매우 금술이 좋았고, 그 사이 아내는 한번도 그 선녀옷에 대해서 말한 적이 없었다. 그래서 남편은 완전히 안심하였고, 옷 따위는 까맣게 잊고 있었다. 그 무렵 어느날 아내는 남편에게 술을 권하면서 「우리들 사이에 이미 세 명의 자식이 태어났습니다. 저는 처음에는 하늘로 올라가고 싶어 애가 탔지만 지금은 인간세상이 오히려 좋아졌습니다. 그런데 그때 제 옷은 어떻게 되었습니까? 잠시 그것을 보여주세요. 단지 옛날 추억으로 아주 잠깐만이라도 보고 싶으니까요」하며 교묘하게 애원하였다. 남자는 술에 약간 취해서 기분도 좋은데다가 아내가 한 말을 믿어서 의심없이 그만 그 옷을 꺼내왔다. 그러자 아내(선녀)는 그것을 입자마자 두 아이는 양쪽 팔에 하나씩 안고 막내아이는 가랑이 사이에 끼우고 천장을 뚫고 하늘로 날아가버렸다.

나무꾼은 다시 옛날의 나무꾼처럼 쓸쓸히 산에 들어가 나무를 하면서 불행한 자신의 신세를 한탄했다. 나무를 하다가도 도끼를 내동댕이치고 버려진 물건처럼 땅바닥에 앉아 한숨을 쉬곤 하였던 것이었다. 얼마동안 매일같이 그런 것을 되풀이하고 있던 어느 날 전에 나타났던 사슴이 나타나더니 「그렇게 한탄하지 않아도 된다. 다시 한번 전에 갔던 연못에 가보아라. 그곳에는 하늘에서 두레박이 내려와 있을 것이다. 선녀들은 전에 그 일이 있은 후부터 연못에 내려오지 않고 두레박으로 연못의 물을 길어서 그 물로 천상에서 목욕을 하게 되었다. 두레박에 물이 가득 담겨져 하늘로 매달려 올라갈 때 그 물을 뒤엎어버리고 네가 그 속에 타면 너는 하늘에 올라가서 아내와 아이들을 만날 수 있을 것이다」라고 가르쳐주었다. 나무꾼은 그대로 하여 정말로 하늘로 올라갈 수가 있었다. 그는 천상의 아름다움에 놀라서 여기저기를 바라보고 있는데, 이윽고 선녀들이 나오면서 「어. 사람냄새가 난다」고 했다. 그리고는 그를 발견하고 깜짝 놀라며 「어찌된 일입니까?」라고 묻자, 그는 여차여차 해서 여기까지 오게 되었다며 그 과정을 처음부터 끝까지 이야기하고, 드디어 천신 앞에 나아가서 그곳에서 아내와 자식들을 만났다. 그의 아내는 천신의 딸이었다고 한다.

나무꾼은 천상에서 매일 맛있는 음식을 먹고 좋은 옷을 입으며 잠시 동안은 아무런 걱정없이 지내고 있었다. 하지만 어느 날 지상에 어머니만 홀로 남겨두고 온 것을 생각하고는 갑자기 어머니가 보고 싶어, 어떻게 해서라도 어머니 곁으로 돌아가고 싶다고 아내에게 이야기하자 아내는 여러 번 이를 말리며 「만일 당신이 지상으로 돌아가면 다시는 이곳으로 돌아올 수가 없을지도 모릅니다.」라고 했다. 그렇지만 나무꾼은 어떻게 해도 마음을 바꾸려하지 않았다. 「금방 돌아올테니 잠시만 다녀오게 해주시오.」라고 애원하니 아내는 마지못하여 허락하면서 「하늘의 용마를 한 마리 드릴테니 이걸 타고 가세요. 이 말을 타면 눈깜짝할 사이에 지상에 도착할 수가 있을 것입니다. 그러나 만일 당신이 한 발짝이라도 땅을 밟는 일이 생기면 영원히 천상으로 돌아올 수가 없습니다. 그러므로 어떤 일이 있어도 반드시 말 위에서 일을 끝내고, 결코 땅을 밟아서는 안됩니다」라고 몇 번이고 되풀이해서 말했다. 나무꾼은 하늘의 용마를 타고 눈깜짝할 사이에 어머니집에 도착하였다. 어머니는 오랫만에 다시 만나서 너무 기뻐서 서로 여러 가지 이야기를 나누었다. 나무꾼이 어머니에게 작별을 고하자 어머니는 나무꾼을 붙잡으며 「너에게 먹이려고 모처럼 호박죽(팥죽이라고도 한다)을 만들었으니 한 그릇만이라도 먹고 가렴」했다. 그는 어머니의 뜻을 물리칠 수 없어 잠시 기다려 어머니가 가져 온 호박죽 그릇을 말 위에 앉은 채로 받았다. 그런데 그 죽 그릇이 너무 뜨거웠기 때문에 그는 손을 바꾸려고 했는데 그만 실수하여 그릇을 말 등에 떨어뜨리고 말았다. 말이 깜짝 놀라서 뛰어오르는 순간에 나무꾼은 말에서 떨어져 땅을 밟게 되었던 것이다. 하늘의 용마는 긴 울음을 남기고는 하늘 높이 날아 사라져 갔다.

　나무꾼은 그래서 다시 하늘로 돌아갈 수 없게 되었고, 매일 밤에 나와서 하늘을 바라보며 한탄하면서 울었던 것이다. 그러다가 그는 결국 죽어서 수탉이 되었는데, 오늘날 수탉이 자주 지붕 위에 올라가서 목을 길게 늘려 하늘을 바라보며 우는 것은 그 나무꾼의 넋이 수탉이 되었기 때문이다. 그리고 가능한 한 높은 곳에서 하늘을 바라보고 싶어서 지붕 위에 오르는 것이라고 한다.

(1923년 8월 경성 방정환군의 이야기)

## 49. 關帝廟의 연기

　경성에는 동쪽과 남쪽에 두 개의 관제묘가 있는데, 그 연기설화는 다음과 같다. 조선 선조 때 임진년에 왜병의 선봉장인 고니시 유키나가(小西行長)는 부산에서부터 경성(지금의 서울)까지를 마치 사람이 없는 땅을 달리듯 하여 남대문밖에 당도하였다. 그리고 왜장인 카토 기오마사(加藤淸正)도 뒤를 이어 동대문 밖에 당도하였다. 이 때 선조대왕은 신하를 거느리고 북쪽으로 피난하여 성안에는 다만 도망가지 못한 백성들과 성을 지키는 군사만이 있을 뿐이었다. 고니시와 카토가 경성을 함락시키기 전날 밤의 일로, 성을 지키는 한 장군의 꿈속에 관운장의 영혼이 나타나 「내일은 내가 왜군과 싸울 예정이지만, 카토가 타고 있는 말이 두려우니 너희들은 그저 그 말을 죽여주기 바란다. 그 다음은 내가 혼자서 처리하마」라고 말했다. 이튿날 과연 왜군은 대거 성을 공략하고 관제는 지금의 남묘(南關王廟)가 있는 곳에서 나타나 적토마를 타고 청룡도를 휘두르며 왜군을 추풍낙엽처럼 혹은 마치 풀을 베듯이 베어 죽이면서 지금의 동묘(동관왕묘)가 있는 곳까지 나아갔다. 그렇지만 조선의 병사들에게는 적장인 카토의 말을 죽일 만한 계책이 없었다.

그런데 관제의 도움을 알아차린 카토는 매우 놀라 즉시 자신의 말모가지를 베어 그 피를 관제를 향하여 뿌렸다. 그러자 관공의 영령은 순식간에 사라져버려 왜군은 승리의 함성을 지르면서 성안으로 쇄도하였다. (현령은 짐승의 피로 없앴다고 한다)

왜란을 평정한 후 선조대왕은 경성에 돌아와 관제의 도움을 들으시고 몹시 감격하시어 곧바로 예조에 명하여 관공이 나타났던 곳과 사라졌던 곳에 각각 사당을 세우도록 하였다. 그것이 바로 오늘날의 남묘과 동묘이다. 그리고 또 전국에 명하여 각 부·군·현에도 관제의 사당을 세우도록 하여 봄과 가을 두 번 모시도록 했다고 한다. 그리고 이처럼 관제를 모시는 일은 임진왜란 이전에는 조선에 없었다고 한다.

(1927년 8월 경성부관동 72번지 김태향씨 이야기)

* 關帝는 중국의 삼국지에 나오는 "관운장"을 말함

## 50. 체부동(體府洞) 옥함가(玉函家)

경성(서울)의 체부동에 가서 옥함가라고 물으면 누구도 이를 모르는 사람이 없었다. 그 집에 딸려 있는 복도 아래에 이상한 옥함이 하나 숨겨져 있어서 그렇게 불리고 있는 것이다.

아주 오래 전의 이야기로 어느 날 한 여행을 하는 도인이 그 집에 들어가서 하룻밤을 머물기를 원하였는데 마침 그 때 주인의 생활이 매우 가난하여서 손님에게 식사조차 대접할 수가 없었다. 그래서 할 수 없이 그 이유를 말하고는 거절하였다. 그러나, 도사는 아주 간곡히 부탁하였기에 사랑방도 아닌 가족들이 거주하는 내실로 안내하였다. 도사는 주인의 가난함을 안스럽게 여겼는지 얼마 안되는 은말굽을 주머니에서 꺼내어주었다. 그리고 다음날 아침 떠나려고 할 즈음에 도사는 보자기로 싼 보따리를 꺼내서 그 집의 복도아래에 그것을 놓아두고는 「내가 떠난 뒤에 만일 이것을 옮겨서 열게되면 당신의 집은 뿌리채 멸망할 테니 아무쪼록 조심하십시오」라고 주인에게 말하였다. 그런데, 주인은 궁금함을 참지 못하고 도인이 떠난 뒤에 몰래 그 보자기를 풀어 보았다. 그랬더니 그것은 옥함이었고 그 함 속에는 갑옷과 투구와 솟검이 넣어져 있었다. 그리고 옥함의 속 뚜껑에는 「某人開見」로 그것을 열어야 하는 사람의 이름이 적혀져 있었다고 한다. 과연 그날로부터 주인은 병에 걸려 얼마 안되어 죽게 되었고, 가족들도 뒤를 이어서 죽게 되어 그 친척들은 불길한 것으로 믿고 그것을 부숴 버리자고 논의하며 바로 그 상자에 손을 대려고 하자 갑자기 검은 구름이 일어나더니 천둥번개와 함께 큰 비가 쏟아져 내려서 사람들은 크게 놀라 손을 떼고 그 후로는 그 상자에 대해서 흑심을 갖는 일이 없었다. 그리고 그 뒤 이 집의 주인은 몇 번이나 바뀌었지만 이 집에 살기 전에 앞서 살았던 사람으로부터 옥함에 관하여 그 연유를 들었기에 손을 대는 일이 없고 옥함은 보물을 소장한 채 지금도 역시 그 집에 있다고 한다. 이것을 열어야 하는 사람은 과연 누구며, 또 그것이 언제, 어떠한 경우에 도움이 되는 것인가는 불가사의이다.

(같은 날 김태향씨의 이야기)

## 51. 바닷물이 짠 이유

옛날 어느 왕이 보물 맷돌을 갖고 있었다. 그 맷돌은 무엇이든지 원하는 것을 거기에 향하여 말을 하면 나오는 것이었다.

그 때 큰도둑 한 사람이 있었는데 왕의 맷돌을 훔쳐내어 그것을 배에 싣고 아주 먼바다 쪽으로 달아났다. 땅으로 도망치면 쉽게 잡힐 것 같았기 때문이다. 바다 한가운데까지 왔을 때, 도둑은 「이제 여기까지 왔으니까 괜찮겠지」하고 생각했다. 「그런데 무엇을 꺼내면 돈이 될만할까?」라고 생각하고 있었다. 마침 그 때는 소금이 매우 비쌌기에 소금을 꺼내려고 「소금 나와라」라고 말하고 맷돌을 돌리니 소금이 자꾸자꾸 나왔다. 도둑이 기쁜 나머지 맷돌을 멈추는 것을 잊어버려서 소금이 너무 많이 나와서 그 무게로 인하여 배는 가라앉고 말았다. 도둑이 죽은 것은 물론이지만, 지금도 바닷 속에는 그 맷돌이 끊임없이 돌고 있어 소금이 나오고 있다. 그래서 바닷물이 짠것이다.

(1923년 8월 14일 함경남도 함흥군 장동원군의 이야기, 18세)

※ 이 이야기를 얘기한 장군은 고등학교 학생이었다. 이와 유사한 이야기가 독일의 그림동화에도 있어서 내가 장군에게 이 이야기를 언제 들었는지를 물었더니 장군은 어렸을 적부터 친구들에게 들었다고 대답하였다. 그러나 함흥의 다른 사람

들은 그다지 이 이야기를 알지 못하였다. 그렇지만 이 이야
기는 맷돌이라는 것 하나만 독일의 이야기와 유사할 뿐 나머
지는 전혀 다르다.

# Ⅱ. 민속·신앙에 관한 설화

## 2 민속·신앙에 관한 설화

### 1. 처녀는 平土葬

옛날 어떤 나그네가 길가 주변의 묘지 옆에서 소변을 보았다. 그날 밤 꿈에 한 아름다운 처녀가 나타나 「저는 오늘 당신이 가지고 있는 귀한 것을 볼 수가 있었습니다. 저의 이승의 한도 그래서 풀릴 수 있었으므로 이제 저는 저승으로 떠날 수가 있게 되었습니다.」라고 말하고는 사라져버렸다. 나그네가 소변을 보았던 곳은 그 처녀의 무덤이었다. 남자를 모른 채 죽은 여인은 저 세상으로 갈 수가 없다. 영원히 이승을 떠돌지 않으면 안된다. 나그네의 무례는 오히려 불쌍한 여인의 죽은 혼령을 구하게 되었던 것이다. 처녀의 영혼은 자주 나그네를 도와주었다. 처녀의 영혼이 시키는 대로하여 그 여행자는 과거시험에도 급제할 수가 있었고, 게다가 또 아름다운 아내를 맞이할 수 있었다. 그의 결혼식 날 밤에 처녀의 영혼이 또 나타나서 「이로써 은혜에 대한 보답을 다 하였습니다. 저는 이제 떠나겠습니다」라고 말한 뒤, 그후 모습을 보이지 않았다. 이런 일이 있은 후, 결혼하지 않은 여인의 시체는 봉토(封土)를 하지 않고 반드시 '平土葬'으로 해서 묻게 되었다. 다른 사람들이 알지 못하도록 하기 위해서이다.

(1921년 11월 전북 전주군 완산면 유춘섭군의 이야기)

## 2. 손톱(발톱)을 소홀히 다루어서는 안 된다.

옛날 한 청년이 산사에서 공부를 하고 있었다. 그는 항상 절 앞에 흐르는 계곡으로 나가 목욕을 하였다. 목욕을 할 때, 그는 언제나 손톱을 자르고 또 오줌을 누는 것이었다. 그런데 그 때 쥐 한 마리가 뒤에서 나타나 그 손톱을 먹고 오줌을 핥았는데 청년은 그것을 눈치채지 못하였다.

집을 떠날 때 가족과 약속한 3년 공부 기한이 끝났기에 청년은 개나리봇짐을 준비하고 출발하였는데 약속한 날보다는 조금 늦게 집에 도착하였다. 그런데 자신의 집에는 이미 자기와 완전히 똑같은 - 얼굴이나 옷은 물론이고 목소리와 동작마저도 꼭 닮은 - 청년이 있어, 그 청년을 집에서는 친자식으로 여기고 있었다. 그 청년은 약속한 날의 제시간에 집으로 돌아갔기 때문이다. 아무리 이야기를 하여도 집에서는 먼저 온 청년을 친자식으로만 생각하고 그를 받아주지 않았다. 아내가 옷을 조사하여 보았지만 양쪽 모두 그녀가 만들어 준 것이었다. 몸의 특징이 있는 부분을 조사해 보았지만, 역시 똑같은 특징을 지니고 있었다. 가족들의 나이를 두 사람에게 말하게 해보았지만 두 사람 모두 맞추었다. 가족들이 어렸을 때의 이야기를 여러가지 물어 보았는데 또 모두 똑같았다. 마지막으로 어머니는 「우리 집에 밥그릇과 접시가 몇 개 있는지 말하거라. 이것을 맞추는 사람이 진짜 내 자식일 것이다.」라고 말하였다. 가짜 자식은 그것을 맞추었지만, 진짜 자식은 그것을 맞출 수가 없었기에 하는 수 없이 청년은 방랑의 길을 떠났다. 어느 날 청년은 깊은 산 속에서 길을 잃어 인가를 찾고 있었다. 어둠이 깃들었을 때 호롱불을 켠 한 집을 겨우 발견하고 문 앞에서 하룻밤 쉬어갈 것을 애원하자, 한 여인이 나와서 그를 맞이하였다. 그 날 밤 여인은 「당신이 오실 줄 알고 있었습니다. 당신이 괴로워하고 있는 이유도 잘 알고 있습니다」라고 말하며 약 한 봉지를 꺼내 청년에게 건네주면서 말을 이었다. 「이 약을 갖고 집으로 돌아가세요. 그리고 이것을 당신과 당신의 아내, 이상한 청년에게 먹이세요. 그렇게 하면 모든 것이 밝혀질 것입니다.」 청년은 다음날 집으로 돌아가 시키는대로 해보았다. 그랬더니 이상한 청년은 즉사하여 한 마리의 쥐로 변해 쓰러졌다. 아내는 복통을 일으키더니 이윽고 여러 마리의 쥐새끼를 낳았지만 쥐새끼들은 모두 죽어서 태어났다. 청년만은 무사하였다. 그래서 겨우 그 청년은 이상한 쥐를 물리치고 친자식이 되었던 것이다.

원래 이것은 청년이 버린 손톱과 오줌으로 인하여 청년의 정기가 그것들을 먹거나 핥은 쥐로 옮겨졌기 때문이다. 청년의 정기를 받은 쥐였기 때문에 그 쥐는 청년과 똑같은 사람으로 변할 수가 있었다. 그래서 손톱을 깎으면 그것을 하나하나 모아서 콧김을 불어 반드시 요강단지 속에 버리지 않으면 안 된다.

(1927년 6월 2일 경남 마신군 표동 명주영군의 이야기)

내가 살고 있는 지방에도 이와 같은 이야기가 있지만, 오줌 따위는 없고, 산사에서 공부하는 청년이 대나무통 속에 모아 두었던 손톱을 쥐가 갉아먹고 청년으로 변하여 약속한 날짜에 청년의 집에 도착해서, 늦게 도착한 청년은 하는 수 없이 방랑 생활을 하던 중에 한 친구의 이야기에 따라 고양이 한 마리를 소매 속에 감추고 집으로 돌아가 고양이를 방안에 놓고 방 밖에서 방문을 잠그고 있었더니 고양이와 가짜 청년(쥐)의 대결투가 시작되었다. 이윽고 청년은 한 마리의 쥐로 변해 쓰러졌다고 하며, 여인이 낳은 쥐새끼는 모두 죽어버렸다고 한다. 그리고 쥐나 여우·호랑이·지네와 같은 동물이 변한 것이 사람을 자주 홀리지만, 역시 개나 고양이·소·말·닭 등은 결코 사람을 홀리지 않는 동물이라고 전해지고 있다. 또 어떤 스님이 와서 두 청년을 방안에 가둬두고 밖에서 염불을 외었더니 가짜 청년은 결국 커다란 쥐로 변해 쓰러졌다고 한다.

(1930년 5월 전남 여수군 여수읍 김동무군의 이야기)

## 3. 과부의 병과 흰 개(白狗)의 성기

옛날 어느 곳에 재물과 권력을 모두 갖춘 집이 있었다.

그 집의 주인은 젊은 사람으로, 그의 어머니는 젊었을 적부터 과부가 된 중년부인이었다. 그런데 어머니가 갑자기 무시무시한 중병에 걸렸다. 이 무서운 중병이라는 것은 다름이 아니라 어머니가 한 마리의 커다란 뱀이 되어 방을 하나 가득히 몸을 말고 있었던 것이다. 그 뱀은 사람이 방으로 들어가려고 하면 대가리를 쳐들고 커다란 입을 벌리며 물어뜯으려고 하였다. 아들은 유명하다는 명의들을 모두 불러모아 어머니의 병든 몸을 보여주었다. 또 스스로 찾아온 의원도 무수히 많았다. 그렇지만 누구도 이 병을 고칠 수 있는 의원은 없었다. 그러자 아들은 그 의사들을 모두 창고 속에 쳐넣었다.

어느 날 한 의사가 찾아왔다. 그는 어떤 신선에게서 의술을 배운 사람이었지만 「1년 공부를 계속하지 않으면 안된다」는 스승의 충고를 듣지 않고 속세로 나왔던 것이었다. 그는 과부의 병세를 보고 크게 놀랐다. 과부의 아들인 주인은 그 사람 앞에 무릎을 꿇고 엎드려 「부디 어머니의 병을 낫게 해주십시요」라고 애원하였다. 의사는 며칠간 여러 가지로 고심하였지만 도저히 묘방이 떠오르지 않았다. 어느 날 밤 꿈에 그의 스승인 그 신선이 앞에 나타나더니 「그러기에 좀 더 공부하라고 말하지 않았느냐. 너도 곧 다른 의사들처럼 이 집의 창고 속에 갇히게 될 것이다.」라고 말했다. 그러자 그는 스승 앞에 엎드려 처방을 알려 달라고 애원하였다. 잠시 후 스승은 「백구의 성기를 백 개 구해서 그 기름을 짜서 병자에게 먹이면 치료가 될 것이다.」라고 알려주었다. 꿈에서 깨어난 의사는 매우 기뻐하며 재빨리 주인을 불러 백구의 성기 백 개를 구하도록 시켰다. 재물과 권력을 지니고 있던 집이었기에, 3일 사이에 흰 개 백 마리를 구해왔다.

흰 개 백 마리의 성기에서 짜낸 기름을 계속해서 병자에게 먹였다. 대부분의 기름이 없어질 때까지 구렁이는 역시 구렁이 그대로인 채 아무런 변화도 일어나지 않았는데. 마지막 한 방울이 병자의 입에 떨어졌을 때 구렁이는 순식간에 원래의 사람 모습으로 변하였다고 한다.

(1923년 7월 충북 괴산군 괴산읍 안중양씨의 이야기)

## 4. 怨魂鬼(원혼귀)

옛날 어느 천민의 딸이 있었는데. 한 양반집 아들을 몰래 사모하였다. 그러나 그것은 소원대로 될 수가 없는 것이었기에 딸은 결국 상사병에 걸려 다 죽게 되었다. 딸의 마음을 눈치챈 아버지는 죽음을 무릅쓰고 딸을 구하려고 양반집 주인에게 자신의 딸에 대한 이야기를 털어놓았다. 그랬더니, 양반은 이것을 한 마디로 거절하였다. 아버지는 이번에는 양반집 아들에게 「딸이 그저 한번이라도 좋으니 당신을 만나보고 싶어합니다. 부디 한번만 만나 주세요.」하고 애원하였지만, 양반집 아들은 그 말조차 들으려 하지 않았다.

결국 딸은 죽었다. 그리고 딸의 영혼은 원령(怨靈, 원귀라고 흔히 말한다)이 되어서 양반집 아들에 언제나 달라붙어 다녔다. 딸의 원귀 때문에 양반집 아들은 어떤 일을 하더라도 실패하였다.

학문을 배우더라도 제대로 되지 않았고, 과거시험에 응시하여 보았지만 낙방만 할뿐이었다. 그녀가 죽어서 된 원귀는 조금도 그 아들 주위에서 떨어지지 않았던 것이다. 아무리 사죄하여도 또 아무리 벗어나려고 하여도 원혼은 떨어지지 않았다.

양반집 아들은 하는 수 없이 팔도유람이라도 하려고 방랑의 길을 나섰다. 어느 날 그는 삼각산에 올랐다. 절벽 위의 좁은 길에서 그는 한 스님을 우연히 만났다. 갑자기 안개가 피어 지척을 분간할 수조차 없었기에 두 사람은 길가에 앉아 「안개가 개일 때까지 옛날이야기라도 합시다」라는 식이 되었다. 먼저 양반집 아들이 어떤 이야기를 했다. 다음은 스님 차례였다. 스님은 잠시 생각해 보았지만 특별히 재미있다고 생각나는 이야기가 떠오르지 않자 「옛날 이야기가 아니라 지난 날 내 신상에 일어났던 이야기를 해도 괜찮습니까?」라고 물어 보았다. 「물론 괜찮습니다」하고 젊은이는 대답하니 스님은 다음과 같은 이야기를 하였다. 「별로 재미있는 이야기는 아니지만 그저 그냥 들어주시오. 어느 날인가 제가 한 마을로 시주하려 내려갈 일이 있었습니다. 어느 마을의 집으로 들어가자, 그 집에는 아무도 없고 오직 한 아름다운 처녀가 베를 짜고 있었습니다. 나는 걷잡을 수 없이 일어나는 흑심을 억누르지 못하고 그 여인에게 덤벼들었습니다. 하지만 여인은 완강히 저항하여 마음 먹은대로 할 수 없어 옆에 있던 부엌칼로 나는 여인의 유방을 찔렀습니다. 그런데 뜻밖에도 여인은 그 자리에서 죽어 버렸습니다. 나도 젊었을 때에는 그런 난폭한 짓을 하였습니다」하고 이야기를 끝맺었다. 젊은이는 이 이야기를 듣고 매우 분개하며 「이 녀석 중인 주제에 양가집 여인을 겁탈하려 하는 것은 무슨 경우냐?」라고 하면서 스님을 절벽 아래로 밀어버렸다. 그러자 갑자기 하늘에서 이상한 귀신소리가 들렸고 두 명의 여자귀신이 싸우기 시작하였다. 그것은 스님이 죽인 여자도 또 원혼이 되어 항상 스님을 따라 다녔는데, 그녀는 뜻하지 않은 곳에서 뜻밖의 젊은이

가 원수를 갚아주었기에 그 보답으로 젊은이를 따라다니는 원혼을
죽이려고 두 귀신 사이에 싸움이 시작되었던 것이었다.

그날 밤 양반집 아들 꿈에 한 여인이 나타났다. 여인은 가슴에
피를 흘리고 있었다. 「덕분에 저는 여러 해 전의 원수를 갚았습니
다. 저도 당신에게 은혜에 대한 보답으로 당신을 따라 다니는 나
쁜 원혼을 죽여버렸습니다. 이젠 안심하십시오」라고 말하고 여인
은 모습을 감추었다. 젊은이는 그래서 겨우 원혼으로부터 벗어날
수가 있게 되었다고 하는 이야기이다.

(1921년 11월 전북 전주군 완산면 유춘섭군의 이야기)

## 5. 9대 독자와 두 처녀

옛날 어느 마을에 9대 독자인 한 소년이 있었다. 그의 집에는
대대로 호식을 당하는 불행한 운명이 있어서 그의 할아버지와 또
증조할아버지도 모두 13살이 되던 해에 같은 달, 같은 날, 같은
시간에 호랑이한테 잡아 먹혔다. 그래서 그의 집은 대대로 독자만
이어지고 있었다. 점쟁이에게 그의 운명을 점쳐 보았는데, 그도
역시 호랑이한테 잡아 먹힐 운명이어서 만약 집에 있으면 13살이
되는 해에 죽을 처지였다. 처음에는 집에서 내보내는 것을 원치
않았지만, 모든 점쟁이가 똑같은 말을 하기에 가족들은 할 수 없
이 그를 결국 방랑의 길로 떠나보냈다.

방방곡곡을 유랑하며 그는 경성에 도착하였는데, 그 때 그의
나이가 이미 13살이 되었다. 그는 한 사람의 점쟁이를 찾아갔다.
그때 그는 보따리 속에 겨우 100냥밖에 가지고 있지 않았지만,
그는 그중에서 15냥을 투자하여 점을 보았다. 점쟁이는 그의 운
수를 보고는 처음에는 몹시 놀랐지만 잠시 생각에 잠긴 뒤 「경성

안에 김정승 집이 있는데, 그 집에는 외동딸이 있습니다. 모월 모일, 즉 당신이 호랑이한테 잡아먹히는 그 날에 그 외동딸이 사는 방에 숨는다면 살 수 있지만 그 외에는 아무런 방법이 없습니다」하고 그에게 알려주었다. 소년은 김정승 집 앞까지 가서 배회하면서 살펴 보았지만, 대관의 집이라 쉽사리 들어갈 방법이 없었다. 마침 그 집 앞에 한 오두막집이 있었는데 그 곳에는 할머니 한 분이 혼자 살고 있었다. 그는 갖고 있던 돈을 할머니에게 주고 환심을 사서 잠시 할머니의 집에 기거하게 되었던 것이다. 그 사이, 그는 자신의 운명을 할머니에게 이야기하고 도움을 구하였다. 그 할머니는 다름 아닌 김정승댁의 숙모(또는 대대로 노비라고도 한다)였는데. 남편이 죽은 후 생활이 궁핍해져 어떤 나쁜 짓을 했기 때문에 김정승댁에서 쫓겨나 그 집 문 앞에서 초가집 한 채를 짓고 살고 있었던 것이다.

할머니는 소년이 호랑이한테 잡아 먹히는 그 날 저녁에 맛있는 음식과 술을 준비해서 김정승의 12대문을 지키는 사람들에게 대접하였다. 그래서 수문장들은 모두 술에 몹시 취해 정신을 잃었기에 할머니는 소년을 옷 속에 숨기고 감쪽같이 김정승 집의 깊은 곳까지 데리고 들어갈 수가 있었다. 그리고 드디어 김정승의 딸 방으로 들어갈 때 할머니는 소년을 딸 방의 병풍 뒤에 숨기고 갖고 온 음식을 김정승댁 딸에게 주면서 「마침 오늘밤이 죽은 너의 숙부의 제삿날로 약간의 음식을 마련하여 왔다. 이것은 너를 위해 가져 온 것이니 먹어보렴」하고 말했다. 그리고 할머니는 음식을 병풍 뒤로 치우고 지체없이 나가버렸다. 잠시 지나서 김정승의 딸이 음식을 먹으려고 병풍을 열어 젖혔더니 병풍 뒤에서 여태까지 본 적이 없는 한 소년이 거기에 있었다. 딸은 그 소년이 틀림없이 귀신이라고 생각하고, 귀신을 쫓는 주문을 외우기 시작하였다. 그러나 소년은 정체를 밝히지도 않고 또 사라지지도 않고 의연하게 서있는 것이었다. 그래서 보통 사람이 아니라고 생각하고 「당신은 누구시며, 무엇 때문에 이방에 들어왔습니까?」하고 딸이 물었다. 소년은 숨김없이 처음부터 끝까지 이야기를 다 하였다. 그러자, 딸은 불쌍히 생각하고 소년을 병풍(또는 벽장속) 뒤로 숨겨 주었다.

마침 그 때 이웃 李정승댁의 딸이 놀러와서 두 사람은 여러 가지 이야기를 나눈 후 김정승의 딸이 「만약에 여기에 이러이러한 경우에 처한 사람이 나타난다면 당신은 그 사람을 어떻게 하겠습니까?」하고 물었다. 「그렇다면 당연히 도와줘야지」하고 이정승의 딸이 대답하였다. 그래서 김정승의 딸은 병풍을 열어 젖히며 그 뒤에 있던 소년을 가리키며 「이 사람이 아까 이야기한 그 사람입니다」라고 말했다. 이 정승의 딸은 몹시 놀랐지만 일단 약속한 이상 어쩔 수 없어서, 두 사람은 소년을 병풍 뒤에 숨기고 호랑이가 나타날 때를 기다리고 있었다. 그 시간이 되자 과연 커다란 호랑이 한 마리가 12대문을 부수고 김정승 집으로 들어왔다. 호랑이는 딸이 있는 방의 계단 밑에(섬돌, 댓돌)에 엎드리고 「숨기고 있는 소년을 내놓아라」하고 협박하였다. 두 사람은 엄숙한 얼굴을 하고 조용히 입을 열며, 「이 무슨 무례한 짓이냐, 우리들이 있는 곳에 함부로 들어 온 것은 물론이고, 사람을 잡아먹는 것은 더욱 용서할 수 없는 일이다」라고 꾸짖었다. 그러자 호랑이는 「저는 이미 99명의 외아들을 잡아먹었습니다. 오늘밤 그 소년을 잡아먹기만 하면 하늘로 올라갈 수(혹은 인간이 될 수) 있습니다. 제발 도와주세요」라고 애원하였지만, 두 사람은 듣지 않고 주문을 외우기 시작하였다. 호랑이는 울기도 하고 으르렁거리기도 하다가 이윽고 첫 번째 닭이 울자 그만 눈물을 흘리면서 나갔다. 병풍 속에 들여다보니 소년은 이미 기절하여 있었다. 두 사람이 미음을 갖고 와서 먹이니 겨우 소년이 회복되었다. 그리고 호랑이가 돌아간 것을 듣고는 소년은 두 여인에게 머리 숙여 정중히 인사하였다. 두 사람은 소년에게 시를 지어보라고 하였다. 그런데 그가 지은 시가 아주 뛰어났기에 두 사람은 소년이 매우 비범한 사람이라고 생각했다. 「내일은 과거시험이 있는 날입니다. 그리고 두 사람의 시험관은 우리들의 아버지입니다. 시험제목은 이러이러하니 이 시를 지어 내보세요」라고 말하고 두 여인이 지은 시 한 수를 소년에게 보여 주었다. 소년은 그 시를 잘 외워두었다.

그 소년은 다음날 아침 일찍 김정승집을 나와 할머니의 집에서 시험볼 준비를 잘 하고는 곧바로 과거장으로 향하였다. 시험제목은 과연 어젯밤 알려준 그대로였다. 소년은 배웠던 시를 단숨에 지어서 그것을 오른쪽에 앉아있던 시험관 앞에 내놓았다. 말할 필요도 없이 그 소년이 첫 번째로 제출하였던 것이다. 그것을 받은 시험관은 김정승이었다. 김정승은 소년의 시를 보고 매우 감탄하고 그것을 무릎 아래에 넣어두었다. 또 오른쪽에 함께 있던 이정승도 그 시에 감탄해서 그 시를 지은 사람을 자신의 사위로 삼으려고 속으로 결심하였다.

소년은 장원급제하여 술 세 잔을 받아 마셨다. 김정승은 소년에게 혼담을 건넸다. 동시에 이정승도 또 그 소년에게 똑같이 혼담을 건네서 그 소년은 망설이고 있었다. 그러나 오래지 않아 그 날밤의 사건을 알고는 그것을 기이한 인연으로 생각하고 김정승과 이정승은 논의한 끝에 두 딸을 함께 그 소년과 결혼시키기로 하였다. 그 소년을 구한 것이 두 딸들이었기 때문이었다. 성대한 결혼잔치가 열렸고 소년은 두 아내를 데리고 고향으로 돌아가 어머니께 효도하며 행복하게 살았다. 그리고 그 집은 백년만년 오래도록 번창하였다는 이야기이다.

(1927년 6월 2일 경남 김해군 진수, 김영주군의 이야기)

## 6. 아미타불 수십만편

옛날 중국에 왕래하는 한 상인이 있었다. 처음에는 많은 돈을 벌어왔지만 이번에는 크게 손해를 보게 되었다. 그 상인은 남은 돈을 갖고 조선으로 돌아와서 평양에 유명한 점쟁이가 있다는 소문을 듣고는 그 사람을 찾아갔다. 「무슨 장사를 하면 돈을 벌 수가 있을까요?」하고 물었다. 그러자 점쟁이는 「우선 3천냥의 복채를 내시오」라고 했다. 그는 말이 떨어지자마자 3천냥의 돈을 내놓았다. 조금 지나서 「또 3천냥을 내십시오」라고 해서 또 말한 대로 그것을 주었다. 또 조금 지나자 「또 3천냥을 내놓으시오」라고 말해서, 또 말 떨어지자마자 돈을 내놓았다. 그러더니 이번에는 「3일 후에 오십시오」라고 하는 것이었다. 그래서 3일 후에 찾아가니 점쟁이는 커다란 종이뭉치를 주면서 「이것을 지금 보아서는 안됩니다. 충청도 계룡산 아래에 가서 가능한 한 많은 사람을 불러모아놓고 큰 잔치를 연 그 다음에 이것을 잔치에 온 사람들에게 열어 보이시오. 그리고 이것은 내가 이번에 중국에 가서 벌어온 것이라고 말하세요」라고 가르쳐 주었다. 상인은 남은 돈을 전부 써서 큰 잔치를 열었다. 모인 사람은 무려 수십 만명이나 되었다. 그는 잔치가 끝난 후 종이뭉치를 군중들 앞에 꺼내고 「이것은 내가 중국에서 벌어서 갖고 온 것입니다. 여러분 이것을 보아주시오」하고 소리쳤다. 모여든 사람들은 「필시 땅문서라도 갖고 왔을 것이다」라고 생각하고 종이뭉치를 하나씩 풀어 보았지만 모두 흰종이였다. 끝까지 풀어보았지만 역시 백지 뿐이었다. 마지막에 조그만 종이조각을 펴보니 거기에는 「아미타불」이라는 4글자가 쓰여져 있을 뿐이었다. 사람들은 몹시 화가 나서 「무례한 놈. 우리들을 조롱했겠다. 이 녀석을 혼내주자」라고 말하고는 한 사람 한 사람 그를 차거나 때리면서 「아미타불」하고 놀려주며 말하였다. 그 상인은 수십만명의 사람들한테 매를 맞았다. 그리고 기절했다. 겨우 정신을 차리어 눈을 떠보니, 파란 하늘에는 별이 무수히 빛나고 있었다. 갑자기 한사람의 노승이 나타나더니 「어찌된 일이요」하고 물었다. 그 상인은 점쟁이한테 속은 일부터 자초지종을 말했다. 그러자 노승은 「그렇다면 당신은 저의 생명의 은인입니다. 저는 계룡산의 신령인데 나쁜 짓을 하여 옥황상제의 노여움을 사서 하늘로 불리워 오늘 아침에 불려 갔었습니다. 옥황상제께서는, 오늘 안으로 계룡산 밑에서 수십만 번의 아미타불의 소리가 들린다면 죄를 용서해 주겠지만 그렇지 않으면 사형에 처하겠다고 하셨습니다. 죽음을 각오하고 있었는데 갑자기 이 산에서 아미타불의 소리가 끊임없이 들려 와서 지금 이렇게 용서를 받고 돌아오는 길입니다. 장사가 망해서 전주(錢主)를 만나볼 면목이 없다고 하셨죠. 그렇다면 제가 이것을 드리지요」하더니 곰송아지 한 마리를 꺼내는 것이었다. 그가 금송아지를 끌고 전주의 집으로 가니 문지기는 「아미타불녀석인가」라고 말하면서 그를 발로 차려고 하다가 금송아지를 보고는 깜짝 놀랐다. 그리고 전주는 금송아지를 받고는 「이것은 내가 빌려준 돈의 수십 배나 되는 가치있는 물건이다」하고 매우 기뻐하였고, 그 상인도 역시 그것으로 큰 부자가 되었다고 한다.

(1928년 1월 함경남도 정평읍 역사학자 김량하군의 이야기)

## 7. 개를 그려서 먹다.

「도무지 뱃속이 시원하지 않다」라고 어떤 사람이 말하자, 다른 한 사람이 가르쳐주길 「그것은 뱃속에 여러 불결한 것이 쌓여 있기 때문이다. 개를 그려먹으면 그 개가 불순물을 모두 먹어버릴 것이다.」라고 하니 「그렇다면 그 개는 어떻게 나오지?」 「그건 호랑이를 그려서 먹으면 된다. 그러면 개가 쫓겨 나올테니까」「그럼 그 호랑이는 어떻게 하지?」「포수를 그려서 먹으면 나온다」「포수는 어떻게 하지?」「포수는 밀렵을 자주 하는 놈이니까 포도대장을 그려서 먹으면 도망쳐나온다」「포도대장은 어떻게 하지?」「그건 군수의 호출명령서를 써서 먹으면 재빨리 나온다」「명령서는 어떻게 하지?」「그건 종이니까 똥이 되어 나온다」

(같은 날 김량하군의 이야기)

## 8. 구미호

어떤 사람이 길가에서 오줌을 누면서 아래를 보니, 오줌이 한 백골 위에 떨어지는 것이었다. 장난삼아 「차갑냐」하고 묻자 백골은 「차가와」하고 대답하였다. 「따뜻하냐」라고 묻자 「따뜻해」라고 대답하여서 무서워 달아나자 백골도 쫓아왔다. 점점 더 무서워져 한 주막집 앞까지 왔을 때, 「잠깐 여기서 기다려 줘 술을 사와서 먹게 해줄테니」하고 기다리게 한 뒤 그는 주막집 뒷문으로 도망쳐 버렸다. 그 뒤 백골은 보이지 않게 되었다. 몇 년 후 다시 그 주막집 앞을 지나갈 일이 있어 자세히 보니 그 주막집 바로 앞에 새로운 주막집이 한 집 생겼는데 아름다운 여인이 술을 팔고 있었다. 그는 그곳으로 들어가서 술을 마시면서 「몇년 전, 내가 바로 이 집이 세워져 있는 바로 이곳에서 이상한 백골 하나를 속이고 도망간 일이 있소.」하며 지난날의 일을 이야기하였다. 그러자 여인은 갑자기 구미호로 변하더니 「아. 너였구나. 그 백골은 바로 나였다. 지금까지 여기서 너를 기다리고 있었다」라고 하며 그 남자를 잡아먹었다. 그래서 백골 위에 오줌 따위를 누어서는 안된다.

(같은 날 김량하군의 이야기)

## 9. 햇빛을 쬐어 임신하다

옛날 某정승의 아들이 아내를 맞이하였는데, 신혼 첫날 한밤중에 신부가 간난아이를 낳았기에 그는 자신이 어린아이를 받아 보자기에 쌓아 몰래 문밖에 놓은 뒤 집안 사람들을 불러모아 「문앞에 간난아이의 울음소리가 들리는데 아마도 버린 아이일 것이다. 빨리 주워오너라」하고 명령하였다. 이렇게 해서 아이는 어머니의 손에 의해서 자라났는데, 남편은 결코 그 일을 아내에게 물어보지 않았다. 남편은 나중에 아버지처럼 나라의 정승이 되고 나이가 들어서는 은거생활을 하게 되었다. 하지만 노년이 되어서도 항상 첫날밤의 사건이 그의 머리에서 떠나지 않아 처음으로 아내를 불러 그 연유를 물었다. 그러자 아내는 이런 이야기를 말하였다. 「저는 결혼하기 전에 항상 집 뒤에 있는 정원에서 오줌을 누었습니다. 그 오줌을 누던 곳에는 항상 햇빛이 비추고 있었습니다. 그것이 재미있고 신기해서 항상 같은 곳에서 오줌을 누었을 뿐 결코 다른 남자와 정을 통한 일은 없습니다.」라고 하는 것이었다. 그런 후 오래지 않아 남편은 죽었고, 그의 아들은 후일에 아주 훌륭한 사람이 되었다고 한다.

(같은 날 김랑하군의 이야기)

## 10. 음탕한 스님 (淫僧)

옛날 어떤 사람이 몇 번이나 문과 과거시험에 낙방하여 이번에는 무과에 응시하려고 무술을 연마해서 경성으로 가던 중에 가마 하나를 만났다. 가마 속에는 절세미인이 한 사람 타고 있었는데 그는 호기심에 이끌리어 가마를 따라갔다. 날이 저물 무렵 가마는 어느 훌륭한 저택 앞에 멈추었다. 그는 주위의 어둠을 틈타서 담을 넘어 그 집에 들어가 여인이 들어간 방의 툇마루 밑에 숨어 상황을 엿보고 있었다. 그 곳은 여인의 방으로 보였는데 안채로부터 떨어져 따로 세워진 별채였다. 이윽고 여인은 시어머니에게 한글을 가르치기 시작하였다. 시어머니는 「재미있다, 재미있다」고 되풀이하면서 한글을 배우고 있었다. 잠시 후 시어머니는 돌아가고 여인 혼자 있게 되었다. 여인은 그 집의 며느리인 듯하였다. 남편은 출타중인 듯 하였다. 그는 툇마루 밑에서 기회를 엿보고 있었는데 인기척이 없어지고 달이 구름 속으로 들어갔을 때에 한 수상한 남자가 담을 넘어 들어와서는 여인의 방문을 두들겼다. 그러자 여인은 기뻐하며 그 남자를 맞이하고 술과 안주를 내와서 잔을 주거니 받거니 하며 정담을 나누는 것이었다. 살짝 툇마루 밑에서 나와 창호지에 비춰지는 모습을 보니 남자는 남편이 아닌 머리를 깎은 중이었다. 필시 姦夫겠거니 생각하고는 자신있게 화살 하나를 뽑아 중을 쏘아 죽이고 그대로 달아나버렸다.

그날 밤 꿈에 그는 한 젊은이가 나타났다. 젊은이는 기쁜 기색을 만면에 띠우며 「저의 원수를 갚아주셔서 감사합니다. 당신이 몰래 들어간 집은 제 집으로 여인은 제 처이고 중은 간부였습니다. 저는 몇 년전 그 중이 있는 절에 가서 공부를 하고 있었습니다. 그 인연으로 중은 자주 저의 집에 출입하게 되었고 어느 새인가 저의 아내와 간통을 하고 저를 죽여서 절 뒤에 있는 산의 큰 동굴 속에 시체를 숨긴 채 저의 부모님에게는 제가 호랑이한테 잡아 먹혔다고 속이고 지금까지 악행을 계속하고 있던 것입니다. 저의 부모는 저의 시체를 찾을 수가 없자 빈 묘소를 세웠습니다. 저는 이 원통함 때문에 항상 중과 아내의 주변에 달라붙어 주위를 맴돌고 있던 것입니다. 아내는 중의 시체를 벽장 속에 넣어두었습니다. 부디 이 사실을 저의 아버지에게 말해주십시오」하고 부탁하는 것이었다. 그는 다음날 다시 그 집에 찾아가 몰래 주인과 만나서 자초지종을 이야기하였다. 주인은 깜짝 놀라 곧바로 며느리방에 가서 「너의 벽장 속에 나의 오래된 갓이 있었는데 그대로 있는지 모르겠구나」하며 억지로 장농을 열어보았다. 그랬더니 과연 중의 시체가 있어서 단칼에 며느리를 죽였다. 그리고는 절 뒷산에 있는 동굴에 들어가 자식의 시체를 찾기 시작하였다. 시체는 대부분 썩어 있었지만 그것을 정중히 묻어 주었다. 한량(武士)은 젊은이의 아버지로부터 많은 사례를 받았다. 그 날밤 또 젊은이가 나타나더니 「덕분에 저는 이것으로 안심하고 저 세상으로 갈 수 있게 되었습니다. 깊은 은혜에 보답하고 싶습니다만 유명을 달리하였기에 아무 것도 해드릴 수가 없습니다. 다만 이번의 문과 시험 문제를 가르쳐 드리겠습니다. 무과를 택하지 말고 문과를 택한다면 분명히 급제할 것입니다」라고 말하며 그 문제와 직접 지은 시를 그에게 가르쳐 주었다. 그리고 「이 시를 내면 반드시 급제할 수 있습니다.」라고 했다. 과연 그는 젊은이가 가르쳐준 대로 하여 문과에 급제하였다.

(1928년 1월 경남 마산군 이은상군 이야기)

## 11. 여우누이와 3형제

옛날 어느 곳에 한 부자가 살고 있었다. 그는 많은 말과 소를 갖고 있었다. 그에게는 3명의 아들이 있었지만 딸은 하나도 없어서 항상 딸이 없는 것을 허전해하고 있었다. 몇 년이 지나서 딸 하나가 태어나니 그는 「불면 날아갈까 안으면 깨질까」하며 애지중지 하였다.

딸이 다섯 살이 될 때까지는 아무 일도 없었지만, 여섯 살이 되었을 때쯤부터 이상하게도 매일 밤 마굿간에서 소나 말이 한 마리가 죽어나가는 것이었다. 자연히 집안의 가세도 점점 기울어갔다. 아버지는 걱정도 되고 이상하기도 해서 견딜 수가 없었다. 먼저 큰아들에게 콩을 볶아주며 「오늘 밤은 네가 마굿간을 지켜 보아라. 그리고 어째서 소나 말이 죽는 지를 꼭 정신차려서 지켜보거라」하고 명을 내렸다. 큰아들은 볶은 콩을 먹으면서 망을 보고 있었다. 밤이 되자 놀랍게도 누이동생이 아장아장 걸어서 마굿간 앞까지 오더니 살짝 외양간으로 숨어 들어가 소의 항문에 손을 집어넣어 간을 뽑아 그것을 먹고는 아무 일도 없는 것처럼 자기 방으로 돌아가는 것이었다.

다음날 아침 큰아들은 이 사실을 아버지께 보고하였다. 그러자 아버지는 매우 화를 내면서 「그런 일이 있을 수 있느냐? 이 바보 같은 녀석아」라고 말하며 큰아들을 꾸짖었다. 그리고 다음날 밤에는 둘째 아들에게 망을 보게 했다. 둘째아들의 말도 역시 큰아들이 말한 것과 똑같았다. 아버지는 더욱더 화가 나서 「너희 둘은 죄없는 누이를 죽이려고 하는구나. 이제부터 내 눈에 보이지 않도록 당장 떠나가라」하고 호통쳤다. 그리고 이번에는 막내아들에게 망을 보게 하였다. 막내아들은 두 형들처럼 쫓겨나는 것을 두려워해서 사실을 숨기고 「소가 스스로 죽었습니다」라고 거짓보고를 하였다. 그러자 아버지는 「너야말로 내 자식이다」하고 말하고 집에 살게 하였다.

쫓겨난 두 형제는 한동안 방랑을 계속하다가 어느 산 속에 들어가 도사를 만나 그곳에서 공부를 했다. 그렇게 몇 년이 지난 후 형제가 집으로 돌아가려고 하자 스승인 도사는 물약이 들어있는 병 세 개를 그들에게 주면서 「이 하얀 병은 가시가 나오는 병이고, 빨간 병은 불이 나오는 병, 파란 병은 물이 나오는 병이다. 가시가 나오는 병을 땅에 던지면 가시밭이 생기고, 불이 나오는 병을 던지면 불바다, 물이 나오는 병을 내던지면 물바다가 생긴다. 이것을 위급할 때에 사용하거라」라고 알려주었다. 형제는 고

향으로 돌아가 집을 멀리서 바라보았다. 그 집에는 이미 사람의
인적이 끊겼고 사방에 쑥과 잡초가 무성하게 자라고 있었다. 형제
는 불안했지만 용기를 내어 집안으로 들어가니, 누이가 「아 오빠
세요」하고 매우 기쁘게 맞이하였다. 그런데 그녀의 눈은 새빨갛게
충혈되어 있었다. 소나 말, 사람을 잡아먹은 증거였다. 그들 가족
과 소와 말은 그녀에게 잡아먹힌 것이었다. 두 사람은 도망치려고
했지만 기회가 없었다. 그래서 누이에게 일부러 상냥한 소리로
「우리 목이 말라서 견딜 수 없으니 맞은편 산 아래에 있는 샘에
가서 우리들이 항상 마셨던 샘물을 좀 떠오렴」하고 부탁했다. 그
사이에 두 사람은 말을 타고 도망을 쳤다. 물을 떠가지고 와보티
오빠들이 집에 없었다. 여우누이는 오빠들이 도망친 것을 알고 재
빨리 두 사람의 뒤를 쫓았다. 누이는 여우로 둔갑해서 「히히히 오
빠. 하하 오빠. 잠깐만 기다려주세요」하고 외치면서 쫓아왔다. 여
인은 여우의 혼이었던 것이다.

　　여우는 벌써 그들이 타고 달아난 말꼬리를 금방이라도 붙잡을
듯하였다. 할 수 없이 형이 하얀 병을 뒤를 향하여 던지니 곧 그
근처 가득히 가시나무가 빽빽히 자라나 여우는 온몸을 가시에 찔
리게 되었다. 하지만 여우는 몸에 박힌 가시를 뽑으면서 계속 쫓
아왔다. 다시 말꼬리가 붙잡힐 듯하였기에 형이 이번에는 빨간 병
을 던졌다. 그러자 순식간에 불길이 바다처럼 일어나 여우의 몸에
박힌 가시에 불이 붙었다. 그래도 여우는 죽지 않고 계속해서 두
사람의 뒤를 쫓아왔다. 또다시 그들의 말꼬리가 붙잡힐 듯하자 형
은 마지막으로 파란 병을 내던졌다. 그러자 순식간에 커다란 바다
가 그들 뒤에 나타나 여우는 그 속에 빠져 가라앉으면서도 헤엄치
기 시작하였다. 그러나 여우의 화상입은 몸은 물에 닿아서 모두
문드러지면서 결국 바다 속에 빠져 죽어버렸다.

(1923년 8월 13일 함흥군 함흥읍 하동리 김호영씨 이야기)

1) 이야기속의 인물이 부자라는 것을 나타내기 위해 그 사람이 소나 말을 많이 소유하고 있다고 하는 것은 조선설화 속에서 자주 발견된다.

2) 손 안의 보물이라는 것과 같은 의미로, 한국에서는 이런 표현을 자주 사용하고 있다.

3) 조선의 설화에서 막내는 항상 아버지에게 귀여움을 받고, 또 아버지에게 버림받는 일이 없는 것이 보통이다.

4) 물약을 세 개의 병에 넣었다고 하는 것은 여러 설화 속에 종종 나오는 화소이다. 때로는 그것으로 백골이 된 사람을 살리는 일도 종종 있다. 덧붙여 말하면 3이라는 숫자는 조선 설화 속에서 중요한 의미를 지니며 끊임없이 나타난다.

　이 이야기도 보편적이지만 마산지방에서는 스승(도사)이 물약이 담긴 병 3개와 함께 말 두 필도 준다. 그리고 형이 마지막 물병을 던져도 여우는 역시 쫓아오자, 이번에는 말이 길가에 서있는 높은 나무 위로 뛰어올라간다. 그런데 그때 때마침 폭우가 내리고 번개가 쳐서 나무 밑에 있던 여우를 죽여 형제가 무사하게 되었다고도 전해지고 있다.

(마산군 명주영군의 이야기)

## 12. 여산신과 용왕

　옛날 어느 곳에 무인(武人)이 하나 살고 있었다. 어느 날 그는 우연히 해변에서 일곱 명의 소년들이 한 마리의 커다란 거북이 - 꼬리가 셋 인 - 를 둘러싸고 싸우고 있는 것을 보았다. 「일곱 명이 잡은 거북이니까 7등분하여 각자 한 부분씩 나눠갖는 것이 공평하다」고 의논을 하고, 소년들은 막 거북이를 자르려고 하였다. 거북이는 무인(武人)을 보자 마치 무언가 애원하는 듯한 모습을 하였다. 무인은 소년들에게 「그 거북이를 나에게 팔지 않겠니」라 고 하고는 각자 한 냥씩 돈을 주며 거북이를 받아 가지고 바다 속 으로 놓아주었다. 거북이는 바다 속으로 돌아가면서 무인을 향하 여 「뭔가 당신의 생명에 위급한 일이 있을 때는 여기로 와서 저를 불러 주십시요. 반드시 힘이 되어 드리겠습니다. 저는 바다의 용 왕인데 오늘 인간세계를 보러 나왔다가 좀 전의 소년들에게 위태 롭게 목숨을 빼앗길 뻔하였던 건데, 그걸 당신이 살려주신 겁니 다.」라고 하고는 거북이는 몇 번이고 무인을 뒤돌아보면서 바다 속으로 사라졌다.

무인은 그 후 강을 건너고 산을 넘으며 방랑을 계속하였다. 어 느 날 저녁 그는 어느 적막한 산 속의 집에서 하룻밤 머물기를 청 하였다. 집안에서 나와 맞아준 사람은 할머니였다. 할머니는 반가 이 그의 청을 들어 주었다.

저녁식사 후 할머니는 그가 머무는 방으로 찾아와 「당신은 이 후 어디로 가실 것입니까?」라고 물어보았다. 「저는 이 산을 좀더 올라 보려고 합니다」라고 무인은 대답하였다. 그러자 할머니는 「그건 안됩니다. 이 산 위에는 나쁜 여자가 있습니다. 저는 원래 이 산의 신령이었지만 그 여자에게 자리를 빼앗겼습니다. 그 여자 는 천년 묵은 여우의 화신입니다. 저는 그 여자와 싸웠는데 단 한 가지 기술이 부족했기 때문에 자리를 빼앗겼던 것입니다. 그 여자 가 있는 곳으로 가는 사람은 자주 있었지만, 돌아온 사람을 본 적 은 없습니다. 당신이 가면 그 여자는 분명히 당신을 해칠 것입니 다.」라고 하였다.

그러나 그는 「무인이 그런 것을 두려워해 무엇합니까?」 하고 는 다음날 아침 나쁜 여산신을 찾으러 출발하였다. 그 여산신이 살고 있을 만한 집을 찾아냈다. 그 집 앞에서 주인을 찾자, 나와서 맞이한 것은 아름다운 여인이었다. 여인은 즉시 그 무인을 자신의 침실로 안내하고 여러 가지 맛있는 음식을 대접한 후 무인에게 결혼을 신청하였다.

「산 속에서 여자 혼자 사는 것은 쓸쓸한 일입니다. 부디 여기서 저와 함께 살아 주세요. 저는 이 산의 신령이니까요」하며 갑자기 무인을 껴안으려고 하였다. 그는 여인의 요구를 단호히 거절하며, 동시에 여자가 남자의 몸에 먼저 손을 대는 일은 무례한 짓이라고 꾸짖었다.

그러자 여인은 코웃음을 치면서 「좋다. 너는 나를 싫어하고 있구나. 싫어하는 것은 네 마음대로이지만 그 대신 네 목숨은 없다는 것을 각오해라. 우선 내 솜씨를 봐 둬라. 나는 이런 기술을 갖고 있다. 이 기술을 보고 겁을 먹었다면 내가 시키는 대로 하는 것이 좋을 것이다」라고 하면서 종이 한 장을 꺼냈다. 그 종이 위에 뭔가 써서 공중으로 던지자, 갑자기 천지가 어두워지며 무서운 빛이 번쩍이는 수많은 불칼이 그를 베려고 위협한다. 그는 도저히 그 여인의 기술에 맞서 싸워 이길 승산이 없다고 낙담하였다.

그 때 그는 용왕의 말이 생각나서 「나에게 7일간의 여유를 주게나, 그 동안 너를 이길 수 있는 묘안이 떠오르지 않는다면 나는 너의 청을 들어주겠다」고 하였다. 여인은 차갑게 웃으면서 「좋다. 그렇다면 7일간의 시간을 주겠다. 그러나 네가 어디에 가더라도 나는 그것을 모두 알 수가 있다. 그리고 또 너를 죽일 수도 있다. 안심하지 마라」라고 하였다.

무인은 산을 내려와 그 해변가로 가서 용왕을 불렀다. 그러자 바다 속에서 솟아나온 동자가 그를 맞이하며 무슨 주문을 외웠다. 그러자 바다가 한가운데서부터 갈라지고 그의 앞에 큰 길이 펼쳐졌다. 그는 동자를 따라 용궁에 도착하였다.

용왕은 무인의 소원대로 자신의 삼형제를 보내어 여산신을 없애도록 하였다. 용왕의 삼형제는 무인과 함께 출발했다. 무인이 눈을 감고 용의 꼬리를 잡고 있는 듯했는데, 어느 새 여산신이 사는 산 위에 도착하였다.

용왕의 삼형제가 무서운 폭풍우를 하늘에서 일으키자 천지는 완전히 캄캄해지고 여신의 집은 무너지게 되었다. 그러나 여신은 입을 크게 벌려 웃으면서 빈정거렸다. 「네가 용왕에게 도움을 구하였구나. 그러나 용왕의 힘으로도 나를 죽일 수는 없다. 나의 실력을 보아라.」

그녀는 종이조각에 무언가를 써서 공중에 던졌다. 그러자 세 자루의 불칼이 공중에서 빛나는가 싶더니 세 마리의 용(용왕의 삼형제)은 각각 두 동강이가 되어 땅으로 떨어졌다. 그리고 하늘은 활짝 개이고 바람도 멎었다.

「이래도 너는 내가 말을 듣지 않을 셈이냐」하면서 여신은 또 무인을 껴안으려고 하였다. 무인은 「다시 한번 한 달간의 시간을 주게나」라고 하였다. 그러자 여신은 「좋다. 이번에 진다면 용서하지 않겠다」고 하였다.

무인은 다시 용왕이 있는 곳으로 달려갔다. 용왕은 한숨을 쉬면서 「이번 일은 내가 경솔하였기 때문에 실패하였다. 그 여신은 매우 강하기 때문에 우리 용왕나라의 힘으로는 싸워 이길 수가 없다. 이 일을 옥황상제에게 상소하여 그 여신을 죽이는 수밖에 없다」고 하면서 무인들을 데리고 하늘로 올라갔다.

천신은 용왕의 소원대로 천상의 세 무인으로 하여금 여신과 싸우게 하였다. 천상의 세 무인은 공중에서 거센 비바람을 일으키면서 천지를 가를만한 번개와 천둥을 내리쳤다. 여신은 또 입을 크게 벌리고 웃으면서 비웃듯이 「이번에는 천신의 도움을 받았구나, 좋다. 이번에는 상당히 강한 상대이지만, 어디 내 실력을 한번 보아라」라고 하면서 종이조각에 또 무언가를 써서 공중으로 던져 버렸다.

그렇지만 이번에는 아무런 효과도 없었고 바람은 더욱 더 강해지고 비는 더욱 더 세져서 천지를 한치 앞도 분간할 수 없게 되었다. 그리고 귀가 찢어질 듯한 커다란 폭발소리와 함께 천둥·번개는 여신의 집에 떨어졌다. 죽은 사람을 보니 그것은 커다란 여우한 마리였다.

무인은 하늘의 세 무사에게 감사의 예를 올리고 헤어져 돌아왔다. 돌아가는 길에, 이전에 산신이었던 할머니의 집에 들려 할머니를 그 산의 신으로 모셨다. 또 용궁에 가서 용왕에게도 감사의 예를 올렸다.

(1927년 9월 18일 경남 김해군 진영, 김영주군의 이야기)

## 13. 중국의 여우황후

옛날 어느 곳에 두 형제가 있었다. 열세 살인 형은 미래의 일을 잘 알았고, 여덟 살인 동생은 현재의 일을 잘 알아 맞추었다.

어느 날 밤 형제가 한 이불 속에서 자고 있었는데, 밤중에 형이 눈을 떠보니 그들 사이에 시체가 누워 있는 것이었다. 형은 시체를 넘어가 동생을 흔들어 깨웠다. 그러자 동생은 「알고 있어요」라고 하였다.

다음날 그들 형제는 한 고목에 불을 붙였다. 그러자 고목 속에서 여우 두 마리가 나와 도망쳤다. 한 마리는 잡아 죽였지만 다른 한 마리는 도망가 버렸다. 어젯밤의 시체는 그 여우의 장난이었다.

그 후 중국의 황후가 중병에 걸렸는데 「조선의 아무개라는 소년 의원 이외에는 내 병을 고칠 수 있는 사람이 없으니 부디 그 소년을 불러 주십시오」라고 황제에게 말했다. 황제는 즉시 사신을 조선에 보내어 그 소년을 찾았다.

그 소년이란 다름 아닌 그 형제중의 동생이었다. 동생은 자기는 의원이 아니라고 하였지만 여하튼 그는 황제가 부른 사람이었기에 사신과 함께 출발하게 되었다. 형은 동생이 떠날 때쯤 한 편의 시를 보여주면서 「이 시를 잘 기억해 두어라. 반드시 도움이 될 때가 있을 테니까」라고 하였다.

중국에 도착한 동생은 황제로부터 극진한 환대를 받았다. 이윽고 황제는 그에게 시를 지어보라고 요구하였다. 운자는 凍·香이었다. 그는 형이 보여준 시를 기억하고 있었기에 즉시 붓을 들고 「雲搏吟唇詩欲凍, 梅飄歌扇曲生香」이라고 단숨에 시를 지었다. 황제는 이 시를 보고 몸서리치듯 감탄했고, 대관들은 귀신의 시라며 칭송했다.

다음날 황후의 병을 진찰하게 된 동생은 사신에게 안내를 받아 황후의 병실로 들어갔다. 먼저 진맥하려고 황후의 손을 보았더니 황후는 비단주머니로 손을 감추고 있었다. 그는 그 여우의 일을 생각해내고 「나쁜 놈. 나에게 복수를 하려고 했구나」라고 눈치채게 되었다.

그는 진맥하는 흉내를 내면서 황후의 손에서 갑자기 비단주머니를 벗겨 버렸다. 과연 그 손은 여우의 손이었기에 그는 재빨리 허리에 차고 있던 칼을 뽑아 황후를 찔렀다. 황후는 캐갱 하는 소리와 함께 한 마리의 커다란 여우로 변하더니 죽었다. 그래서 황제는 그의 공을 칭찬하고 후한 상을 내렸다고 한다.

그렇지만 만약 동생이 시를 짓지 못하였거나 혹은 황후의 병을 고칠 수가 없었다고 한다면 그는 황후의 계략에 의해 죽었을 것이다. 지난 밤 고목 속에서 달아난 여우 한 마리가 소년을 죽이기 위하여 아름다운 여인으로 변하여 중국의 황후가 되었다고 하는 것이다.

(1923년 8월 경북 달성군 월배면 상인동 윤화병군의 이야기)


## 14. 잉어여인과 가난한 남자

옛날 어느 곳에 가난한 한 어부가 있었다. 어느 날 그는 훌륭하고 커다란 잉어 한 마리를 낚았지만 도저히 잡아먹을 수가 없어서 부엌의 물항아리 속에 넣어 키우기로 하였다.

저녁 무렵 집으로 돌아와 보니 맛있는 음식이 밥상 위에 차려져 있었다. 어찌된 음식인가하고 이상히 여기면서도 일단 먹어 두기로 했다. 그런데 맛있는 밥을 보자 갑자기 생선회가 먹고 싶어졌다. 물항아리 속의 잉어를 잡아먹으려 했지만 도저히 그것을 죽일 수가 없었다.

다음날 아침 일찍 일어나 몰래 부엌을 엿보니까 항아리 속의 잉어가 아름다운 여인으로 변하여 부엌에서 밥을 짓는 것이었다. 그는 갑자기 부엌으로 뛰어 들어가 여인의 손을 잡았다. 그러자 여인이 「저는 용왕의 딸이지만 당신과 인연이 있어 여기에 왔습니다. 이제 3일만 지나면 완전히 사람이 될 수 있습니다. 부디 3일만 기다려 주세요」라고 호소하였다. 3일째 되던 날 과연 잉어는 훌륭하고도 아름다운 여인이 되었다.

잉어여인의 마술로 커다란 집이 세워졌고 음식과 의복도 원하는 대로 나왔다. 여인은 집에 커다란 욕실을 마련하고 그곳에서 매일 한 두 번 씩 목욕을 하였다. 그리고 여인은 「제가 욕실에 들어간 뒤에 절대로 제 모습을 엿봐서는 안됩니다. 만일 엿본다면 분명히 불행한 일이 생길 것입니다」라고 몇 번이나 되풀이하여 말했다. 그들 사이에는 어느새 세 아이가 태어났고 그들의 생활은 매우 행복하였다.

어느 날 도저히 참을 수 없는 지경이 된 남자가 욕실에 들어간 아내의 모습을 문 밖에서 살짝 엿보았다. 아내는 커다란 잉어로 변하여 유유히 욕실 안을 헤엄치고 있었다. 남편이 엿보는 것을 눈치챈 여인은 곧바로 욕실에서 나와 슬프게 말하였다.

「앞으로 1년만 더 견뎌 주셨더라면 저는 영원히 사람으로 될 수 있었는데, 이제 우리들의 인연도 이것으로 다하였습니다. 그러나 3년 후 우리들은 인간세상을 버리고 천상계에서 다시 함께 살 수 있을 것입니다」라는 말을 남기고 여인은 결국 잉어가 되어 남편이 말리는 것도 듣지 않고 바다 속 용궁으로 돌아가 버렸다. 잉어여인이 돌아간 뒤에 커다란 집도 사라져 버리고 세 아이들도 보이지 않게 되었다. 그 남자는 다시 원래대로 가난한 어부로 돌아갔다.

과연 3년 후, 하늘에서 여인의 목소리가 들렸다. 여인은 하늘에서 내려와 어부를 데리고 하늘로 올라갔다. 천상에는 세 아이들도 있었다. 그들은 행복하게 살았다고 한다.

(1923년 7월 충북 괴산군 괴산읍 안주양씨의 이야기)

## 15. 악운의 소년과 神像(신상)

옛날 어느 곳에 외아들을 둔 부자가 있었다. 그는 자식을 너무 사랑한 나머지 어린 자식을 일찍 장가 보냈다.

어느 날 한 스님이 찾아와 아이의 얼굴을 바라보더니 「이 아이는 아내가 죽을 관상입니다. 아내와 사별할 뿐만 아니라 집안이 망할 재앙도 있습니다」라고 했다. 놀란 아버지는 「그렇다면 어떻게 하면 그 재앙에서 벗어날 수가 있겠습니까?」라고 물었다.

그 스님은 「이 아이를 3년 동안 산에 있는 절에 보내어 불도를 익히도록 하십시오. 그렇게 하면 부처님의 은덕으로 악운을 벗어날 수가 있을 것입니다」라고 대답하였다. 아버지는 당장 아이를 스님에게 맡겨 절로 보냈다. 아이는 산 속에서 3년 동안 불경 등을 열심히 공부하였다.

거의 만 3년이 다 되어 가는 어느 날 밤이다. 그 소년은 꿈속에서 아름다운 한 여인을 만났다. 스님은 그것을 전부 알고 있었지만 소년에게 아무 말도 하지 않았다. 소년은 다음날 아침, 전날 밤의 꿈을 스승인 스님에게 이야기했다.

스님은 「정욕에 흔들려서는 안된다. 열심히 공부하거라」라고 야단쳤다. 그렇지만 소년은 그 아름다운 여인의 얼굴을 잊을 수가 없어 다시 한번 꿈속에서 만나 보고 싶은 생각뿐이었다. 그러던 어느 날 소년이 똥을 누고 변소에서 자기 방으로 돌아가려고 할 때 왠지 마음이 개운치 않아 얼떨결에 山門 - 절과 속세와의 경계선 - 을 나오고 말았다.

어느 샌가 산 아래에 있는 주막집까지 이른 그는 마음껏 술을 마셨다. 술기운이 몸에 돌자 몹시 취한 그는 뭐라 말할 수 없는 쓸쓸함을 느꼈다. 그리고 염불할 마음은 어디론가 사라지고 속세가 무턱대고 그리워지게 되었지만, 자신의 마음을 채찍질하며 겨우 절로 돌아갔다.

노승은 마음을 다스리지 못하는 소년을 엄하게 꾸짖었다. 소년은 자신의 심정을 스님에게 밝히면서 「이제부터 확실히 마음을 다잡고 불경을 수련하겠습니다」라고 맹세하였다. 그런데 그는 그날 밤 다시 그 여인의 꿈을 꾸었다. 그래서 소년의 마음은 또 동요되기 시작하였다.

여인은 그날 밤 꿈속에서 소년에게 「저는 이 절 너머에 있는 산봉우리에 있습니다. 그곳으로 오신다면 언제든지 만날 수가 있습니다」라고 말했다. 「그렇지만 스승님께 뭐라고 변명하면 좋을까요?」라고 소년이 묻자, 여인은 이렇게 대답하였다. 「요즘 식욕이 없으므로 잠시 뒷산에 가서 나물을 캐 오겠습니다 라고 말하면 되겠지요」라고.

다음날 아침, 소년은 바구니를 손에 들고 조그만 칼을 가지고 스님 앞에 가서 「잠시 나물을 뜯어오겠습니다」라고 말하였다. 그러자 스님은 아무 것도 모르는 듯이 「그럼 빨리 돌아오너라」라고 하였다.

소년이 산봉우리 위의 작은 대나무숲에 이르자 이상한 발자국 소리가 나더니 꿈속에서 보았던 아름다운 여인이 나타난다. 그 여인은 자신이 있는 대나무 숲으로 오라는 듯이 소년에게 손짓한다. 소년은 홀려서 바구니와 조그만 칼을 버리고 여인을 따라 대나무 숲 속으로 모습을 감추었다.

스님은 소년의 뒤를 몰래 밟아가서 소년이 버려둔 바구니 안에 조그만 칼을 가지고 두·세 군데 흠집을 내고 절로 돌아왔다. 여인이 이끄는 대로 소년은 그녀의 집으로 들어가 함께 잠을 잤다.

그런데 문득 정신을 차리고 보니, 지금까지 살아있는 사람이라 생각하고 있던 여인은 동굴에 누워있는 시체였다. 게다가 여인의 웃옷만을 입고 있는 것이었다. 소년은 깜짝 놀라 대나무숲에서 도망나와 바구니를 끼고 절로 돌아왔는데 그의 얼굴은 새파랗게 질려있었다.

스님은 조용히 그 연유를 물었다. 소년은 자초지종을 숨김없이 이야기하였다. 그러자, 스님은 소년을 데리고 다시 대나무숲으로 들어가 동굴을 찾았는데 소년은 마지 못해하면서 간신히 눈을 떠서 보니 놀랍게도 여인의 시체라고 생각하였던 것은 실제로는 여인의 웃옷만을 입은 채 죽어있는 호랑이였다.

거기서 스님은 기쁜 기색을 띠며 소년에게 「이제 너는 집으로 돌아가도 좋다. 네 아내는 호랑이에게 먹힐 운명이었다. 수컷 호랑이가 네 아내를 잡아와서 겨우 웃옷만을 먹은 것이다. 그리고 부처님의 힘으로 그 수컷 호랑이는 죽게 되었다. 홀로 남겨진 암컷 호랑이는 그 웃옷으로 변신할 수 있게 되자, 너에게 복수하려고 했던 것이다. 그러나 역시 부처님의 힘으로 이렇게 죽었다. 이제 너의 적은 모두 죽었으니 안심하고 돌아가도록 하여라」라고 했다. 과연 소년과 그의 아내는 무사하였고, 멸문의 화도 재앙도 벗어날 수가 있게 되었다는 이야기이다.

(1926년 3월 18일 대구시 본동 이상화군의 이야기)


## 16. 뱀신랑 신선비

옛날 어느 곳에 세 딸을 둔 재상(宰相)이 있었다. 그 이웃에는 가난한 과부가 살고 있었는데 그녀는 뱀 한 마리를 낳았다. 이웃집 과부가 뱀을 낳았다는 소문을 듣고 재상의 세 딸들이 보러 왔다. 장녀와 차녀는 「어쩐지 기분이 나쁘다. 뱀아이를 낳았다는 것이…」라면서 돌아왔지만, 막내딸은 아무말없이 돌아왔다.

어느 덧 성장한 뱀아이는 매일 방안에서 몸을 칭칭 감고 있을 뿐 밖으로 나오지 않았다. 그가 장성해서 총각이 되었을 때 재상집의 딸들도 처녀가 되었다.

어느 날 뱀아이 - 그는 申선비라 불렸다 - 는 그의 어머니에게 「어머님, 제발 이웃집 딸과 결혼하게 해 주세요」라고 말했다. 어머니는 「당치도 않다. 우리집은 가난하고, 그 집은 재상집이다. 게다가 너는 그런 이상한 몸을 하고 있는데 어찌 감히 혼사를 청할 수 있겠느냐?」라고 말하며 상대하지 않았다.

그렇지만 신선비는 어머니의 말씀을 들으려 하지 않고 무슨 수를 써서라도 이웃집 딸과 결혼시켜 달라고 졸랐다. 결국 어머니는 죽을 각오를 하고 혼담을 재상집에게 꺼내 보았다. 그런데 뜻밖에도 재상은 「그렇다면 딸들에게 물어 보겠다. 나만의 생각으로 결정할 수 없으니까」라고 대답하였다.

그리고 재상은 큰딸을 불러 「너는 이웃집 신선비에게 시집을 갈 생각이 있느냐」라고 물었다. 그러자 큰딸은 「아버님 무슨 말씀을 하시는 것입니까」 하며 놀라 달아났다. 둘째딸도 그렇게 말하고 달아났다. 막내딸에게 똑같이 물어보니 그녀는 얌전하게 「어느 쪽이든 아버지의 말씀에 따르겠습니다」하고 대답하였다. 재상은 과부의 청을 들어주어 막내딸을 그 집으로 시집보내기로 하였다.

그 후 첫째와 둘째딸은 각각 다른 부잣집으로 시집을 가고 드디어 막내딸의 결혼날짜가 다가와서 재상 집에서는 사위를 맞이하기 위해 성대한 준비를 하였다. 그렇지만 뱀신랑 신선비는 말을 탈 수 없어서 담을 넘고 기다란 나무를 건너 식장까지 갔다. 뱀은 머리를 숙여 신부에게 두 번 절하니 신부는 답례로서 세 번 절을 하였다.

이렇게 해서 결혼식은 끝나고 결혼 첫날밤이 되었다. 뱀신랑은 몸을 둥글게 감은 채로 있었다. 신부는 할 수 없이 신방으로 들어갔다. 신부의 어머니는 재상 남편을 심하게 원망했고 대부분의 참석자들도 어찌된 일인가 하고 걱정하면서 또한 괴이하게 생각하고 있었다. 얼굴에는 나타나지 않았지만 신부도 또한 불안한 생각을 금치 못하였다.

그런데 한밤중이 되었을 때 뱀은 잠시 바스락바스락 소리를 내더니 돌연 아름다운 소년으로 변하여 신부 앞에 나타났다. 그 옆에는 뱀의 허물이 놓여져 있어 신부의 기쁨은 무엇으로도 비유할 수가 없었다.

신랑은 그의 아내에게 「나는 천상의 仙官이었는데 당신과 인연이 있어 천신의 명령에 따라 청룡의 모습으로 내려 왔습니다. 나의 이 허물을 결코 다른 사람에게 보여서는 안됩니다. 이것을 소중히 간직해 두세요」라고 말하였다.

다음날 그는 경성으로 과거시험을 보기 위하여 길을 떠났다. 두 언니와 대부분 사람들은 신랑의 훌륭한 풍채를 보고 놀랍기도 하고 부러워하기도 하였다. 신선비는 경성에 가서 과거시험 문과에 급제하여 곧 나라의 고관이 되었다.

신선비의 신부는 남편이 남기고 간 뱀의 허물을 정중히 접어 자신의 저고리 옷섶에 숨겨두었다. 그렇게 하는 것이 남의 눈에 띄지 않을 것이라고 생각하였기 때문이었다. 그런데 어느 날 그녀가 그 저고리를 빨아서 나무에 말리던 중 옷섶의 터진 솔기로 뱀의 허물이 약간 나왔다. 마침 언니들이 그것을 보게 되었다. 언니들은 심술궂게도 그것을 전부 빼내서 화롯불에 태워버렸다. 경성에 있는 신선비가 그 타는 냄새를 맡게 되었다.

신선비는 자기의 허물이 다른 사람에게 발각되었기 때문에 세상을 등지고 정처없이 방랑의 길을 떠났고, 그 소식을 들은 신선비의 아내 또한 남편을 찾아 길을 나섰다. 그녀는 남편을 찾아 조선팔도를 구석구석 걸었다.

신부는 어느 곳에서 만난 노인에게 신선비의 거처를 물었다. 노인은 꽤 먼 곳을 가리키며 「저 언덕을 넘어가면 그 논 가운데 새를 쫓고 있는 처녀가 있을 것이니 그 처녀에게 물어 보십시오」라고 알려주었다.

신부는 가르쳐 준대로 언덕을 넘어가서 논에서 새를 쫓는 처녀를 만났다. 그리고 「신선비의 거처를 아십니까?」라고 물으니, 그 처녀는 또 꽤 먼 곳을 가리키면서 …… (以下는 잊어버렸는데 여하튼 세 번째 사람인가가 가르쳐준 장소에서 아내는 그 남편과 만나서 두 사람은 구름을 타고 하늘로 올라갔다고 하는 결말로 되어 있다.)

(1927년 8월 10일 경남 마산군 명주영군의 이야기)

(친구인 유춘섭군의 말에 따르면, 전북 전주에서도 이 이야기를 자주 이야기한다고 한다.)

## 17. 관(棺)은 크게

옛날 자식을 셋 둔 사람이 풍수선생에게 자기가 죽은 뒤 묻을 묘소에 대하여 물어보았다. 풍수선생은 몇 개월동안 여러 산을 답사한 후 「이 마을 동쪽에 있는 큰 연못의 중간이 대단한 吉地입니다」라고 보고하였다.

그렇지만 아버지가 죽은 후 장남과 차남은 水葬에 반대하여 장례를 土葬으로 하였다. 수장하는 일은 조선에 없었기 때문이다. 그런데 막내는 몰래 석관을 만들고 묘지에서 아버지의 시체를 꺼내어 석관에 넣고 풍수선생이 가르쳐준 방법에 따라서 연못 속에서 장사지냈다. 장남과 차남은 물론 그것을 몰랐다. 그 후 어머니가 죽었을 때에도 막내는 몰래 시체를 꺼내어 똑같이 석관에 넣어 아버지와 합장시켰다.

몇 년이 흐른 어느 날 밤의 꿈에 막내가 죽은 부모를 찾아가 보니 아버지는 용왕이 되었고 어머니는 왕비가 되어 두 사람은 매우 행복해 보였다. 단지 어머니는 허리가 약간 굽어 있어서 그 이유를 물어보니 어머니는 이렇게 대답하였다. 「네가 나를 묻으려고 만든 석관이 약간 작았기에 시체가 완전히 들어가지 못해 허리 쪽이 약간 굽었다. 그런 이유 때문이다. 지금이라도 좋으니 크게 관을 짜서 다시 넣어다오」라고.

막내는 막대한 돈을 들여서 연못의 물을 퍼서 새로 커다란 석
관을 만들어 어머니의 해골은 다시 入棺하였다. 그래서 그는 훗날
위대한 사람이 되어 그 나라의 정승까지 되었다고 한다.

(1928년 1월 함경남도 정평읍 물리학박사 김양하군의 이야기)

## 18. 동삼요(童參妖)

옛날 어느 곳에 딸을 둔 부자가 있었다. 매일 밤 딸의 방을 찾
아오는 아름다운 소년이 있었다. 하지만 소년은 밤중에 몰래 어디
선가 들어왔다가 날이 새기 전에 어디론가 사라져 버리는 것이었
다. 그리고 그는 결코 자신의 이름을 가르쳐 주지 않았기에 딸은
이상하게 생각하고 이것을 아버지에게 말하였다.

그러자 아버지는 「그렇다면 바늘에 실을 꿰어 두었다가 오늘밤
그 남자가 오면 남자의 옷소매에 바늘을 꽂아 놓아라」라고 가르쳐
주어서 딸은 그대로 하였다. 다음날 아침 실을 따라 가보니 동쪽
산 속의 나무 밑에 있는 童蔘에 바늘이 꽂혀 있었다. 가족들은 그
것을 파내어 엄청난 돈을 벌었다. 그 후 소년은 보이지 않게 되었
다고 한다.

(1926년 3월 20일 전라북도 금산군 금산읍내 정병기군의 이야기)

## 19. 북두칠성과 명이 짧은 소년

옛날 외아들을 둔 사람이 있었다. 어느 날 신승이 찾아와서 그
아이의 관상을 보고는 「이 아이는 19세를 넘기기가 어렵겠습니다」

라고 알려주었다. 너무 놀란 아버지는 스님에게 세 번 절을 하면
서 「스님은 사람의 수명을 알고 계시니까 반드시 그것을 살리는
방법도 알고 계실 것입니다. 만약 이 아이가 죽으면, 저의 가문은
대가 끊겨 버립니다. 부디 자비를 베풀어서 그 방법을 가르쳐 주
십시오」라고 하였다.

그러나 스님은 「저로서는 그런 일을 할 수가 없습니다」라고 거
절하였다. 다시 애원하여도 소용없었다. 「저는 목숨의 길고 짧음
을 알 뿐입니다」라고 스님이 말하였다. 세 번째의 애원에 겨우 스
님은 엄숙한 어조로 「그렇다면 내일 남산 꼭대기에 올라가 보십시
오. 그곳에는 두 스님이 바둑을 두고 있을 것입니다. 그 사람들
앞에 엎드려서 제발 살려 달라고 애원해 보십시오. 그렇게 하면
무엇인가 좋은 방법이 있을 것입니다」라고 하였다.

다음날 아침 아이가 남산 꼭대기에 가보니, 과연 스님이 바둑
을 두고 있어 아이는 아무 말도 하지 않고 그저 「살려주십시오」라
고 엎드려 애원하였다. 한 스님의 얼굴은 아름다웠고 다른 스님의
얼굴은 못생겼다.

못생긴 스님은 듣고도 못들은 체 하였지만 곧 아름답게 생긴
스님은 안됐다는 얼굴로 소년을 돌아보면서 못생긴 스님에게 「사
정이 너무 딱하니 살려줍시다」라고 하였다. 그렇지만 못생긴 스님
은 머리를 좌우로 흔들었다. 잠시 두 사람은 말다툼을 했지만 결
국 못생긴 스님 쪽이 져서 소년을 살려주기로 하였다.

아름답게 생긴 스님은 남두칠성이었고 못생긴 스님은 북두칠성
이었던 것이다. 북두는 호주머니에서 인간의 명부를 꺼내서 소년
의 정해진 수명을 19세에서 99세로 고쳤다. 소년은 큰절을 올리
고 집으로 돌아갔다. 사람의 수명은 북두칠성이 다스리는 임무였
다.

(1923년 8월 함흥군 함흥읍 하동리 김호영씨의 이야기)

## 20. 강감찬 장군의 설화 (그 하나)

### <강감찬의 어머니>

강감찬의 아버지가 산길을 걷고 있을 때, 갑자기 폭풍우를 만났다. 인가가 없어서 어찌할 바를 모르고 있을 때 계곡 맞은 편에 등불이 켜져 있는 집을 발견했다. 그는 그 집을 향하여 달려갔다. 그 집에서 아름다운 처녀가 나와 그를 맞이하고 극진히 환대해 주었다. 그는 3일 동안 그녀의 집에서 신세를 지었다. 물론 서로 정을 통하였다. 집으로 돌아온 며칠 후에 그는 다시 그 처녀의 집을 찾아갔지만 그 집은 이미 사라지고 없었다.

몇 년이 흘러, 아이를 데려 온 여인이 강감찬의 아버지에게 아이를 건네면서 「몇 해 전 당신이 산길에서 폭풍우를 만나 찾아 들어간 집은 사람의 집이 아니라 사실은 여우의 집이었습니다. 그리고 그 때의 여자는 저입니다. 이 아이는 그 때 생긴 당신의 아이로 장래에 반드시 국가를 위해서 공을 세우고 위대한 인물이 될 테니 부디 소중히 키워 주십시오」라는 말을 남기고 모습을 감추었다.

자세히 생각해 보니 그 여자는 몇 해 전 만났던 그 처녀임에 틀림없었고 또 아이 얼굴을 자세히 보니 어딘지 여우를 닮은 데가 있었다. 그 여인은 여우가 둔갑한 것이었던 것이다. 과연 그 아이는 훗날 위대한 인물이 되었는데 그가 바로 강감찬이었다. 강감찬은 7살이 되었을 때 재상이 되었다고 하는 이야기도 있다.

(1923년 7월 충북 괴산군 괴산읍 안주양씨 이야기)

### <승호(僧虎)퇴치>

　　어느 비오는 날 강감찬은 용변을 보러 길가에 있던 변소에 들어갔다. 그때 갑자기 그의 앞을 달려가는 호랑이 한 마리가 있었다. 이를 수상히 여긴 그는 신발을 벗은 채 호랑이의 뒤를 쫓았다. 저녁 무렵 호랑이는 어느 대가집의 담을 넘어 들어갔다. 강감찬도 역시 그 담을 넘어 들어갔다.

　　호랑이는 그 집 딸인 신부를 입에 물고 나왔는데 감찬이는 호랑이의 꼬리를 잡아 신부를 구하고 호랑이를 땅바닥에 내동댕이쳤다. 그러자 호랑이는 중으로 변하고 죽었다. 중이 신부를 강탈하려고 호랑이로 둔갑하였던 것이다.

(필자의 기억)

## 21. 강감찬 장군의 설화 (그 둘)

### <감찬의 어머니>

　　강감찬의 아버지가 함경도를 유람하고 있었을 때, 몽달산에 있는 주막집 여인과 정을 통하여 태어난 것이 강감찬이었다. 감찬이는 매우 못생긴 아이였고 게다가 또 아버지가 없다고 해서 동네 아이들로부터 매일 놀림을 당하였다. 감찬이는 여덟 살 때 그 아버지를 찾아갔지만 아버지도 결코 그를 귀여워해 주지 않았다.

### <요호(妖狐)퇴치>

　　그 후 어느 날의 일이다. 감찬이의 아버지는 어느 대신 집의 결혼잔치에 가게 되었는데 그가 아버지를 수행하며 갔다. 감찬이가 그 집에 들어가자 그 집에서는 갑자기 신랑이 죽었다고 소동이 벌어졌다. 그리고 감찬이가 그 집에서 나오니 신랑이 다시 살아났던 것이다.

그런 일이 몇 번이고 되풀이되자 그 집에서는 큰 소동이 벌어졌다. 사람들은 감찬이의 얼굴을 수상쩍게 노려보는 것이었다. 감찬이는 그 때 천천히 신랑 앞으로 걸어가서 무서운 눈초리로 신랑을 뚫어지게 쳐다보았다. 그러자 신랑은 세 번 데굴데굴 굴러 여우로 변하더니 죽어 버렸다.

감찬이는 거기서 「신랑을 태우고 오는 도중에 그 가마를 어디선가 내린 일이 있느냐」라고 물었다. 「어디어디에 있는 커다란 고목 아래에서 내리어 잠시 쉰 적이 있습니다」라고 신랑의 하인들이 대답하였다. 감찬이는 다시 「그렇다면 지금 당장 그곳에 가서 고목 속을 조사해 보라. 이 여우는 그 고목에 서생하고 있던 것임에 틀림없다」라고 하였다.

많은 하인들이 달려가서 보니 과연 그 고목의 구멍 속에 반쯤 죽고 반쯤 살아있는 진짜 신랑이 신음하고 있었다. 즉시 신랑을 구해내어 데리고 돌아왔다. 신랑은 고목 아래에서 쉬고 있을 때 그곳에서 오줌을 누었던 것이다.

그리고 고목 안에 있던 여우는 그 냄새를 맡고 오줌의 주인인 신랑으로 둔갑할 수가 있었다. 여우는 진짜 신랑을 고목의 구멍 속에 집어넣고 자신이 신랑의 가마를 타고 왔던 것이었다. 여우 한 마리가 사람으로 둔갑하려면 어떻게 해서라도 사람을 희생시키지 않으면 안된다.

그 후 완전히 다른 사람처럼 된 강감찬은 사람들로부터 존경을 받게 되었다.

### <마마귀신을 부르다>

그는 원래 못생긴데다 세 번씩이나 포창을 앓았다. 그는 더 못생긴 얼굴이 되고 싶어서 포창의 여신인 마마를 불러냈다. 마마는 그를 무서워하고 처음에는 가볍게 그의 얼굴을 주물렀다. 그러자 그는 매우 화를 내면서 「가능한 한 더 못생긴 얼굴로 만들지 않으면 용서하지 않겠다」고 말하자 마마는 결국 그의 얼굴을 세 번 주물러 엉망진창으로 만들었다고 한다.

### <호랑이퇴치>

강감찬이 열 세 살 때 등과하고 열 여덟 살 때 양주 목사를 스스로 지원하였다. 양주에는 항상 호랑이로 인한 우환이 끊이질 않았기 때문에 강감찬이 나서서 퇴치할 작정이었다.

그는 양주 목사가 되자마자 즉시 삼각산의 제일 높은 봉우리에 있는 노승에게 호출장을 보냈다. 그리고 노승에게 「너희들은 이제부터 우리 지역 안에 살 수 없다」라고 엄명하였다. 노승은 호랑이의 왕이었던 것이다. 그 이후 오늘날까지 경성 부근에는 호랑이로 인한 우환이 끊어지게 되었다고 하는 이야기이다.

### <울지 않는 개구리>

그가 경주부사가 되었을 때의 일이다. 경주에서는 하루종일 개구리가 개골개골 울어대서 시끄러워 견딜 수가 없을 지경이었다. 그는 가장 큰 개구리를 잡아 「앞으로 절대 울어서는 안된다」라고 명하였다. 그후 경주의 개구리는 오늘날에 이르기까지 역시 울지 않게 되었다는 이야기이다.

### <염라대왕 호출>

강감찬이 전라도에 있었을 때의 일이다. 어느 대상인이 전주의 감사에게 「제 자식 셋이 똑같은 시간에 죽어 버렸습니다. 이는 무슨 까닭인지 조사해 주십시오」라고 호소하였다. 감사는 강감찬에게 그 사건을 조사하게 하였다.

여러모로 조사해 보았지만 타살의 의심은 전혀 없었다. 아마도 염라대왕의 소행임에 틀림없다고 생각한 강감찬은 염라대왕을 불러와서 「대왕께서는 무슨 연유로 그 사람의 세 자식을 전부 데리고 가셨습니까?」라고 물었다. 그러자 염라대왕은 「그 상인은 자신의 가게에 온 부자상인들 셋을 한꺼번에 살해하고 그 재물을 빼앗아 지금의 부를 이룬 사람이다. 그 증거로는 지금도 역시 그 나쁜 상인의 마굿간 판자 밑에 매장된 세 상인 시체가 있다. 그런 연유로 그의 세 자식을 한꺼번에 죽인 것이다」라고 대답하였다. 조사해 본 결과 과연 마굿간 밑에서 세 명의 해골이 나왔다. 나쁜 상인은 사형에 처해졌고 사건도 해결되었다고 한다.

(1923년 8월 경북 달성군 월배면 상인동 윤희병씨 이야기)

## 22. 강감찬 장군의 설화 (그 셋)

### <울지않는 개구리>

전북 남원군 성밖의 개구리는 울지만, 성안의 개구리는 울지 않아서 이를 벙어리개구리라고 한다. 그 연유에 대한 전설은 이러하다.

고려시대의 강감찬 장군이 어머니와 함께 남원읍내에 머물렀을 때의 일이다. 개구리가 시끄럽게 울어서 어머니의 잠을 방해하였기 때문에 감찬이는 종이쪽지에 부적같은 것을 적어 논 속에 던졌다. 그러자 개구리들은 순식간에 모두 그 울음소리를 멈추었는데 그 후 오늘날까지 역시 남원 성안의 개구리는 울지 않게 되었다고 하는 이야기이다.

### <소리없는 흐름>

전남 구례읍의 잔수(殘水)라고 하는 강은 전혀 소리내지 않고 흐른다. 거기에 대한 다음과 같은 전설이 전해지고 있다.

역시 강감찬이 그의 어머니와 함께 구례에 머무르고 있었을 때의 일이다. 어머니가 밤이 깊었는데도 잠못이루고 몸을 뒤척이고 있어 어찌된 영문인가하고 감찬이가 물어보니 어머니는 「물 흐르는 소리가 신경에 거슬려 잠을 이룰 수 없다」고 대답하였다. 감찬이는 잽싸게 종이쪽지에 부적을 적어서 잔수 속에 내던졌다. 그러자 갑자기 흐르는 물소리가 멈춰 버려, 지금도 역시 소리없이 흐르고 있다고 전해지고 있다.

### <물지 않은 모기>

전라남도 광양군 인덕면 도청리의 모기는 결코 사람을 물지 않는다. 그것은 강감찬이 도청리에 머물렀을 때의 일이다. 그곳의 모기가 맹렬하게 강감찬을 물었다. 그는 종이조각에 부적을 적어서 공중으로 던지며 「이제부터 결코 사람을 물어서는 안된다」라고 모기를 꾸짖었다. 그로부터 오늘에 이르기까지 역시 도청리의 모기는 사람을 물지 않게 되었다고 하는 이야기이다.

또 어디에서는 울지 않는 모기가 있다고 하는 이야기가 있다.

그 전설은 잊어버렸지만 그것도 강감찬에 의해 그렇게 되었다고 하는 이야기일 것이다.

(1930년 5월 전남 여수군 여수읍 김동무군 이야기)

## 23. 바늘과 이무기(구렁이)

옛날 어느 부잣집에 무남독녀 외동딸이 있었다.

매일 밤 어디에서 오는지 이 딸의 침실로 반인반수인 아름다운 남자가 창호지 하나 움직이지 않고 들어왔다가 닭이 울기 전에 또 어디론가 사라져 버리는 것이었다. 그리고 이상하게도 그 남자의 몸에는 온기가 없었다.

최근에 어쩐지 딸의 행동이 이상한 것을 알아차린 아버지는 밤중에 몰래 딸의 침실을 순회해 보았다. 그러자 과연 그 창에 수상한 남자의 모습이 비치는 것을 보고 다음날 딸을 불러 엄중히 조사하니 딸은 여차여차한 자초지종을 고백하였다.

그래서 아버지는 딸에게 「그렇다면 오늘밤 또 그 남자가 오면 비단실을 바늘을 꿰어 놓았다가 남자의 옷자락에 그것을 꽂아두거라」라고 시켰다. 그날 밤도 역시 남자가 왔기에 딸은 아버지가 가르쳐준 대로 하였다. 남자는 바늘에 찔리자마자 깜짝 놀라서 도망쳤다.

다음날 아침 실을 따라 가보니 뒷산의 커다란 동굴 안에 큰 구렁이(이무기)이 바늘에 비늘 밑이 찔려 죽어 있었다. 철과 뱀은 상극이기에 그렇게 작은 바늘에 찔려도 커다란 구렁이가 죽는 것이다.

(1923년 11월 경남 동래군 구포 박씨부인 이야기)

## 24. 초야에 파초류를 꺼린다

옛날 어느 부자가 사위를 맞이하였다. 신부는 스무 살이었는데 신랑은 아직 12~13살 정도였다. 밤이 되어서 막 잠자리로 들어가려 할 때 신랑이 문득 창문을 바라보니 창밖에 칼이 비친다. 그 어린 신랑은 「간부가 나를 죽이려고 칼을 갖고 숨어있음에 틀림없다」고 생각하고 그는 아무 말도 하지 않고 그대로 신부집을 나와 자신의 운명을 저주하면서 방랑의 길을 떠났다.

신부는 그 이후 침실의 자물쇠를 안에서 걸어 잠그고 아무 것도 먹지 않고 「신랑이 돌아올 때까지는 누구에게도 이 문을 열 수 없습니다」라고 하였다.

신랑은 이후 9년 동안 정처없이 여행을 계속했는데, 항상 첫날밤의 일이 머리 속에서 떠나지 않아 때로는 「무슨 오해가 아니었을까」라는 생각도 들었다. 9년째 되는 결혼 당일이 되어서 다시 그는 신부집을 찾아가 보았다.

그 집은 마치 초상집처럼 쓸쓸하였는데, 사랑채로 들어가 보니 장인은 머리카락이 흐트러진 채 묵묵히 고개를 숙이고 있었다. 그가 하룻밤 머물기를 청하자, 장인은 겨우 고개를 들고 「저의 집은 도저히 손님을 머물게 할 수 없습니다. 이웃집으로 가 보십시오」라고 하였다.

그는 이웃집에 머물면서 상황을 살피고 있었는데 한밤중이 되었을 무렵, 신부집에서 우는 소리가 들리는가 싶더니 신방의 뒷문이 열렸다. 뜰로 나온 신부는 우물에서 정화수를 떠서 무엇인가를 기도하고 마치 산처럼 커다란 호랑이로 변하더니 「원수를 갚게 해 주십시오」라고 외쳤다. 남자는 간담이 서늘해지며 소름이 오싹 끼쳤다.

잠시 지나자 주인 할머니가 제삿밥을 가져 왔기에 「어느 곳에 제사가 있었습니까?」라고 물어보았다. 할머니는 「이웃집 딸은 9년 전에 시집을 갔었는데 무슨 까닭인지 신랑이 첫날밤에 달아나서 딸은 아무 것도 먹지 않아 결국 굶어 죽었습니다. 오늘이 바로 그 제삿날이 되어서 이것을 얻어 왔습니다. 딸은 평소에 파초를 좋아해서 그것을 창문밖에 두어 놓았는데 달빛에 비친 파초잎 그림자를 신랑은 간부의 칼로 착각하고 달아났다고 하는 이야기입니다. 불쌍한 이야기지요. 지금도 여전히 신부의 시체는 신방에 놓여져 있습니다」라고 대답하였다.

남자는 뼈저리게 지난날의 잘못을 후회하고 날이 새기를 기다려 곧바로 처갓집으로 가서 신방 앞에 서자, 신방의 문이 저절로 스르르 열리고, 신부는 첫날밤의 모습 그대로 앉아 있었다. 그는 기뻐서 신부의 손을 잡으려고 하자 확 그 모습이 사라지고 신부는 그대로 재가 되어 사라져 버렸다.

그는 한동안 통곡을 하고 아무쪼록 그 죄를 용서해 주길 간청한 뒤 성대한 장례를 치루고 또 그 영혼을 제사지내 주어서 겨우 무사할 수가 있었다. 이런 일이 있은 후 사람들은 첫날밤에 파초와 같이 잎이 길쭉한 것을 꺼리게 되었다고 한다.

(1930년 3월 대구시 남동 86 이재양군 이야기)


## 25. 천 년 묵은 지네와 닭

옛날 한 선비가 몇 번이고 과거시험에 응시하였지만, 그 때마다 재산을 낭비할 뿐 급제하지 못하였다. 이번에는 마지막 남은 가재도구를 팔아 경성으로 가서 시험을 보았지만 역시 떨어져서 아내와 자식들을 볼 면목이 없어 결국 결심하고 그는 경성 남산 기슭에서 목을 매어 자결을 하였다.

죽었을 것이라 생각했는데 한밤중이 되어 문득 눈을 떠보니 하녀가 자기 목을 맨 줄을 풀고 곁에서 간호하고 있었고 조금 떨어진 곳에는 아름다운 처녀가 호롱불을 들고 서 있었다. 그는 여인들에게 이끌려 훌륭한 기와집으로 들어갔다.

그곳은 성안에서 꽤 떨어진 곳이어서 그는 「이런 곳에 인가(人家)가 있을 리가 없는데 어찌된 일일까」하고 의심하면서도, 어쨌든 그곳으로 들어가보니, 쥐 죽은 듯이 고요했다. 사람이 사는 기색도 없고 가족이라고는 그 두 처녀밖에 없었다. 여인들은 미음 등을 만들어 권하였고, 잠시 동안 그는 호사로운 날들을 그 집에서 보냈다. 주인인 처녀와 관계를 맺은 것은 물론이었다.

그러나 날이 지남에 따라, 남자는 점차 가족들의 일이 걱정이 되어서 시골집에 한번 다녀오겠다고 여인에게 말했다. 여인은 할 수 없이 허락하면서 이렇게 말하였다. 「저의 집에 오실 때는 반드시 밤이 으슥해진 다음에 오십시오. 그리고 도중에 누가 말을 걸어오더라도 못들은 체 하십시오. 그 사람과 말을 주고받아서는 안됩니다. 그리고 지금으로부터 1년 후에 오십시오」라고 말했다.

남자가 자신의 집으로 돌아가 보니 옛날의 초가집이 기와집으로 바뀌고 창고도 세워지고 논밭이 늘어나 큰 부자가 되어 있었다. 그가 「어찌된 일인가?」라고 물으니 「이것은 모두 당신이 경성에서 보내준 돈으로 한 것입니다」라고 아내는 대답하였다. 그것은 여인이 몰래 보내준 돈이었다.

남자는 도저히 1년이라는 긴 세월을 기다릴 수가 없어 3개월째 되던 날 마침내 사랑하는 여인 곁으로 향하였다. 그럭저럭 밤이 으슥해질 무렵 경성에 도착하여 여인의 집으로 걸음을 재촉하고 있을 때였다.

갑자기 뒤쪽에서 사람이 부르는 소리가 들렸지만 그는 못들은 체하고 길을 재촉하였다. 그러자 또 그 소리가 들려왔다. 그것은 어딘지 죽은 아버지의 목소리를 닮아 있었다. 세 번째에 뒤돌아보니, 그것은 틀림없는 그의 죽은 아버지였다. 「너의 얼굴에는 살기가 나타나있다. 네가 찾아가는 여인은 사람이 아닌 실은 지네이다. 그 여자에게 홀리면 너는 죽게될 것이다. 너는 잎담배를 피우고 그 침을 입 속에 모아 그것을 여인의 얼굴에 뱉거라. 그렇게 하지 않으면 너의 목숨은 위험하다」라는 말을 남기고 죽은 아버지의 모습은 사라졌다.

남자가 여인의 집에 들어가자, 여인은 새파랗게 얼굴이 질려 머리를 수그린 채 아무 말도 하지 않았다. 남자는 담뱃대에 잎담배를 채우고 그것을 피우고 침을 입안에 모았다. 침이 입안에 가득 고였을 때 그것을 뱉으려고 하였지만 인정상 아무래도 그렇게 할 수가 없었다. 몇 번이나 생각을 바꾼 뒤에 결국 그는 침을 재떨이에 뱉어 버렸다. 그러자 여인은 비로소 얼굴을 들고 기뻐하며 말하였다.

「저는 사실은 사람이 아니고 천 년 묵은 지네입니다. 조금 전 당신은 도중에서 틀림없이 당신의 아버지를 만났지요. 그러나 그것은 당신의 아버지가 아니고 사실은 천 년 묵은 닭이었습니다. 닭과 저는 천년이 지났을 때 한 사람과 진실로 사귀게 되면 진짜 사람이 될 수가 있었던 것입니다. 그런데 그 닭과 저는 원수지간이어서 제가 당신과 사귀는 것을 알고 저를 죽이려고 당신의 아버지로 변하여 당신에게 그런 일을 가르쳐 준 것입니다. 그러나 다행히도 당신이 마음으로부터 저를 사랑해서 담뱃진을 뱉지 않았기에 저는 이제부터 사람이 될 수 있게 되었습니다. 담뱃진은 저의 적이기에 이것에 맞게 되면 저는 결국 죽게 됩니다. 그렇게 된다면 저는 또 천 년이라는 긴 세월을 기다려야만 하지요. 내일 아침 남산 밑에 있는 큰 바위 아래를 보세요. 그곳에는 저의 유골이 붙어 있을 것입니다.」

다음날 아침 눈을 떠보니 잠자리라고 생각하고 있었던 것은 바위였고 집도 여인들도 보이지 않게 되었다. 시험삼아 남산기슭에 까지 가서 일러준 대로 큰 바위를 들어보니 과연 커다란 지네의 유골이 있었다. 하녀로 보였던 처녀는 지네의 동생으로 아직 천년이 지나지 않은 젊은 지네였다고 한다.

(1930년 3월 대구시 본동 이상오군 이야기)

## 26. 울소의 악귀(惡龜)

경상북도 칠곡군의 송림사에서 약 10리쯤 되는 곳에 법성동이라는 마을이 있고, 그 마을에서 조금 떨어진 계곡 사이에는 두 개의 울소가 있다. 늪(沼) 양측에는 절벽이 우뚝 솟아 있는데 절벽 아래에는 바위 동굴이 있어 그 속에는 지금도 호랑이가 살고 있다고 한다.

늪의 큰 쪽을 대울소라고 하고 작은 쪽을 소울소라 부르는데 큰 늪은 10평 정도의 넓이로 그 속에는 흔히 말하는 '이시미'가 살고, 간혹 운이 나쁜 사람이 발등을 늪에서 씻을 때 '이시미'가 잡아 당겨 죽는 일도 있다. 이 '이시미' 때문에 법성동 사람은 최근까지 매년 한 사람씩 처녀를 공양하였다고 한다. 이것은 그저 전설이 아닌 진짜 사실이라고 그 마을 노인들은 이야기하고 있다. 나도 그곳에 가서 놀았던 일이 있는데 이 '이시미'라는 것을 잡기 위해서는 힘센 장정이 온몸에 흰 말의 피를 바르고 물고기 비늘모양이 달린 철제 수갑을 차고 늪 속으로 뛰어들어야 한다. '이시미'는 말의 피를 매우 싫어해서 처음에는 피해 다니지만 점점 싸움을 걸면 나중에는 화를 내면서 결국 그 사람의 손을 물게 된다. 그때 손을 빼면 수갑의 비늘모양이 이시미의 입에 걸려 수갑만이 남는다. 이시미는 그것을 먹고 죽게 되는 것이다. '이시미'는 수천년

이상 묵은 이무기(구렁이)로 온몸에 비늘이 있고 수염과 두 귀를 갖고 있으며 머리의 크기는 뱀과 같고 몸은 뱀처럼 길다랗다고 전해지고 있다.

(1930년 3월 대구시 남동 86 이재양군 이야기)


## 27. 제사의 시각

옛날 지체높은 집안의 자손들이 만나 조상에게 제사지내는 시각에 대해 이야기했다. 한사람은 닭이 운 다음에 행하는 것이 좋다고 주장하고 또 한사람은 닭이 울기 전에 해야 된다고 주장하였다. 그곳에 또 한사람이 와서 자신의 집에서도 처음에는 닭이 운 다음에 행했지만, 지금은 닭이 울기 전에 한다고 말했다. 그의 이유는 이러하다.

돌아가신 아버지의 제삿날 저녁 무렵에 한 거지가 찾아와서 「오늘이 당신 아버지의 제삿날이지요. 부디, 닭이 울기 전에 제사를 지내십시오」라고 했다. 이상하게 생각하여 그 이유를 묻자, 거지는 「사실은 오늘 내가 낮잠을 자고 있는데 당신의 아버지라는 사람이 나타나서 "오늘은 내 제삿날이지만 나는 매년 제사음식을 받을 수가 없다. 그것은 내가 제사상을 받으려고 가는 도중에 항상 닭이 울어 돌아가지 않으면 안되었기 때문이다. 수고스럽겠지만 내 자식 집에 가서 이제부터는 닭이 울기 전에 제사를 지내달라고 전해주게. 그리고 이 이야기가 거짓말이 아니라는 증거로서 내가 평생 애독하고 있었던 西厓文集(유성룡의 문집) 어디 어디를 펼쳐보라고 말하시오. 그곳에는 내 수염이 두·세 가닥 떨어져 있을테니까"라고 말씀하셨습니다」라고 대답하였다.

그래서 西厓文集을 꺼내어 조사해 보니 과연 아버지의 수염이 있어서 그 이후 조상의 제사는 반드시 닭이 울기 전에 행하게 되었다고 한다.

(1929년 1년 10일 경북 김천군 아포면 국사동 김문환씨 이야기)

## 28. 인동 조씨와 신승

　임진왜란 때의 일이다. 경상북도 仁同의 趙氏집에 유명한 점쟁이가 있었다. 그는 왜란이 있을 것이라고 예견하고 있었지만, 이것을 피하기 위한 방법에 대해서 좋은 생각이 나지 않아서 기분 전환겸 집을 나왔다. 그리고 정처 없이 걸어서 한 마을에 이르자, 이미 해가 저물어서 그는 그 마을의 부자집을 찾아 들어갔다. 주인과 인사를 나눈 후 살며시 그의 모습을 보고 있으니 주인은 얼굴 가득히 근심의 빛을 띠고 있어 「무슨 일인가」하고 혼자 이것을 점쳐 보았다. 그곳에 밖에서 한사람의 여행하는 스님이 들어와서 「안녕하십니까! 소승 문안 올리옵니다」하고 주인에게 그저 한마디 말한 채 주위사람은 신경도 쓰지 않고 쿨쿨 자기 시작하였다. 「이 무례한 중놈」이라고 생각하면서도 그는 계속해서 주인에 관하여 점을 보았는데 「이는 외동아들이 중병에 걸려 목숨이 얼마 남지 않았기 때문이다」라는 것을 알았다. 그와 동시에 여행하는 스님은 잠꼬대처럼 「옳다」라고 말하였다. 그는 다음에 그 병의 원인을 점쳐 보았다. 그리고 「이는 주인의 묘자리가 좋지 않기 때문이다」라는 것을 알았다. 그러자 그와 동시에 또 스님은 「옳다」라고 잠꼬대를 하였다. 그래서 그는 그 스님이 결코 보통 스님이 아니라는 것을 알고, 또 「왜란으로부터 벗어나는 책략을 이 스님은 알고 있을 것이다」라고 속으로 기뻐하면서 주인에게 「얼굴을 보아하니, 당신은 무슨 걱정거리가 있는 듯한데 저에게 그것을 들려 주시지 않겠습니까?」라고 물었다. 처음에는 묵묵히 대답하지 않았지만 여러번 물으니 주인은 할 수 없이 그 외아들의 병에 대하여 이야기했다. 그는 주인을 따라 병실로 들어가서 진찰을 한 후 병의 원인이 어디에 있는 지를 말하고 또한 「묘소를 다른 곳으로 이장하면 분명히 나을 수 있습니다」라고 하였다. 그 때 방밖에서 몰래 이것을 듣고 있던 외동아들의 아내는 즉시 도구를 준비하여 혼자 묘소로 가서 묘소를 파서 다른 곳으로 옮긴 후 다음날 아침 동틀 무렵에 겨우 돌아왔다. 그 집에서는 한밤중에 집을 나간 며느리의 행방에 대하여 밤새도록 큰 소동이 벌어졌지만 며느리도 무사히 돌아왔고 자식의 병도 현저하게 좋아졌기에 집에 있는 모든 사람들이 모두 매우 기뻐하였다.

아침식사 후 스님은 「신세가 많았습니다」라고 전과 같이 간단한 인사말을 주인에게 남기고 지체없이 떠나기에 조씨는 주인의 간절한 만류를 뿌리치고 급히 스님의 뒤를 쫓았다. 그는 스님과 약 1리 정도 떨어져 다녔다. 며칠이나 높은 산과 험한 고개를 넘었다. 산 정상에 다다르자 겨우 그곳에서 스님은 풀위에 앉으면서 「너는 내 뒤를 쫓아오는 이유가 무엇이냐」라고 물었다. 그는 정중히 「머지않아 일어난다고 생각되는 왜란에 대하여 그 피난의 대책을 알고 싶습니다」라고 하였다. 그러자 스님은 그저 口·容·重의 세 글자를 써주면서 「더 이상 내 뒤를 쫓아올 필요는 없다」라고 말한 채 갑자기 산 속으로 자취를 감추었다. 그렇지만 그로서는 口·容·重의 뜻을 알 수가 없었다. 그 뒤 조씨는 다행히 왜란을 피하여 다시 고향인 인동으로 돌아가 헤어졌던 가족들과 만나서 겨우 원래의 가정을 이루었다. 그리고 그의 앞집에 살았던 백정도 역시 왜란을 피해 다시 그 이웃에 살게 되었는데 어느 날 백정은 「왜란 전까지 저는 천박한 일을 업으로 삼아 천민으로서 멸시받았지만 지금은 새로운 세상이 되었으니 나도 이제부터 양반이 되어 보려고 하는데 우선 이웃집의 조 양반은 나에게 어떤 태도를 보일까?」라고 생각하였다. 그리고 곧 피난의 인사를 겸하여 조씨를 찾아왔다. 그런 것을 전혀 모르고 조씨는 여느 때처럼 「너도 무사했구나」라고 업신여기듯 말하였기에 백정은 이것에 한을 품고 그 날 밤 몰래 담을 넘어 들어가서 조씨를 찔러 죽였다고 한다. 口容을 신중히 하는 것이 유일한 피난법이었는데, 그는 그것을 깨닫지 못하였기에 다른 사람에 의해 죽게 된 것이다.

(1928년 11월 똑같은 장소. 김문환씨 이야기)

## 29. 趙漢俊 彌勒

정주군 정주면 성외동의 앞을 흐르는 달천강(撻川江)은 그다지 깊지 않지만 폭이 약 15間(약 30m)이나 되는 큰 강이다. 万曆 壬寅年 최기가 본주의 목사였을 때의 일로, 본주 사람중 조한준이라는 사람이 있었다. 그는 달천강이 경성과 의주사이를 직통하는 큰 길을 차단하여 교통상 불편이 적지 않은 것을 유감스럽게 생각하고 자신의 전재산을 털어 달천강에 돌다리 공사를 시작하여 6년만에 준공하였다. 그 때 남은 재산을 모아보니 겨우 일곱 냥밖에 없어서 그는 그 돈으로 짚신 한 켤레를 샀다고 한다.

이 은덕 때문인지 그가 죽은 뒤 3일 동안 상서로운 기운이 하늘로 올라가고 3일째 되던 날 밤에는 하늘에서 소리가 나며 「조한준이 미륵이 되어 세상에 나가니 이것을 잘 모시거라」라고 해서 다음날 아침 마을 사람들은 전날 밤에 소리가 났던 곳을 찾아가 보았다. 그곳은 정주군 신안면 큰 산의 남쪽이고 과연 돌미륵 一座(세는 단위임)가 땅에서 솟아 올라왔으므로 마을 사람들은 이상히 생각하고 곧바로 그 산에 오두막을 짓고 비바람을 피하게 하였다.

그런데 미륵은 그 후 점점 커져 오두막의 대들보를 뚫고 나와서 마을 사람들은 새롭게 큰 집을 지었다고 한다. 그리고 이 조한준 미륵에게 기도를 하면 남자 아이를 얻을 수가 있다고 하여 오늘날도 역시 그 신앙이 한창인데, 이 미륵은 배부분이 이상하게 부풀어 있다. 이 때문인지, 그 조씨 문중에서 태어나는 여자아이는 성장함에 따라 배부분이 점점 커져 마치 임신한 듯이 보여서 조씨문중의 한 사람이 이 미륵의 배부분을 깨뜨린 일이 있었다. 그 이후 조씨 가문의 여인들은 항상 배가 아프게 되어서 그 파편을 미륵의 배에 원래대로 붙였다고 한다.

또 중국의 대명황후가 한 여자아이를 얻었는데 그 배에 조선 조한준이라는 다섯 글자가 쓰여져 있어 그 아이를 조선으로 보내어 한준의 有無를 물어보았지만 그 때 정주의 선비는 후환을 두려워해서 「그런 사람은 없다」라고 보고하였기에 명나라의 황후는 그의 딸을 요물로 생각하고 죽였다고도 하며, 한준이 만일 그 때 남은 돈 일곱냥으로 자기의 짚신을 사는 일이 없었다면 그는 명나라의 태자로 태어났을 것인데, 그 짚신을 샀기 때문에 황녀로서 태어나 결국 죽게 되었다고도 전해지고 있다.

(1928년 8월 평북 정주군 아이포면 석산동 김기주씨 이야기)


## 30. 奉僉知窟

옛날 남쪽 지방에 奉할아버지(奉僉知)이라는 노인이 있었다. 어느 날 마을 아이들이 모여서 한 동굴을 가리키며 「저것이 봉할아버지의 동굴이라는 것이다」라는 말을 듣고 이를 매우 슬프게 생각하고 또한 가난을 견딜 수가 없어서 「차라리 아이들의 말대로 저 구멍에라도 들어가 죽자」라고 결심하고 그곳으로 들어갔다. 그

안에는 한 선인이 있었는데 자리에서 일어나 할아버지를 맞이하며 「오늘 당신이 오실 것이라고 생각하고 있었습니다」라고 말하며 대추와 과일 등을 주면서 「이제 저는 천상으로 갑니다. 당신은 여기에서 공부를 하십시오. 그리고 시장하게 되면 이 대추를 잡수십시오. 또 지루할 때는 동문이나 남문을 열고 밖을 바라보며 기분 전환을 하세요. 그러나 결코 서문과 북문을 열어서는 안됩니다.」라고 말한 뒤 어디론가 모습을 감추었다.

어느날 노인은 지루한 나머지 동문을 열어 보았다. 그러자 밖은 때마침 여름이어서 농부들은 보리를 타작하고 모내기에 한창이었다. 며칠인가 지나서 그는 다시 지루한 나머지 선인이 남긴 말이 굉장히 이상해서 북문을 열어 보았더니 갑자기 강풍이 불어와서 그는 재빨리 그 문을 닫았다. 그리고 다음으로 「서문을 열면 어떤 일이 일어날까?」라는 호기심으로 그는 또 살짝 서쪽 문을 열어 보았다. 그러자 역시 강풍이 불어왔는가 싶더니 갑자기 어떤 것이 그의 상투를 잡아 당겨 그를 동굴 밖으로 질질 끌어 내었다. 그리고 노인이 정신을 차려보니 그는 이전에 자신이 살고 있었던 마을로 돌아온 것이다. 그래서 사람의 운명이라고 하는 것은 벗어날 수 없는 것이다.

(1929년 3월 전남 화순군 송석면 금릉리 주윤석씨 이야기)

## 31. 까치의 보은

어떤 사람이 산에서 나무를 하고 있던 중, 구렁이 한 마리가 까치의 둥지를 덮쳐 그 알을 먹고 어미까치와 싸우고 있는 것을 발견하였다. 까치를 불쌍히 여긴 그는 갖고 있던 낫으로 구렁이를 찔러 죽이고 까치를 구해 주었다. 그 때 낫 끝이 부러져 뱀의 몸안으로 들어갔지만 나무꾼은 이를 특별히 신경쓰지 않고 뱀을 질 질 끌고 가서 강속에 던져 버렸다.

그로부터 7-8년이 지나 나무꾼은 어느 시장에서 붕장어 한 마 리를 사서 그것을 요리해 먹었다. 먹고 있는 사이에 뭔가 딱딱한 것이 이빨에 걸려서 뱉어보니, 그것은 지난날 뱀의 몸에 박혀 있 던 낫의 끝 날이었다. 나무꾼은 깜짝 놀라서 먹은 것을 전부 토해 냈지만 그는 그날로부터 복통을 일으키고 점점 배가 부어갔다.

어느 날 너무 아픈 나머지 옆으로 배를 내밀고 자고 있는데 어 디서부턴가 지난날 구해준 까치를 선두로 많은 까치들이 날아와 나무꾼의 배를 쪼아서 배를 가르고 각각 한 마리씩 뱀의 새끼를 끄집어내어 입에 물고 날아갔다. 그래서 나무꾼은 겨우 생명을 구 할 수가 있었다고 하는 이야기이다.

(1930년 5월 전남 여수군 여수읍내 김동무군 이야기)

## 32. 김덕령 설화

김덕령 장군은 임진왜란 당시 전남 광주의 무등산에 들어가 병 법을 익혀 신검을 단련하여 크게 공을 세웠던 사람이다. 그는 무 등산의 정기를 받고 태어난 사람이라고 하며 또 그러한 이야기가 전해지고 있다.

김덕령의 모친은 호랑이에게 잡아먹힐 운명(虎食八字)을 지니 고 있었다. 어느 날 그녀가 논에서 일을 하고 있을 때의 일이다. 어디선가 한 노스님이 나타나 지나가는 사람을 향해 말하길 「나는 스님이 아니고 사실은 호랑이로 오늘 저 여인(김덕령의 어머니를 가리키고)을 잡아먹고 사람으로 다시 태어날 운명으로 여기까지 왔다. 자 잠시 내가 하는 것을 보아라.」 그렇게 말하는가 싶더니 몸을 세 번 빙글빙글 돌아 커다란 호랑이로 변하고 덕령의 어머니가 일하고 있는 논 주위를 맴돌기 시작하였다. 그러나 아무리 시간이 흘러도 그저 논 주위를 맴돌 뿐이었다. 잠시 후 호랑이는 다시 세 번 몸을 빙글빙글 돌더니 노스님으로 변하더니 나그네에게 「도저히 저 여자를 잡아먹을 수가 없다. 내가 논안으로 들어가려고 하자 논 주변에 수많은 불칼이 쉴새없이 날아 들어와서 어찌할 방법이 없다. 오늘 때를 넘긴다면 나는 이젠 사람으로 다시 태어날 수가 없다.」라고 한탄하면서 어디론가 사라져 버렸다. 이는 덕령이의 어머니가 그 때 덕령이를 잉태하고 있었기 때문에 그의 어머니는 호랑이에게 잡아먹힐 운명이었지만 천지신명이 불칼을 내려줘서 뱃속의 아이를 구하였던 것이라고 한다.

또 덕령의 할아버지는 경성의 어느 나쁜 대신 때문에 무고죄로 죽음을 당하였다. 덕령이의 아버지는 특출한 아이를 얻어 아버지의 원수를 갚으려고 20년 동안 모든 천지신명과 산천성진선(山川星辰仙) 등에게 치성을 드려서 겨우 덕령이를 얻었다고 하는 이야기이다. 처음 10년간 기도하여 얻은 아이는 계집아이여서 덕령의 아버지는 딸이 태어나자마자 아이를 칼로 베어버렸다.

그리고 또 10년간 공을 들여 덕령이를 얻었는데 덕령이는 소년시절부터 비범한 용기와 신통한 무술을 지녔고 게다가 또 바둑을 매우 잘 두었다. 그의 바둑 상대는 같은 마을의 부잣집 아들이었다. 덕령은 부잣집에 다니는 동안에도 할아버지의 원수를 잊은 적이 없었다. 어느 날 마을의 유명한 대장장이집에 칼 한자루를 주문하였다. 대장장이는 칼을 주문하는 그가 비범한 사람임을 알고 칼을 만들어 주면서 「저의 생명이 오늘까지라는 것을 저는 잘 알고 있습니다. 아무 미련도 없으니 부디 이 칼로 저의 목을 베어주십시오」라고 말하였다. 그러자 덕령은 「과연 너는 이름에 부끄럽지 않은 대장장이다. 사정이 있어 너의 목숨은 내가 가져가마」하며 단칼에 대장장이를 베었는데 사실은 그의 목을 베지 않고 그의 소매를 잘랐던 것이다. 그리고 「결코 다른 사람에게 말하지 마라」라고 말한 채 칼을 가지고 어디론가 모습을 감추었다.

그는 그 칼을 지니고 경성으로 가서 할아버지의 원수인 아무개 대신을 베어 죽인 후 즉시 광주로 되돌아왔다. 그리고는 바둑상대인 부잣집 아들을 찾아가 여느 때처럼 바둑을 두었는데 그가 경성을 갔다 온 시간은 겨우 몇 시간 밖에 안되었다 한다. 그것은 그의 축지법·둔갑술·신검력에 의한 것이라 한다. 그런데 현장에 있었던 대신의 하인 한사람이 대신을 죽인 것이 김덕령이라고 관가에 알려서 형조의 포졸들이 일부러 광주에까지 와서 조사하였지만 광주에서 경성까지 천 리 길, 그런데도 덕령은 매일 정해진 시간에 부잣집에 가서 바둑을 두었다는 사실을 알고는 어쩔 수 없이 돌아갔다고 하는 이야기이다.

(같은 날 김동무군의 이야기)

## 33. 점술이야기 세 가지

점술로 유명한 탁탁 선생이라는 사람이 있었다. 그에 대해서는 많은 이야기가 전해지는데, 나의 기억으로는 다음의 이야기밖에 생각이 나지 않는다.

어느 날인가 그는 아내와 싸움을 하였다. 그는 도망가려고 하는 아내를 잡으려고 산기슭에까지 쫓아갔는데 그곳에서 결국 아내를 놓쳐 버렸다. 아내는 산밑에서 논을 갈고 있는 농부를 만나 「부디 잠시만 저를 숨겨주세요. 쟁기 위에 누울 테니까 제 위에 당신의 도롱이를 덮어씌우고 그 위에 물을 가득 부어 주십시오」라고 말하고 그렇게 숨어 있었던 것이다. 선생은 자신있게 점을 친 뒤 농부에게 「이 부근에 여산(犂山)이라는 산이 있습니까? 그리고 그곳에 노전이라는 숲이 있습니까? 또 그곳에 연못이 있습니까?」라고 물으니 농부는 적당히 「예.예」하고 대답하였다. 그러자 선생은 「내가 괜한 짓을 했구나. 아내는 여산의 노전숲 연못 속에 몸을 던져 죽었다」라고 한탄하면서 돌아갔다고 하는 이야기이다. 그의 아내도 상당히 점술에 뛰어났던 것으로 보인다.

또 어떤 사람은 점술이 뛰어난 도둑에게 쫓기어 도망칠 곳이 없어서 모래언덕에 몸을 묻고 배 위에 가득 물을 붓고 있으니 도둑은 자신만만하게 점을 쳐보고 상대가 우물에 빠져 죽었다고 생각하여 그대로 돌아갔다는 이야기도 있다.

또 이런 이야기도 있다. 이순신 장군이 한산섬 전투에서 적의 탄환을 맞고 죽을 때 그의 부하에게 「내가 죽거든 양발바닥에 흙을 묻히고 입에는 떡을 넣어 두어라. 그리고 결코 죽음을 알리지 마라」라고 명하였기에 부하는 그의 말대로 하였다. 가등청정(加藤淸正)은 조선군이 전혀 슬픈 기색을 띄지 않고, 탄환에 맞은 이순신의 죽음을 알리는 모습도 보이지 않아서 미심쩍어 스스로 점을 쳐보았다. 이순신은 여전히 발로 흙을 밟고 입으로 음식을 먹고 있는 것으로 점괘가 나왔다. 가등청정은 이순신이 살아있는 것이 두려워서 달아났다고 한다. 가등청정도 만만치 않은 사람이었지만, 이순신은 그보다도 더 뛰어났던 것이다.

(1930년 5월 같은 장소 김동무군 이야기)

# Ⅲ. 우화 · 재치설화 · 笑話

# 3 우화 · 재치소설 · 笑話

## 1. 개미와 토끼

옛날 개미는 매우 게으른 벌레여서 토끼의 등에 붙어 그 피를 빨아먹는 기생충이었다. 어느 날 많은 개미들이 여느 때처럼 토끼의 등에 모여들고 있자, 「오늘은 너희들에게 '밥'이라고 하는 맛있는 음식을 대접할 테니까 내 등뒤에 붙어 있지 말고 모두 내려오너라」라고 토끼가 말하니 모두가 등뒤에서 내려왔다.

토끼는 밥 한 주먹을 커다란 잎에 놓고는 그 잎의 한쪽 귀퉁이를 물고 「자, 모두 오너라」라고 하였다. 개미들이 기뻐하며 다가가자, 토끼는 나뭇잎을 문 채 깡충 뒤로 물러서고 거기서 밥을 먹으면서 「자, 여기까지 오너라」라고 하였다. 개미들이 또 그곳까지 다가가자, 토끼는 전과 같이 또 도망쳤다. 그것을 몇 번이고 되풀이되자, 개미들은 화가 나서 끝까지 토끼를 쫓아갔다. 「너희들에게 잡힐 내가 아니다」하며 토끼는 한 발짝씩 뒤로 깡충깡충 물러나면서 개미들의 애를 태웠기에 개미들도 마침내 기진맥진하게 되었다.

토끼는 다시 뛰려고 하다가 뒤에 있던 커다란 바위에 부딪쳐 깜짝 놀라 그 옆에 있는 나무 위로 올라갔다. 그래서 개미들은 나무 밑에서 토끼가 내려오기를 기다리기로 하였다. 그렇지만 개미들은 피곤함과 굶주림 때문에 모두 허리가 가늘어져 버렸고 눈도 움푹 들어가 보이지 않게 되어 죽을 지경이 되었다. 마침 그곳에 토끼가 먹고 남긴 한 톨의 밥알이 있어서 개미들은 모두 이것을 핥아먹고, 눈은 보이지 않게 되었지만 간신히 길을 찾아갈 정도의 건강을 회복할 수가 있었다.

그래서 그들 중의 한 무리는 사람들 마을로 밥을 구하러 가고 남은 무리는 토끼가 내려오는 것을 기다릴 태세를 갖추고 있었다. 굶주림과 피곤함과 싸우면서 사람들 마을로 간 무리의 개미들이 약간의 밥을 가지고 돌아와서 모두 그것을 먹고 겨우 목숨만은 구할 수가 있었지만 그 사이 토끼는 이미 어디론가 도망쳐 버리고 말았다.

개미들은 그후 토끼와 인연을 끊고 자신들이 스스로 일하게 되었다. 개미의 허리가 가늘어진 것은 그 때부터이다. 눈도 그때부터 움푹 들어가 보이지 않게 되어서 그들은 더듬이로 길을 찾으면서 더욱 더 열심히 일하게 되었다고 하는 이야기이다.

(1928년 1월 마산시 이은상군 이야기)

## 2. 원숭이의 재판

호랑이 한 마리가 함정에 빠져 괴로워하고 있는 것을 우연히 지나가는 사람이 보았다. 호랑이는 함정 속에서 슬픈 소리로 「여보세요. 제발 저를 살려 주세요. 반드시 은혜를 갚겠습니다.」라고 애원해서 나그네는 불쌍히 여겨 장대를 함정 속에 넣어 주었다. 호랑이는 그 장대를 잡고 기어올라오자마자 커다란 입을 벌리고 무서운 소리로 「나는 배가 고파서 견딜 수가 없다. 미안하지만 어쩔 수없이 너를 잡아먹어야겠다.」라고 하였다. 나그네는 「은혜도 모르는 놈」하고 꾸짖어 보았지만 호랑이는 꿈쩍도 하지 않았다. 그래서 호랑이와 나그네는 결국 원숭이가 사는 곳까지 가서 재판을 받기로 하였다.

원숭이는 나무 위에서 내려와 호랑이와 나그네의 하소연을 들은 후, 「그렇다면 사건이 발생한 현장을 한번 조사해 볼 필요가 있다. 그곳으로 나를 안내하라」라고 말해서 함께 현장까지 갔다. 그곳에서 원숭이는 말하길 「호랑이야, 너는 그 때 어떤 상황을 하고 있었느냐?」하니 호랑이는 함정 속으로 뛰어 들었다. 그 때 원숭이는 나그네에게 「너는 지금도 저런 나쁜 녀석을 도와주겠느냐? 자아, 어서 돌아가거라」라고 말하고, 또 다시 함정에 빠진 호랑이에게는 「은혜도 모르는 놈. 이것으로 원래대로 되었으니 죽던가 살던가 그 안에서 마음대로 하라」는 말을 남긴 채 산으로 돌아가 버렸다고 한다.

(1921년 11월 전북 전주군 완산면 유춘섭군 이야기)


## 3. 꿩과 비둘기와 까치와 쥐

어느 숲 속에 꿩과 비둘기 그리고 까치와 쥐가 살고 있었다. 흉년이 들어 식량이 없어서 꿩은 쥐의 집을 찾아가 「어이, 고양이 먹이인 친구 있는가? 먹을 것 좀 주게」라고 경멸하며 말하였다. 그러자 쥐의 부인이 부엌에서 나와 들고 있던 부지깽이로 꿩의 뺨을 철썩 때렸다. 그래서 꿩은 지금도 뺨 밑이 빨간 것이다.

다음으로 비둘기가 쥐의 집을 찾아가서 「어이, 뒤주 속의 좀도둑 있는가? 먹을 것 좀 주게」라고 말하였다. 쥐의 부인은 또 비둘기의 머리를 부지깽이로 딱하고 내리쳤다. 그래서 비둘기의 머리는 지금도 멍이 들어 파랗다.

마지막으로 까치가 쥐의 집을 찾아가서 매우 정중하게 「쥐 나리 계십니까? 부디 음식을 조금만 주세요. 올해는 흉년이라 매우 곤경에 처해 있습니다」라고 말하였다. 그러자 쥐는 「너는 누구누구와 함께 사느냐? 꿩이란 놈과 비둘기란 놈하고 함께 사는 것은 아니겠지?」라고 물었다. 「저의 마을에는 그런 자는 없습니다.」라고 까치는 대답하였다. 그러자 쥐는 흔쾌히 음식을 까치에게 주었다. 그리고 쥐의 부인은 까치에게 「당신은 얼굴이 고상하게 생기셔서 말씀도 매우 훌륭하시군요」라고 말하였다 한다.

(1923년 8월 17일 함경남도 함흥군 서호진내 호수, 도상연군의 이야기)


## 4. 산꼭대기의 세 시체와 돈

김 노인이 「산 정상에 세 시체가 있고 그 옆에는 적지 않은 돈과 빈 술병이 있다. 이것은 도대체 어찌된 일인고」라고 물었다. 나는 어렸을 때 이런 종류의 이야기를 자주 들은 적이 있었다. 그렇지만, 일부러 「글쎄요 잘 모르겠는데요」라고 대답하면 김노인은 이야기를 계속하며 그것은 이런 식으로 풀어야 한다고 했다.

즉 세 사람은 모두 도둑이다. 세 사람이 돈을 훔쳐서 산으로 들어가서 그 돈을 나누기 전에 우선 술이라도 잔뜩 마시려고 동료 한 사람을 마을의 주막집으로 보냈다. 그리고 남은 두 사람이 흑심을 품고 「그 녀석이 돌아오면 단번에 죽여서 훔친 돈을 우리 둘이서 반반씩 나눠 갖지 않겠느냐」고 의논했다. 그런데 술을 사러 갔던 녀석도 또 나름대로 흑심을 품고 술에 독을 타 가지고 와서, 두 사람이 심부름 갔다 온 녀석을 죽이고 또 두 사람은 술을 나눠 마셨기 때문에 죽게 된 것이었다.

(1923년 8월 3일 경북 칠곡군 왜관읍 김영석씨 이야기)

## 5. 명판결 두 건

어떤 사람이 길 위에서 한 젊은이가 요구하는 대로 자신의 긴 담뱃대(장죽)를 빌려주었다. 젊은이는 담배를 채워 핀 후 그 담뱃대를 가진 채 떠나려고 하였다. 그가 젊은이의 무례함을 나무라자, 젊은이는 오히려 화를 내면서 「무슨 말씀이십니까? 이것은 저의 담뱃대입니다」라고 말하였다. 이 싸움이 결국 관가에까지 가게 되었다. 그때 군수는 두 사람을 달래며 「담뱃대 하나 따위로 싸울 것은 없다. 나의 담뱃대를 하나 줄 테니까 이것으로 화해하거라. 그리고 담배라도 피우면서 세상이야기라도 해 보자」 하며 자신의 담뱃대를 꺼내서, 세 사람은 담배를 피우기 시작하였다.

세 자루 모두 긴 담뱃대였다. 그런데 젊은이는 담배가 거의 타서 불이 약해지자 담뱃대 꼭지를 재털이 중앙의 돌출된 부분에 맞춰서 담뱃재를 털지 않고 담뱃대 관보다 짧은 손을 뻗어 엄지손가락 안쪽으로 담뱃재를 털었다. 이는 짧은 담뱃대를 사용하는 자의 버릇이다. 그래서 군수는 젊은이를 감옥에 가두고 그 담뱃대를 원래 주인에게 주었다고 한다.

또 어느 군수(郡守)는 두 상인이 한 필의 무명을 서로 자기 것이라 다투는 상소를 접하고 「이런 사건은 판결 방법이 없으니 너희들 둘이서 힘껏 서로 잡아당겨 이긴 사람이 갖도록 하거라」라고 말하였다. 그러자 훔친 쪽의 사람은 욕심에 눈이 멀어 열심히 힘껏 당기었고 원래 주인은 자신의 물건이 파손되는 것을 염려하여 살짝 당겼다. 그래서 군수는 이것으로 도둑을 알아내어 도둑은 감옥에 가두고 무명은 원래 주인에게 건네주었다고 한다.

(1930년 5월 전남 여수군 여수읍 김동무군 이야기)

## 6. 효자와 동삼(童參)

옛날 개성에 한 효자가 살고 있었다. 어머니가 중병에 걸려서 그는 약이란 약은 모두 시험해 보았지만, 모두 소용이 없었다. 그러던 어느 날 한 스님이 탁발하러 와서 그 이야기를 듣고 「당신에게 자식이 있습니까?」라고 묻기에, 아들은 자식이 있다고 대답하였다. 그러자 스님은 「그렇다면 커다란 가마솥에 물을 끓여서 그 속에 자식을 넣고 뚜껑을 덮고서 하루 정도 끓인 후, 그 즙을 모친께서 드시면 나으실 것입니다」라고 말한 다음 순식간에 보이지 않게 되었다. 효자는 잠시 망설였지만, 결국 「자식은 낳으면 또 얻을 수가 있지만 부모는 돌아가시면 그뿐이다. 자식을 죽여서라도 부모의 병을 고쳐야만 한다」라고 결심하였다.

그 때 마침 서당에서 아들이 돌아왔기에 그는 갑자기 자식을 붙잡아서 뜨거운 물이 끓는 가마 속에 거꾸로 집어넣고 뚜껑을 굳게 닫아 버렸다. 잠시 후 또 한 아들이 들어왔다. 그 아이는 조금 전 그가 분명히 가마 속에 넣었던 그의 외동아들이었다. 그는 깜짝 놀라서 여러모로 자세히 물어보니 틀림없는 자신의 아들로 지금 막 서당에서 돌아오는 참이었다. 이상하게 생각하고 급히 솥뚜껑을 열어보니 거기에는 한 뿌리의 커다란 동삼이 들어 있었다. 동삼즙을 마신 뒤 어머니의 병은 물론 다 나았다. 전에 찾아 왔던 탁발승은 신승이었던 것으로 그의 효심에 감동하고 동삼을 그의 집으로 보냈던 것이다.

지금도 개성부근에 그의 효자문이 세워져 있다.

(1926년 3월 20일 개성군 지면 고한승 군의 이야기)

## 7. 효녀와 비를 내리게 하는 선관

옛날, 어느 마을에 한 처녀가 살고 있었다. 반달같은 얼굴과 초생달같은 눈과 삼단과 같이 긴 머리카락을 가진 아름다운 처녀였지만, 처녀는 친어머니가 죽어서 계모에게 몹시 구박받고 있었다. 처녀는 쉴 틈이 없어서 머리를 손질할 여유마저 없었다. 계모의 학대에 의해 처녀의 아름다운 몸매는 마른 나뭇가지처럼 야위어 버렸고 머리카락은 까치집처럼 어수선해졌다. 그러나 그래도 처녀의 얼굴은 여전히 아름다웠다.

어느 추운 겨울날의 일이었다. 계모는 처녀에게 산에 가서 싱싱한 산나물을 캐오라고 명령하였다. 겨울 산에 싱싱한 산나물이 있을 리가 없었지만, 그래도 처녀는 바구니를 끼고 집을 나오지 않으면 안되었다. 더군다나 처녀는 겨울임에도 불구하고 홑옷을 입고 있었던 것이다. 그러나 처녀는 조금도 계모에게 반항하지 않았다. 처녀는 바구니와 나물캐는 칼을 갖고 집을 떠났다. 그리고 산에 들어가 눈을 헤치면서 싱싱한 나물을 찾아보았지만 나물은 하나도 캐지 못하고 날은 이미 저물었다.

나물을 캐지 못하면 집으로 돌아갈 수가 없었던 처녀는 그날 밤을 산 속에서 보내기로 마음먹었다. 그렇지만 혹독한 추위를 견딜 수가 없었기에 어디에 동굴이나 절벽은 없나하고 여기저기를 찾고 있던 도중 마침 한 동굴 같은 것을 산 속에서 발견하였다.

처녀는 그 돌문을 열고 안으로 들어가 보았다. 그런데 뜻밖에도 그 안은 넓은 들판이었다. 그리고 들판 한 가운데에는 단정한 초가집 한 채가 있고, 초가집 주위에는 싱싱한 나물이 있었다. 사람이 들어온 것을 눈치챘는지, 초가집에서 한 소년이 나와서 처녀를 맞이하면서 「어떻게 이런 곳에 오셨습니까?」라고 정중히 묻자, 처녀는 자신의 신상에 대한 것을 소년에게 이야기하였다. 소년은 매우 애처롭게 생각하고 스스로 나물 밭에 가서 많은 나물을 뜯어 와서 처녀에게 주었다.

처녀가 그것을 받아 가지고 돌아가려 하자, 소년은 처녀에게 「이제부터 나를 찾아올 때는 돌문 밖에서 "수양버들잎아, 연희가 왔다. 문을 열어다오"하고 말하세요. 그러면 언제라도 내가 나가서 맞이하겠습니다」라고 말하였다. 그리고 또 소년은 처녀에게 세 병의 물약 - 한 병은 하얗고 한 병은 빨갛고, 한 병은 파랗다 - 을 주면서 「이 약을 소중히 간직하세요. 흰 물병은 유골이 된 사람 위에 뿌리면 그 유골에 살이 생기고 다음으로 빨간 물병을 그 위에 뿌리면 피가 돌고 마지막으로 파란 물병을 또 그 위에 뿌리면 숨을 쉬면서 소생하는 것입니다. 언젠가는 이 약을 사용할 때가 올 테니까 부디 소중히 간직하세요」라고 말하였다. 「버들잎」은 남자의 이름이었고, 「연희」는 처녀의 이름이었다.

눈 속에서 나물을 캐온 것을 보고 계모는 매우 놀랐다. 그리고 다음날 또 나물을 캐 오라고 처녀에게 시켰는데 처녀는 역시 바구니 가득 싱싱한 나물을 캐 가지고 돌아왔다. 이를 이상하게 여긴 계모는 어느 날 처녀의 뒤를 쫓아가 보았다. 처녀는 마을에서 떨어진 곳에 있는 산 속으로 들어가서 한 돌문 앞에서 「수양버들아, 연희가 왔다. 문을 열어다오」라고 말하였다. 그러자 안에서 한 미소년이 나와서 그녀를 맞이하여 들어가더니 잠시 후 바구니 가득 싱싱한 나물을 담고 나오는 것이었다.

계모는 가까운 길에 숨어 집으로 돌아가서 처녀가 오기만을 기다리고 있었다. 처녀가 돌아오자 계모는 「너는 어딘가에 남자를 숨겨두고 있다. 나는 정확히 그것을 알고 있다」라고 말하면서 불쌍하게도 처녀를 심하게 때렸다. 그래도 처녀는 어머니에게 거스르지 않았다. 또 그것을 아버지에게 알리지도 않았다. 아버지의 마음을 아프게 하는 일은 하고 싶지 않았기 때문이다.

다음날 계모는 소년이 있는 곳을 찾아갔다. 그리고 돌문 밖에서 「수양버들아, 연희가 왔다. 문을 열어다오」라고 하였다. 마중 나온 소년은 깜짝 놀라며 「어찌 된 일입니까?」라고 물었다. 그녀는 갑자기 소년을 붙잡아 죽이고 소년의 집과 나물 밭에 불을 질러 태운 뒤, 소년의 시체마저 태워 버렸다. 그리고 나서 집으로 돌아와서 또 처녀에게 나물을 뜯어오라고 명령하였다. 처녀는 이상한 공포에 휩싸이면서 소년이 있는 곳을 찾아가서 돌문 밖에서 소년의 이름을 아무리 불러도 대답이 없자 처녀는 두려운 예감으로 돌문을 밀고 안으로 들어가 보았다. 그러자 집과 채소밭이 불타버린 것은 물론 소년은 해골이 되어 썩어 있었다.

처녀는 한동안 울고 있다가, 문득 소년이 지난날 자신에게 준 물약의 일이 생각났다. 재빨리 품속에서 세 병의 물약을 꺼내고 흩어져 있는 소년의 뼈를 정중히 주워 모아서 제각각 위치에 놓았다. 먼저 그 위에 흰 병의 물약을 붓자 해골에 순식간에 살이 생겨나서 생전의 모습과 같은 몸이 나타났다. 다음으로 처녀는 빨간 병의 물약을 그 위에 부었다. 그러자 소년의 몸에 피가 돌았다. 마지막으로 파란 병의 물약을 붓자 소년은 크게 숨을 쉬면서 완전히 소생하였다. 그리고 깊은 잠에서 깨어난 사람처럼 두 눈을 멍하니 뜨더니 처녀의 손을 잡고 「저는 천상에서 비를 내리게 하는 선관이었는데, 옥황상제의 명으로 당신을 구하기 위하여 내려온 사람입니다. 자, 이제부터 우리들은 천상으로 올라갈 것입니다. 그곳으로 가서 우리들은 부부가 되는 것입니다」라고 말하였다.

이윽고 두 사람은 무지개를 타고 하늘로 올라갔다고 한다.

(1923년 10월 전북 전주군 완전면 유춘섭군 이야기)

## 8. 은혜갚은 호랑이

옛날 어느 산 속에 한 젊은이가 노모와 단둘이서 살고 있었다. 어느 날 여느 때처럼 나무를 하고 있는데, 어디선가 이상한 비명 소리가 들려서 소리나는 곳을 찾아가 보니 커다란 호랑이 한 마리가 입을 크게 벌린 채 괴롭게 신음하고 있었다. 옆에 다가가서 보니 호랑이의 목에 여인의 은비녀가 꽃혀 있었다. 그 호랑이는 한 여인을 잡아먹었는데 그 은비녀가 목구멍에 걸려서 괴로워하고 있었던 것이다. 젊은이는 불쌍히 여기어 그것을 목에서 빼주었다. 그러자 호랑이는 몇 번이고 인사를 하고 돌아갔다.

그리고 나서 젊은이의 마당으로 매일 커다란 나무가 던져졌다. 호랑이는 젊은이에게 은혜를 갚으려고 나무를 뿌리 채 뽑아와 나뭇꾼인 젊은이의 집에 던져 준 것이었다. 젊은이는 그 후 산에 가서 고생하면서 나무를 할 필요가 없었다.

어느 날, 호랑이는 아름다운 처녀를 젊은이의 집에 던져 놓고 달아났다. 자세히 보니 처녀는 기절해 있었다. 젊은이의 집에서는 급히 미음을 만들어 마시게 하여 겨우 소생시켰다. 처녀의 말에 의하면, 자신은 한양의 김판서집의 딸로 이튿날이 그녀의 결혼식이어서 뒷뜰에서 머리를 감고 있었는데 갑자기 호랑이 한 마리가 담을 넘어 들어와서 그녀를 붙잡아 왔다는 것이었다. 호랑이는 젊은이가 아직 총각이라는 사실을 알고 그것을 동정하여 이 처녀를 채어 온 것이었다.

처녀와 젊은이는 부부가 되었다. 그 후 젊은이는 예의로서 신부를 데리고 아내의 처갓집을 가야만 하였다. 그러나 산 속에 살고 있는 그로서는 처갓집에 갖고 갈 만한 음식이 하나도 없었다. 그것을 들은 호랑이는 - 옛날에는 호랑이가 말을 하였다고 한다 - 결혼식이 있는 집이나 제사를 지내는 집 등으로 훌쩍 뛰어들어가 그 집의 사람들을 위협하여 여러 가지 떡과 과자, 고기 같은 것들을 빼앗아 왔고 또 남의 집 외양간에 들어가 닥치는 대로 소를 훔쳐오기도 하였다. 그래서 젊은 부부는 소나 말 등에 많은 선물을 싣고 한양으로 향하여 출발하였다. 김판서 집에서는 죽었다고 생각하고 있던 딸이 돌아와서 매우 기뻐하였다.

그리고 젊은 부부는 노모와 함께 한양에서 살게 되었다. 몇 년이 흘러 어느 날 장안 거리에 백주 대낮인데도 호랑이가 나타나서 사람과 가축을 살상하였다. 그런 일이 며칠간 계속되어서 장안은 거의 아수라장이 되어 인심이 동요하기 시작했다. 임금님은 활의 명인과 유명한 포수들에게 명하여 호랑이를 사살하도록 하였지만 호랑이는 신출귀몰하여 결코 화살이나 총알을 맞지 않았다. 임금님은 전국 8도에 명을 내리어 「누구라도 이 호랑이를 사살하는 자에게는 천냥의 돈을 상으로 하사하고 많은 토지를 주겠다」고 말하였다.

그날 밤에 호랑이는 또 젊은이의 집에 찾아와서 젊은이에게 「저는 이제 죽을 때가 되어서, 마지막으로 은혜를 갚고 죽으려고 생각했습니다. 그래서 당신이 뭔가 공을 세울 수 있도록 하려고 알고 계시듯이 매일 난폭한 짓을 하였습니다. 그러나 어떠한 활의 명수나 총의 명인이 저를 사살하려고 해도 모두 쓸데없는 일이었습니다. 그들의 활이나 총에 맞을 제가 아닙니다. 내일도 제가 마을로 나가 난폭하게 굴 테니 당신이 어떤 총이든 상관없이 그것으로 저를 쏴 주세요. 겨눌 필요도 없습니다. 마음대로 당기세요. 그렇게 하면 저는 반드시 죽을 것입니다」라고 말하였다.

젊은이는 다음날 「제가 호랑이를 멋있게 쏘아 죽일 테니 잘 보십시오」라고 임금님 앞에 청원하였다. 임금님은 매우 기뻐하였지만 안심은 할 수가 없었다. 이윽고 호랑이가 나타나서 난폭하게 굴자 젊은이는 겨냥도 변변히 하지 않고 총을 쏘았다. 그런데 호랑이는 보기 좋게 명중되어 죽었다. 그래서 약속한 대로 젊은이는 많은 토지의 지주가 되고, 천냥의 돈을 상으로 받아서 그는 노모와 함께 맛있는 음식을 먹으면서 행복하게 살았다고 한다.

(1927년 7월 31일 경남 마산시 명주영군 이야기)

## 9. 효자와 원숭이

옛날, 효성이 지극한 효자가 살고 있었다. 어머니의 병을 고치기 위해 그는 10년 동안 온갖 방법을 다하였고 온갖 고생을 다 겪었다. 어느 날 그는 산 속에서 어떤 함정을 발견하여 그곳을 살펴보니 그 속에 원숭이 한 마리가 슬픈 목소리로 울고 있었다. 그래서 길다란 줄을 내려 주었더니 원숭이는 그것을 붙잡고 땅으로 올라왔다.

원숭이는 자꾸만 발바닥을 가리키며 뭔가 애원하는 듯해서 자세히 보니 그 발바닥에는 커다란 가시가 박혀 있었다. 그것을 뽑아주자 원숭이는 매우 기뻐하며 그를 그곳에 기다리게 하더니 단숨에 산 속으로 달려가서 많은 원숭이들을 불러모아 각각 여러 종류의 과일을 따오게 하여 그에게 주었다. 그리고 또 「무엇이든 원하는 것이 있느냐」고 원숭이가 말하자, 그는 「어머니의 병을 치료할 약이 필요하다. 그 밖에는 아무 것도 원하는 것이 없다」고 대답하였다.

그런데 며칠 뒤 원숭이는 그 남자에게 갈고리 모양의 침을 가져다 주면서 「저를 구해준 은혜로 이 신침을 드립니다. 어떠한 환자라도 이 침으로 고칠 수가 있습니다. 또 심한 중환자를 만난다면 이 끝이 굽은 바늘을 사용하십시요」라고 말하였다. 그는 그 침으로 어머니의 병을 고친 것은 물론이고 수많은 환자까지도 고쳤다.

그 때 중국의 황후가 복장병에 걸려서 명의라는 의원들에게 모두 진찰받아 보았지만 그 병의 원인조차 아는 사람이 없었다. 중국의 황제는 조선에 사신을 보내어 조선의 명의(名醫)를 찾았다. 원래 의술은 중국이 뛰어났기에 조선에 중국 이상의 의원은 없다고 거절하려고 하였는데, 한 대신이 일찍이 그 남자의 평판을 들어 알고는 그를 보내주면 어떻겠느냐고 해서 결국 그가 중국으로 가게 되었다.

그가 황후의 몸을 보니 복부가 매우 불룩해 있었다. 그는 원래 의술에는 풋나기였기에 구애됨없이 신침으로 그 팽창된 복부를 찔러 보았다. 그러자 이상한 것이 혈관 속에서 보여서 그는 맨 끝이 굽은 침으로 그것을 끄집어내어 보았다. 그것은 알에서 막 부화된 뱀의 새끼였던 것이다. 그래서 황후의 병은 금새 고쳐졌다. 황후는 그 전에 수렵(물놀이)하러 나가서 돌아올 때에 계곡 물을 구해 먹은 일이 있었는데 그 때 물과 함께 황후는 뱀의 알을 모르고 마셨기에 그런 병에 걸렸던 것이었다. 중국의 황제는 그를 한 나라의 왕으로 봉하였다고 하는 이야기이다.

(1928년 1월 경남 마산군 이은상군 이야기)


## 10. 사냥꾼과 노루

옛날 백발백중의 사냥꾼이 있었다. 그는 매일 산에 들어가서 여러 짐승을 잡아서 그것으로 생활하고 있었는데, 하루는 이상하게도 토끼 한 마리조차 발견할 수가 없었다. 그럭저럭 저녁해는 서산으로 기울어져서 하는 수없이 단념하고 귀로에 오르다가 문득 맞은 편을 보니 나무사이에 노루 한 마리가 보였다. 그는 매우 기뻐하며 즉시 어깨에서 총을 내려 겨냥하였다.

그리고 정확히 방아쇠를 당기려고 하자 갑자기 노루는 사라지고 늙은 상대사(노승)가 나타났다. 그 노승은 한쪽 손을 들어 자신의 배를 가리키고 있었다. 사냥꾼은 깜짝 놀라 총을 세웠다. 그러자 갑자기 그 노승은 다시 노루로 변했다. 처음에는 이상하게 생각했지만, 이러한 일이 몇 번이고 되풀이되는 동안에 사냥꾼은 결국 화를 터뜨리고 「저 녀석은 분명히 내 눈을 속이고 있음에 틀림없다. 무엇이든 상관없이 쏴 버리자」라고 방아쇠를 당기려고 하자, 이번에는 그 노승이 양손을 들고 그 배를 가리켰다. 그렇지만 사냥꾼은 화가 난 나머지 결국 한 발을 쏘았다. 생각대로 총알은 유성과 같이 날아가서 노루를 맞혔다.

그는 재빨리 그곳으로 달려가 보았다. 그러자 그것은 확실히 노루이긴 하였지만 배에서 새끼를 반쯤 꺼낸 채 쓰러져 있던 것이었다. 사냥꾼은 마음속으로 이루 말할 수 없는 슬픔을 느껴 그 곳에서 총을 바위에 내리쳐 부수고 또 탄식하며 「아무리 짐승을 잡아 생활하는 몸이긴 하지만 자식을 출산하는 동물의 목숨을 빼앗았으니 그 죄로 인하여 나는 내 명대로 살 수가 없을 것이다. 그 노승은 신령님이 그렇게 시킨 것임에 틀림없다」라고 생각했는데 과연 몇 년 뒤 그는 짐승들에게 잡혀 먹혔다고 하는 이야기이다.

(1928년 8월 경성부 관동 72. 김태향씨 이야기)


## 11. 효자쥐

어느 불효하는 딸이 부모님의 말씀을 듣지 않고 항상 부모님께 걱정을 끼치고 있었다.

그러던 어느 날 밤 딸이 자기 방에서 책을 읽고 있는데 새끼 쥐 한 마리가 벽장에서 나왔다. 그 쥐는 온 방을 둘러보고 그 근방에 흩어져 있는 쌀알을 보고 다시 그 구멍 속으로 돌아갔다. 이윽고 한 마리의 어미 쥐와 새끼 쥐를 데리고 왔다. 새끼 쥐 두 마리가 쌀알을 날라 이것을 어미 쥐 앞에다 놓았다. 어미 쥐는 입으로 여기저기 쌀알을 찾으면서 허둥지둥한다. 그 어미 쥐는 장님 쥐였던 것이다. 그 때 밖에서 사람 발자국 소리가 나자 새끼 쥐들은 "찍찍"하고 소리내며 어미 쥐에게 급히 알리고는 그 쌀알을 갖고 쥐구멍으로 달아나 버렸다.

이것을 바라보고 있던 딸은 크게 감탄하고 그 이후 부모님의 말씀을 거역하지 않게 되었다고 한다.

(같은 날 김태향씨 이야기)

## 12. 지혜로운 아이

한 아이가 새를 귀여워해서 항상 그 새를 가지고 다녔는데, 어느 날 사이가 나쁜 친구들이 새끼 새를 깊은 바위 구멍 속으로 던져 버렸다. 그러나 새는 아직 날 수가 없었기 때문에 「어떻게 구해낼까?」라고 잠시 생각하다가, 그 아이는 모래를 조금씩 구멍 속으로 넣어 주었다. 그러자 새는 점점 그 모래위로 뛰어 올라와서 이렇게 해서 그 새를 구할 수 있었다고 한다.

(같은 날 김태향씨 이야기)

## 13. 사람이 피하는 성

강감찬이 아직 어렸을 때의 일이다. 그가 마을 아이들을 모아 전쟁놀이를 하며 돌로 성을 쌓고 있었다. 마침 한 관원이 그곳을 지나가면서 아이들에게 길을 비키라고 명령하였지만 강감찬은 「성이 사람을 피한다고 하는 일은 일찍이 들은 적이 없다」라고 고집 부리며 들어주지 않았다.

그러자 관원은 강감찬의 말에 감탄해서 「너는 천문을 알고 있느냐?」라고 물었다. 강감찬이 대답하여 말하길 「당신은 눈앞의 일도 모르면서 어째서 먼 하늘의 일을 말하는 것입니까?」라고 했다. 관원은 화를 내며 「그건 도대체 무슨 소리냐?」라고 하였다. 그러자 강감찬은 「그렇다면 당신의 속눈썹의 털이 몇 개입니까?」라고 물으니 관원은 입을 다물고 살금살금 도망쳤다고 하는 이야기이다.

(1923년 8월 함흥읍 하동리 김호영씨 이야기)

## 14. 박문수 설화 (그 하나)

박문수는 영조대왕 때의 암행어사로 혼자 조선팔도를 돌아다니며 군수·현감의 잘잘못 등을 조사하고 민정을 시찰하여 크게 내정의 개선에 전력을 다하였다. 따라서 그에 대하여 매우 많은 일화가 남겨져 있는데 지금 그의 실패담을 한가지 이야기해 보자.

박 어사는 어느 쓸쓸한 산길을 홀로 걷고 있었다. 그 때 한사람이 허둥지둥 도망쳐 와서 박 어사를 향해 「부디 저를 숨겨주세요. 뒤에서 나를 죽이려고 악한이 쫓아오고 있습니다. 그리고 제가 숨은 곳을 가르쳐 주지 말아 주세요」라고 말하며 덤불 밑에 몸을 숨겼다. 잠시 지나서, 과연 한 무서운 얼굴을 한 남자가 쫓아와서 박 어사의 눈앞에 비수를 들이대면서 「지금 여기로 도망온 남자가 숨은 곳을 대라. 꾸물거리면 너의 목숨은 없다」라고 위협하기에 제아무리 박 어사라고 해도 어떻게 도와줄 수 없어 어쩔 수 없어 남자가 숨은 장소를 가리켰다. 그 남자는 물론 악한에게 죽임을 당했다.

그날 박 어사는 하루종일 이것 때문에 마음이 괴로웠다. 저녁
이 되어 어떤 마을에 들어갔을 때 그는 아이들이 길가에서 사또놀
이를 하고 있는 것을 우연히 보았다. 두 아이가 동전 세 닢을 사
또 앞에 바치며 「이 세 닢의 돈을 두 사람에게 공평하게 나눠 주
십시오」라고 하소연하자 사또 역을 맡은 아이로서는 그 판결을 내
릴 수가 없었다. 그러자 옆에서 다른 한 아이가 나와서 「그건 간
단한 일이다. 자, 그 돈을 나에게 건네라」라고 하고는 세 닢의 돈
을 받자마자 두 닢으로 두 아이에게 한 닢씩 주고 남은 한 닢은
자신의 돈주머니에 넣으며 「이건 나의 구전이다. 이것으로 공평하
겠지」라고 말하였다. 박 어사는 크게 감탄해서 난생처음으로 실수
한 사건을 그 아이에게 「예를 들면 이러한 일을 당하였을 경우는
어떻게 하면 자신도 살고 그 불쌍한 사람도 살릴 수가 있겠는가」
라고 물었다. 그러자 아이는 즉시 대답하여 말하기를 「그건 쉬운
일이다. 쫓기는 사람을 덤불 밑에 숨겨두고, 자신은 장님인 것처
럼 흉내내며 걸으면 되는 것이 아닌가」라고 하였다. 아무리 박 어
사라도 이 아이의 지혜에는 감탄하지 않을 수 없었다고 한다.

(1923년 7월 경북 안동군 하회리 유씨 이야기)

## 15. 박문수 설화 (그 둘)

박문수 어사가 암행을 하고 있던 때의 일이다. 어떤 마을의 서
당에 들어가 보니 서당아이들이 「관원놀이」를 하고 있던 참이었
다. 관원으로 뽑힌 한 소년은 엄한 듯한 얼굴을 하고 상좌에 앉고
다른 한 아이가 관원 앞에 나가 「원님, 제 꿩이 도망쳐버렸습니
다. 제발 그 꿩을 되찾아 주십시오」라고 호소하였다.

이 이야기를 들은 박 어사는 마음속으로 당혹해서 「만약 내가

이런 호소를 듣는다면 어떻게 판결할 것인가」라고 생각하면서 관원이 된 아이가 이를 어떻게 판결하는 가를 매우 흥미롭게 바라보았다. 그러자 관원이 된 아이는 「새를 잃어버렸다면 그 새는 분명히 산으로 도망쳤음에 틀림없다. 그렇다면 네 꿩을 숨기고 있는 것은 산이다. 그러면 그 산을 여기로 불러내거라. 그렇게 하면 나는 너의 꿩을 돌려주도록 말해 주겠다」라고 하였다. 이것을 들은 박 어사는 무릎을 치며 기뻐하며 관원이 된 아이 앞에 나아가며 기특함을 칭찬하였다. 그러자 아이는 정색을 하며 언성을 높여 「어떤 무례한 자가 멋대로 관청에 들어와 관장을 멸시하는가. 이 자를 포박하여 감옥에 가둬라」라고 부하에게 호령하였다.

관졸인 듯한 아이들은 즉시 박 어사를 포박하고 감옥에 넣었다. 그 감옥이라고 하는 것은 서당 한구석에 있는 변소였던 것이다. 박문수는 아이들의 진지함에 정말로 감탄하고 아무런 저항도 하지 않고 그들이 하는 대로 따랐다.

잠시 후 관원이었던 아이가 감옥까지 찾아와서 정중히 예를 올리면서 「조금 전에 큰 무례를 범했습니다. 사실은 비록 우리들의 놀이가 아이들의 장난이라 해도 태도를 진지하게 하여 법을 엄수하지 않으면 안되었기에, 그만 웃어른에게 무례를 범하게 되었습니다」라고 사죄하였다.

박 어사는 더욱더 감탄하여 그 아이를 한양으로 데리고 돌아가서 친자식처럼 공부를 시켰다. 훗날 그 아이는 정승 벼슬까지 하였다고 하는 이야기이다.

(1927년 7월 29일 경성 정순철군 이야기)

## 16. 이순신 일화

어릴 적부터 이순신은 매우 영리하였다. 어느 날 그의 아버지
는 그에게 「나는 지금 이대로 방안에 앉아 있다. 무슨 수를 써서
라도 나를 이 방 밖으로 나가도록 할 지혜가 너에게 있느냐?」라고
하였다. 이순신은 잠시 생각한 뒤 「아버님 그것은 무리입니다.
그러나 아버님이 밖에 계신다면 반드시 제가 아버님을 방안으로
들어오도록 할 지혜는 있습니다」라고 대답하였다. 아버지는 승낙
하고 방에서 밖으로 나갔다. 그러자 이순신은 「아버님, 말씀하신
대로 아버님은 방 밖에 나가 계십니다. 제가 이겼습니다.」라고 외
쳤다. 아버지는 그의 지혜에 감탄하였다.

(1923년 8월 함경남도 함흥읍 하동리 김호영씨 이야기)

## 17. 모래로 된 뱃기둥

옛날 중국은 조선에게 여러 가지로 무리한 주문을 하였다. 어
느날 중국의 천자는 「너희 나라의 한강 물을 남김없이 한 척의 배
에 실어 보내라」라는 명령서를 조선왕에게 보냈다. 그 때의 조선
왕과 모든 신하들은 그저 당황하여 어찌할 줄을 몰랐는데 황희 정
승은 중국의 천자에게 회답을 보내며 이렇게 말하였다. 「한강의
물을 남김없이 보낼 터이니 그것을 싣고 갈 배로는 모래로 만든
뱃기둥이 필요합니다. 저희 나라에는 모래가 그다지 많지 않지만,
귀국(중국)에는 북방 쪽에 큰 사막이 있다고 들었습니다. 청컨대
그 모래로 3백 척 높이의 모래 뱃기둥을 만들어 보내 주십시오.」
중국의 무리한 요구는 이것으로 헛된 일이 되었던 것이다.

(1928년 8월 경남 마산시 이은상군 이야기)

## 18. 독이 든 곶감

어떤 스님이 곶감(혹은 엿)을 벽장 속에 넣어두고 항상 혼자서 몰래 먹으면서 나이 어린 중에게는 「이것을 먹으면 죽는다」라고 가르치고 있었다. 어느 날 스님이 안 계실 때에 나이 어린 중은 그 곶감을 남김없이 먹어치우고 스님이 매우 소중히 여기는 벼루를 깨고는 이불을 뒤집어쓰고 자고 있었다. 스님이 돌아와서 「어찌된 일이냐?」라고 묻자, 어린 중은 「스승님이 소중히 여기시는 벼루를 깨뜨려서 송구스러워 죽으려고 벽장 속에 있는 곶감을 전부 먹어 버렸습니다. 지금 막 죽으려고 이불 속에 들어가 있는 참입니다」라고 말하였다 한다.

(같은 날 이은상군 이야기)

이 이야기도 전국적인 설화이다.

## 19. 사슴과 토끼와 두꺼비의 나이

어느 마을에 사슴과 토끼와 두꺼비가 함께 살고 있었다. 어느 날, 잔치가 시작되어 누가 먼저 밥상을 받아야만 하는가 라는 문제가 발생했다. 사슴이 말하길 「나는 천지개벽하여 하늘에 별을 달 때, 거기에 참가하여 일했다. 그러니 내가 가장 나이가 많다」고 했다. 다음으로 토끼가 말하길 「나는 하늘에 별을 달 때 사용한 사다리로 썼던 그 나무를 심었다. 그러니 내가 가장 연장자다」라고 했다. 두꺼비는 두 동물이 하는 말을 듣고 훌쩍훌쩍 울기 시작하기에 왜 그러냐고 묻자, 두꺼비는 이렇게 대답하였다. 「내게는 자식이 셋 있었다. 그들은 각각 나무 한 그루씩 심었다. 장남은 그 뒤 그 나무에서 별을 달 때에 사용한 금망치 자루를 만들었고, 차남은 그가 심은 나무에서 은하수를 팔 때에 사용한 쟁기 자루를 만들었고, 막내는 그가 심은 나무에서 해와 달을 달 때 사용한 금도끼를 만들어 각자 일하였는데 불행하게도 그들 삼형제는 그 일 때문에 모두 죽어버렸다. 지금 너희들이 말하는 것을 듣고 있으니 죽은 아이들 생각이 나서 울었던 것이다.」 그래서 두꺼비는 최연장자가 되어 가장 먼저 밥상을 받게 되었다고 하는 이야기이다.

(1923년 8월 17일 함경남도 함흥군 서호진내 호수 도상록군 어머니의 이야기)

## 20. 무당 호랑이

호랑이 가운데에 춤추기를 좋아하는 호랑이를 무당호랑이라고 한다.

옛날, 한 나무꾼이 산 속에서 나무를 하고 있는데 갑자기 호랑이 한 마리가 나타나서 나무꾼은 놀라서 높은 버드나무 위로 기어 올라갔다. 호랑이는 몇 번이고 버드나무 위로 뛰어오르려고 하였지만 실패하였다. 그리고 나서 호랑이는 잠시 산 속으로 사라졌는데, 이윽고 많은 호랑이들을 데리고 와서 한 마리가 밑에 엎드리자 다른 한 마리가 올라가고 또 다른 한 마리가 그 위로 올라와 점점 겹쳐 올라서 마침내 마지막 호랑이가 나무꾼이 있는 곳까지 도달하게 되었다.

나무꾼은 그 때 죽을 각오를 했지만 평소 좋아하였던 「버들피리」라도 한번 불어 보려고 버드나무 가지를 꺾어 그 껍질을 벗겨서 피리 한 개를 만들고 그것으로 한 곡을 연주하였다. 그러자 뜻밖에도 맨아래에 엎드려 있던 호랑이가 그 음악에 따라 갑자기 춤을 추기 시작하였다. 그 호랑이는 이른바 「무당호랑이」였던 것으로 피리소리에 흥이 나서 춤추기 시작하였던 것이다.

　나무꾼이 더욱 열심히 불자 무당호랑이는 점점 신나게 춤을 추었다. 무당호랑이 위에 올라타고 있던 많은 호랑이들은 높은 곳에서 떨어져 모두 죽고 말았다. 그래도 무당호랑이는 여전히 피리소리에 빠져 춤을 계속 추었기에 나무꾼은 그 틈을 타서 겨우 집으로 도망쳐 돌아갈 수가 있었다고 하는 이야기이다.

　　　　　　　　　(1927년 7월 30일 경성 정순철군의 이야기)


## 21. 밤알로 정승(政丞)의 딸을 얻다.

　옛날 어떤 젊은이가 과거시험을 보러 가는 도중에 밤 한 톨을 주막에 맡기면서 「이것은 소중한 것이니 잘 간직해 주시오」라고 하였다. 그리고 다음날 아침 밤알이 어찌 되었냐고 물으니 주막집 주인은 「어젯밤 쥐가 먹어버렸습니다」고 하였다. 젊은이는 그 쥐를 잡아오라고 하였다. 주막집 주인은 할 수 없이 쥐 한 마리를 잡아 젊은이에게 주었다.

　다음 주막에 가서는 「이 쥐는 소중한 것이니 잘 간직해 주시오」라고 주인에게 부탁하였다. 다음날 아침에 쥐를 달라고 하자, 주인은 고양이가 쥐를 먹어 버렸다고 한다. 젊은이는 그 고양이를 잡아 오라고 하여 얻은 고양이를 데리고 세 번째 주막에 묵었다.

　그 주막에서는 지난 밤에 고양이가 말한테 밟혀 죽었다. 젊은이는 「그렇다면 그 말을 데리고 오시오」라고 하여 말을 얻었다. 한양 부근의 주막에 이 말을 맡겼다. 다음날 아침, 그 주막집 주인은 「손님의 귀중한 말이 소와 싸움을 해서 죽어버렸습니다」고 하였다. 「그렇다면 그 소를 데리고 오시오」라고 하여 그는 소를 얻었다.

그는 그 소를 끌고 가서 한양 안에 있는 주막집에 이 소를 맡겼다. 다음날 아침, 그 주막집 주인은 「손님의 귀중한 소를 자식이 잘못 알고 아무개 정승댁에 팔아 버렸습니다」고 하였다. 「그렇다면 그 정승을 데려오시오」라고 엄명하자, 주인은 흠칫흠칫하면서 정승의 집으로 가서 그가 온 연유를 아뢰었다.

그러자 정승은 「나를 데려 오라는 놈이 있다니 재미있는 놈이군. 이리로 불러 오너라」고 하였다. 정승 집으로 불려간 그 젊은이는 정승 앞에 나가 「소를 내놓으시오」라고 하였다. 「그 소는 이미 잡아 먹었다」라고 정승이 대답하자, 「그렇다면 먹은 사람을 내놓으시오」라고 젊은이는 말하였다. 정승은 그 젊은이의 기상에 감탄해서 후하게 대접하고 마침내 자신의 딸을 그 젊은이에게 주었다고 하는 이야기이다.

(1928년 1월 함경남도 정평읍 물리학자 김양하군 이야기)

## 22. 빈대와 이와 벼룩

옛날, 빈대의 아버지가 마침 환갑이 되어서 환갑잔치를 열어 친구인 이와 벼룩을 초대하였다. 이와 벼룩은 「오늘은 오랫만에 진수성찬을 먹을 수 있겠군」하고 매우 기뻐하면서 함께 가게 되었다. 벼룩은 원래부터 성질이 급했기 때문에 친구인 이는 무시하고 혼자 깡충깡충 뛰어갔다. 이도 빨리 맛있는 음식을 먹고 싶은 마음은 굴뚝같았지만 다리는 짧고 몸은 비만하여 마음먹은 대로 뛸 수가 없었다. 「이보게 벼룩군, 자네는 정말 어린애같군. 다른 사람의 잔치에 초대받아 갈 때는 좀 침착하게 행동하지 않으면 안되네」라고 하였다. 벼룩은 과연 그렇다고 생각해서 한동안 천천히 걸었지만 이가 너무 느리게 걸어서 정나미가 떨어져 깡충깡충 뛰어 단숨에 빈대의 집까지 갔다.

빈대네 집에는 잘 익은 술과 과자와 떡 등이 상 위에 차려져 있었다. 벼룩은 참을 수 없을 만큼 목이 말라서 「빈대씨, 이런 더운 날 뛰어왔더니 무척 갈증이 나는군. 그러니 우선 그 술 좀 한 잔 주게」하며 빈대에게 부탁하였다. 빈대는 어른답게 웃으면서 벼룩에게 술을 따라 주었다. 그런데 아무리 기다려도 이는 오지 않았다. 그런 덩치를 하고 여기까지 오는 것은 쉬운 일이 아니라고 생각한 빈대는 이를 마중하러 나갔다. 그 사이에 상 위의 술을 잔뜩 훔쳐먹은 벼룩은 얼굴이 새빨갛게 되어 앉아 있었다.

이와 빈대가 와서 보니 상위의 술은 이미 한 방울도 남아있지 않았다. 이는 전부터 벼룩을 미운 놈이라고 생각하고 있던 참이라 노발대발 화를 냈다. 그러나 고주망태가 된 벼룩은 이가 화내는 것은 전혀 신경쓰지 않고 혼자 콧노래를 부르고 있었다. 더욱 화가 난 이는 갑자기 벼룩의 뺨을 '짝' 하고 때렸다. 그래서 그곳에서 큰 소동이 일어났다.

주인인 빈대가 둘 사이를 말리려고 하는데, 그 때 벼룩과 이가 달라붙은 채로 빈대 위로 쓰러졌다. 빈대는 벼룩과 이에게 깔려서 그 뚱뚱한 배가 쭈그러들어 홀쭉하게 되어 버렸다. 그래서 지금도 빈대는 홀쭉한 것이다. 또 벼룩은 그 때 혼자 술을 다 마셔서 지금도 얼굴이 빨갛다. 그리고 이는 벼룩과 한판 싸울 때 등을 밟혀서 지금도 등에 파란 멍이 남아 있다고 한다.

(1923년 7월 경북안동군 하회 유씨 이야기)

## 23. 메뚜기와 개미와 물총새

옛날 메뚜기와 개미와 물총새가 잔치를 준비하려고 메뚜기와 물총새는 물고기를 맡고 개미는 밥을 준비하기로 하고 각자 헤어졌다. 개미는 한 마을에서 농부의 아내가 점심식사를 머리에 이고 밭으로 나르고 있는 것을 발견하고 몰래 다리로 기어올라가 여자의 陰門을 깨물었다. 그러자 여자는 깜짝 놀라 머리에 이고 있던 음식을 떨어뜨려 버려서 개미는 잔뜩 밥알을 빼앗아왔다.

메뚜기는 연못가로 가서 풀에 달라붙어 있었다. 물고기가 와서 그 메뚜기를 삼켰는데 기다리고 있던 물총새가 재빨리 물고기를 부리로 물고는 연회석으로 돌아갔다. 그리고 메뚜기는 물고기의 입에서 다시 나왔다. 메뚜기와 물총새는 서로 자신이 물고기를 잡았다고 우겨서 결국 큰 싸움이 되었다. 이 모습을 보고 개미는 너무나 우스웠기에 허리가 가늘어져 버렸고, 메뚜기가 물총새의 부리를 잡아 당기는 바람에 물총새의 부리가 뾰족해졌다. 메뚜기는 물총새에게 이마를 맞아서 뒤통수가 튀어나오게 되었다. 그때의 모습이 지금까지도 남아있게 되었다고 하는 이야기이다.

(1928년 2월 경북 김천군 아포면 국사동 김문환씨 이야기)

## 24. 벼룩과 모기와 이

옛날에 벼룩과 모기와 이가 모여서 시를 지었다. 벼룩은 「깡총깡총 방을 뛰네, 다만 무서운 것은 사람의 손가락」이라고 읊고, 모기는 「윙윙하고 귓가를 스치네, 다만 무서운 것은 뺨을 때리는 사람」이라 읊고, 이는 「살금살금 허리 주변을 가네, 다만 무서운 것은 곁눈질하는 사람」이라고 읊었다.

모두들 자신의 작품을 자랑하여 누구의 작품이 뛰어난지 판단할 수 없어서 빈대선생에게 여쭈어 이것을 평하도록 하였다. 빈대선생은 이들 시를 하나씩 읊은 뒤 벼룩의 작품을 으뜸이라고 뽑

왔다. 그러나 모기와 이는 이에 굴복하지 않아서 결국 큰 싸움이
일어나고 서로 발로 차며 때리는 소동으로 번졌다. 싸움이 끝나고
각자 자신의 상처를 살펴보았다. 벼룩은 입을 얻어맞아 입이 뾰족
해졌다. 모기는 누군가 다리를 잡아당겨 다리가 길어졌고, 이는
허리를 발로 얻어맞아서 멍이 들었다. 빈대는 싸움을 말리다가 모
두에게 깔려서 납작해졌다. 그때 이들의 모습이 지금까지도 남아
있게 되었다고 하는 이야기이다.

(1928년 11월 같은 장소 김문환씨 이야기)

## 25. 양(羊)은 소(牛)의 사촌

하느님이 세상에 쓸모없는 것을 없앨 셈으로, 소는 어떤가 하
고 생각해 보았다. 소는 논과 밭을 갈기 때문에 없애기가 어려웠다.

하느님은 양을 불러내어 「너는 세상에 쓸모없는 동물로, 먹기
만 하기 때문에 없애려고 한다」고 하였다. 그러자 양이 대답하길
「저는 사촌 덕택으로 먹고 있으니 사람에게 폐를 끼치는 일은 없
습니다」라고 했다. 하느님이 「너의 사촌은 누구냐?」 하고 물은
즉, 양은 「소입니다」라고 대답했다. 하느님이 말하길 「어째서 소
가 너의 사촌이 되느냐?」라고 하니, 양은 「소도 발굽이 두 개이고
저도 발굽이 두 개 있습니다. 또 소도 뿔이 두 개이고 저도 뿔이
두 개입니다」라고 하였다. 하느님이 「그렇다면 소의 꼬리는 긴데,
너의 꼬리는 어째서 짧은가?」 하고 묻자, 양이 대답하여 말하길
「그것은 어머니 쪽의 유전입니다」라고 대답했다.

(1928년 2월 같은 장소 김문환씨의 이야기)

## 26. 게으름뱅이

세상에 둘도 없을 만큼 게으른 사람이 있었다. 그는 밥 먹는 것조차 귀찮아하여 아내가 밥숟가락을 그의 입까지 가져다 먹여주어야만 했다.

어느 날 아내는 부득이한 일로 며칠동안 집을 비우게 되어서, 그 동안에 먹을 떡을 만들었다. 떡을 실에 매고 이것을 남편의 목에 매달면서 「시장할 때 이것을 잡수세요」라고 잘 알아듣게 말해 두고 집을 나섰다. 그런데 며칠 후 집에 돌아와 보니, 남편은 떡을 목에 매단 채 굶어 죽어 있었다고 하는 이야기이다.

(1928년 12월 같은 장소 김문환씨의 이야기)

## 27. 거짓말로 아내를 얻다

옛날에 거짓말을 꽤 좋아하는 재상(宰相)이 있었다. 어느 날 그 재상은 자신의 마음에 드는 두 가지 거짓말을 하는 사람에게 외동딸을 주겠노라고 공언했다. 조선 팔도의 거짓말장이라고 하는 거짓말장이는 모두 모여 들었다. 그렇지만 아무리 터무니없는 거짓말을 하여도 두 번째 이야기가 시작되면 「응, 그건 사실이다」하며 결코 딸을 주지 않았다.

그러던 어느 날 한 젊은이가 찾아와 말하길 「이제 곧 무더운 여름이 올 테니까 지금 장안의 종로거리 곳곳에 깊은 구멍을 파서 그 속에 작년 겨울의 차가운 바람을 잡아 두었다가 여름에 겨울바람을 꺼내 팔면 엄청난 돈도 벌 수 있겠지요」라고 하였다.

재상은 재미있어 하며 전과 같이 「그건 정말 훌륭한 거짓말이다. 그래 그 다음은?」하고 말했다. 그러자 젊은이는 허리에 차고

있던 주머니에서 낡은 문서 한 장을 꺼내어 재상 앞에 펼치면서
「이것은 재상님의 아버지께서 돌아가시기 전에 저에게 빌린 10만
냥의 차용증서입니다. 이 돈을 돌려 주십시오」라고 하였다. 재상
은 젊은이의 말을 거짓말이라고 하면 딸을 주어야 하고, 사실이라
고 하면 10만냥이라고 하는 엄청난 돈을 내주어야 할 처지였다.
결국 재상은 어쩔 수 없이 딸을 젊은이에게 주게 되었다고 하는
이야기이다.

(1928년 12월 같은 장소 김문환씨의 이야기)

## 28. 고래 뱃속에서 도박

고래는 배를 통째로 삼키는 일도 있다. 어떤 사람이 깊은 바다
에서 낚시를 하고 있는 도중에 고래에게 삼켜져 고래 뱃속으로 들
어갔다. 들어가 보니, 그곳에는 이미 앞서 들어왔던 많은 사람들
이 도박을 시작하고 있었다. 한 독장수가 그의 물건을 실은 지게
옆에서 도박하는 것을 보면서 담배를 피고 있었다.

이겼다 졌다, 내놔라 못 내놓는다 하며 드디어 도박하던 일당
들의 큰 싸움이 시작되었다. 그 가운데 한 사람이 독장수의 지게
에 부딪쳐서 물항아리며 된장항아리 등이 왕창 깨졌다. 그 파편에
찔린 고래는 괴로워서 여기저기 제멋대로 마구 날뛰다가 결국 죽
었다. 그래서 그 속에 있던 사람들은 항아리파편으로 고래의 옆구
리를 자르고 겨우 빠져 나올 수 있었다고 하는 이야기이다.

(필자의 기억)

## 29. 國師堂神과 장기를 두다

　　엄청나게 장기를 좋아하는 남자가 있었다. 그는 항상 장기판을 짊어지고 다녔다. 어느 날은 장기 상대를 아무리 찾아 보아도 장기를 둘 만한 사람이 없어서 국사당(산신을 모시는 사당)에 갔다. 그는 神像에게 「국사당님, 한판 두실까요? 음 좋지」하고 자문자답하며 장기판을 내려놓고 장기알을 정식으로 늘어놓은 다음, 「내가 진다면 마른 명태 한 축과 막걸리 한 독을 대접하겠습니다. 당신이 진다면 내게 아름다운 아내를 소개해 주십시오. 음, 좋다」 이렇게 자문자답하였다.

　　그리고 그는 「우선 제가 먼저 두겠습니다. 자, 말이 나갔습니다」라고 하면서 한 손으로는 자신의 장기알을 사용하고, 다른 한 손으로는 산신의 장기알을 옮기며 기세좋게 한판을 끝냈다. 그 판은 그 남자가 졌다. 그는 마을로 내려가서 친구들에게 돈을 꾸어 약속대로 명태와 술을 갖고 와서 「먼저 국사당님께서 잡수십시오」 하며 술 한 잔과 명태를 바쳤다. 그런 후에 스스로 그 잔을 들고 「저에게 주시는 답주입니까? 이거 황공합니다」라고 자작하여 술을 마셨다. 술자리를 마친 후 그는 다시 국사당신에게 「국사당님 다시 한판 어떻습니까? 음, 그거 좋지」라고 자문자답하고는 장기를 다시 시작하였다. 그 판은 국사당신이 졌다.

　　그럭저럭 날이 저물자, 그는 장기판을 짊어지고 집으로 돌아갔다. 그 때 마침 산기슭에 있는 우물가로 물을 길러 나온 젊은 여인이 갑자기 그의 앞에 나서며 「서방님, 어서 오세요. 아까부터 몹시 기다리고 있었습니다. 하신 일은 잘 되었습니까? 어머님도 걱정하고 계십니다」라고 반갑게 말했다. 그는 갑작스런 사건으로 잠시 아연했지만, 「응. 잘됐어」라고 아무렇게나 적당히 말을 얼버무렸다. 그러자 여인은 그의 손을 끌고 집안으로 들어간다. 이끌리는 대로 그 집으로 들어가자 노모가 나와서 「아들 돌아왔냐. 그 일은 잘 되었나 보구나. 그거 잘됐다. 빨리 들어오렴」하고 방으로 이끈다. 그는 또 모른 척하고 방으로 들어갔다.

옛날에는 오늘날과 같이 밝은 램프나 전등 따위는 없었다. 호롱불이나 種油등불 따위를 사용하고 있었기에 그 침침한 불빛으로는 사람의 얼굴 모습을 확실하게 분별할 수가 없었다. 게다가 노모는 나이를 먹어 눈이 어두워져서 등불 밑에서도 그 남자의 얼굴을 분간할 수가 없었다. 그 여인은 그 남자의 얼굴과 모습이 수개월 전 어떤 일로 집을 떠났던 남편과 너무나 닮아서 그만 착각하고 그를 맞이하였던 것이다.

이윽고 저녁식사를 맛있게 차려온 젊은 아내는 식사를 권하면서 옆에서 이런저런 이야기를 하다가 어딘지 이상해서 자세히 그의 얼굴을 살펴보았다. 자신의 남편과 닮았지만 남편이 아니라는 것을 알고 당황하여 손님에게 「부디 돌아가 주십시오」라고 애원하였다.

그러나 손님은 그렇게 쉽사리 물러갈 남자가 아니었다. 「내가 내 맘대로 들어온 것이 아니오. 서방님하고, 아들아 하고 그쪽에서 나를 끌어들인 것이오. 나는 오늘부터 당신의 남편이오」라고 완강히 버텼다. 노모와 여인은 어쩔 수 없이 약간의 논과 밭을 주고 아름다운 처녀를 소개해 주는 약속으로 남자를 물러나게 하였다. 그 대신 이 일은 결코 입 밖으로 내지 않겠다고 맹세하였다. 그리하여 그는 「국사당님도 약속을 지키는구나」하고 감탄하였다고 한다.

(1928년 1월 경남 마산군 이은상군 이야기)

## 30. 달콤한 똥

한 남자가 벌꿀집을 발견하고 벌꿀을 실컷 먹었다. 갑자기 똥이 마려워서 사람이 지나가지 않는 곳으로 가서 똥을 누었다. 그런데 똥냄새가 전혀 나지 않아 이상해서 시험삼아 그것을 손가락 끝으로 조금 찍어 맛을 보았다. 뜻밖에도 그 똥은 꿀처럼 달콤했다. 그는 기뻐하며 똥 누는 것을 그만두고 옆에 있는 가지 밭에서 가지를 하나 따서 그것을 항문에 쑤셔 넣고 그대로 경성으로 달려갔다. 그는 큰 소리로 「달콤한 똥 팝니다!」라고 소리치며 돌아다녔다. 이것을 들은 대신이나 부자들은 신기한 것이라 서로 앞다투어 그의 똥을 샀다. 그 덕택에 그는 큰 부자가 되었다. 그 후, 장안에서는 그 똥의 소문이 파다하게 퍼졌다.

인색하고 얄미운 이웃집 남자가 이 소문을 듣고 「자네는 어떻게 달콤한 똥을 누는가?」라고 물었다. 「그건 쉬운 일이지. 날콩을 세 되 먹고 물을 세 되 정도 마시고 잠시 참고 있으면 나오네」라고 대답하였다. 이웃집 남자는 잽싸게 날콩을 세 되, 물을 세 되 먹어치웠다. 잠시 지나자 과연 뱃속에서 천둥같은 소리가 나서 옳거니 기뻐하며 배가 아픈 것도 잊고 가지를 항문에 쑤셔 넣고 경성거리로 들어갔다. 사람들이 달콤한 똥을 먹으려고 그의 똥구멍에 입을 대고 있었는데, 그는 지독한 악취가 나는 설사똥을 그들의 입에 방사하고 말았다. 그는 몹시 혼이 난 뒤 감옥에 갇혀 중벌을 받게 되었다고 한다.

(1927년 8월 경남 마산군 명주영군 이야기)

## 31. 나쁜 호랑이 징치하기

　심술궂은 한 호랑이가 항상 할머니의 무우밭을 마구 망쳐 놓는다. 어느 날 할머니는 호랑이에게 「무우같은 건 먹지 말고, 오늘 밤 우리 집으로 오렴. 단팥죽을 대접하마. 단팥죽은 맛도 좋고 몸에도 좋은 거란다」라고 했다. 그리고 할머니는 집으로 돌아가서 장독대에는 숯불을 담은 화로를 준비해 놓고, 물통 속에는 고춧가루를 잔뜩 풀어놓았다. 수건에는 바늘을 꽂아두고, 부엌입구에는 쇠똥을 잔뜩 뿌려 놓는다. 마당에는 멍석을 깔아 놓고, 대문 안에는 지게를 세워두고 기다리고 있었다.

　그날 밤, 정말로 호랑이가 찾아와서 「할머니, 내가 왔다」라고 하자, 「아, 호랑이 아저씨인가. 자아 들어와. 그런데 오늘밤은 추워서 그러니 수고스럽겠지만 잠시 장독대에 가서 화로를 갖고 오게」하고 할머니가 말했다. 호랑이가 장독대에 있는 화로 안을 들여다 보니 숯불이 거의 꺼져가기에 「할머니 불이 꺼지고 있어」라고 말했다. 그러자 할머니는 「그럼 훅훅 불어서 불을 살려보렴」하였다. 호랑이는 할머니가 시키는 대로 훅훅 불었다. 그러자, 재가 날려 눈 속에 들어가서 눈을 비비면 비빌수록 아팠다.

　「할머니 큰일났어. 재가 눈에 들어갔어」라고 하자, 「그럼 부엌으로 가서 물통에 있는 물로 눈을 씻어라」하고 할머니가 말했다. 할머니 말대로 한 호랑이는 고춧가루가 눈에 들어가 참을 수 없게 되었다. 호랑이는 「할머니 견딜 수가 없어. 빨리 어떻게 좀 해 줘」라고 하자, 할머니는 「거참 안됐군, 그럼 수건으로 닦아보렴」하고 말했다. 호랑이가 수건으로 닦자 눈이 바늘에 찔려서 미칠 것만 같았다.

　비로소 호랑이는 자신이 속은 것을 알고 도망치려고 하였지만 부엌 앞에 있던 쇠똥에 미끄러져 벌렁 자빠졌다. 할머니는 마당에

있던 멍석으로 호랑이를 둘둘 말아 대문에 세워 두었던 지게에 호
랑이를 실어다가 바다에 버렸다고 한다.

(1928년 1월 경남 마산군 이은상군 이야기)

## 32. 대식가

옛날에 대단한 대식가가 있었다. 아내가 찹쌀 세 말로 떡을 만
들어 그에게 맡겨 두었는데, 그는 눈깜짝할 사이에 전부 먹어치웠
다. 아무리 대식가라도 떡 세 말이라면 조금은 남아있을 것이라고
생각한 그의 아내는 「모두 먹었다는 것은 거짓말이지요. 저도 조
금만 먹게 해 주세요」라고 말해 보았지만, 정말로 다 먹어서 남은
게 없었던 것이다.

그는 자면서도 떡을 먹었는데 결코 목이 메이지 않았다. 한 그
릇에 한 푼 하는 우렁이 열 그릇을 사서 우렁이의 살만을 골라먹
었는데 아무래도 배가 부르지 않았다. 그래서 그는 껍질 채 몽땅
입에 넣고 물과 함께 꿀꺽 한입에 마셔 버렸다. 그러자 비로소 뭔
가 조금 먹은 것 같았다. 그러나, 그 때부터 움직일 때마다 뱃속
에서 우렁이껍질이 달그락 달그락하며 소리를 내었다. 결국 대식
가는 그 소리 때문에 죽었다고 하는 이야기이다.

(1923년 8월 경북 달성군 월배면 상인동 윤희병씨 이야기)

## 33. 천도복숭아 꿈

옛날에 하늘나라를 동경하는 젊은이가 있었다. 어느 날 그는

꿈속에서 하늘나라로 갔다. 하늘나라에는 천도복숭아가 많이 열려 있었다. 그는 하느님께 「이 복숭아를 제발 하나만 주십시오」라고 애원하였다. 하느님은 선녀에게 명하여 젊은이에게 복숭아를 따 주라고 하였다.

선녀는 천도복숭아 나무에서 복숭아 한 개를 따서 그에게 주었다. 효심이 깊은 그는 「지금의 복숭아는 저희 아버님께 드리고 싶으니 부디 또 하나만 주십시오」라고 선녀에게 부탁하였다. 선녀는 다시 복숭아 한 개를 따서 그에게 주었다. 그는 또 어머니가 생각나서 「지금 것은 어머님께 드리려고 합니다. 부디 또 하나만 주십시오」라고 부탁하였다. 그리고 복숭아 두 개를 양손에 꼭 쥐고 있었다. 세 번째 복숭아를 받으려고 할 때, 그는 무슨 소리에 깜짝 놀라서 잠을 깨 보니 천도복숭아는 그림자도 없고 그저 자신의 불알을 양손으로 꼭 쥐고 있었다고 하는 이야기이다.

(1922년 10월 경북 대구시 백기만군 이야기)

## 34. 바보 부인

옛날 어느 곳에 바보 부인이 있었다. 어느 날 그녀가 딸의 시아버지가 죽었다는 부음을 접하고, 조문하려고 사돈댁으로 갔다. 그 부인은 죽은 사람의 위패 앞에서 "아이고 아이고"하며 한참 울다가 그만 「여보, 여보, 저도 데리고 가 주세요」라고 해서, 모두들 자기도 모르게 웃음을 터뜨리고 말았다.

그래도 바보 부인은 그 이유를 모른 채 「영감, 저도 데리고 가주세요」라고 계속 울기에 그 옆에 서서 함께 울고 있던 딸이 손가락으로 어머니의 옆구리를 찔러 주의를 주었다. 문득 정신을 차리고 보니 죽은 사람은 사돈의 남편이었기에 자신이 큰 실수를 했다

는 것을 깨달았다. 그녀는 얼버무리며 일어나더니 사돈집 사람들
을 향해 「여러분 별고 없으셨습니까?」라고 안부를 물었다. 「별고
라고 해도 이런 별고가 어디 또 있겠습니까」라고 대답해서 바보부
인은 자기가 또 실수했다고 생각하여 「저어 무슨 병으로 돌아가신
것입니까?」라고 물었다.

「선반에서 송곳이 떨어져 ……」 대답이 끝나기도 전에 경솔한
그 바보 부인은 「어머 위험하게도 눈이 다치지는 않았습니까?」라
고 말하였다. 그러자 사부인은 너무나 터무니없는 인사에 놀라서
「죽는 것보다 더 큰 부상이 있겠습니까?」라고 대답하자 바보 부
인의 얼굴은 새빨개졌다.

그녀는 어떻게든 훌륭한 인사말을 해서 수치를 모면해 보려고
기회를 엿보고 있었다. 마침 모든 부인들이 마당으로 나가 있기에
자신도 나가려고 마루로 나가보니 부인들의 신발이 하나도 눈에
띄지 않았다. 그녀는 감탄하는 표정으로 「어머나, 여러분 놀랐습
니다. 신기하게도 저의 신발만 남기고 내려가셨군요」라고 해서 또
모두 웃었다.

다시 기회를 노리던 그녀는 마당에 있는 나무 위에 앉은 까치
를 발견하고 「사부인, 저 까치는 댁의 까치입니까?」라고 물어서
끝까지 웃음거리가 되었다고 하는 이야기이다.

(1927년 8월 강원도 춘천군 신남면 송암리 70 동경화씨의 이야기)


## 35. 어리석은 남편의 弔喪

어느 마을에 한 바보남자가 있었다. 하루는 이웃마을 강씨집으
로 조문을 하러 가게 되었다. 아내는 그 남편이 창피를 당하지 않
도록 조의를 표하는 인사말을 가르쳐 주었다. 「그 집에 들어가면,

그 집의 개가 멍멍하고 짖을 테니까 "여기가 강생원댁입니까"하고 물으세요. 그리고 빈소로 들어가면 먼 산이 가물가물 보일테니 "아이고 아이고"하고 통곡하세요. 그리고 나서 곡을 마치면 그 집에서 술상을 차려 올 것입니다. 거기에는 소금에 절인 조기가 올려져 있을 테니 "애통한 것을 뭐라 드릴 말씀이 없습니다"하고 상주에게 말씀하세요」라고.

그는 아내가 가르쳐준 말을 열심히 복습하면서 갔다. 가는 도중에 강을 건너갈 때 그만 그것을 잊어버리고 말았다. 게다가 그는 강을 건너려고 벗은 버선마저 맞은편 언덕에 놓고 왔다. 그럭저럭 이웃마을에 이르자 개 한 마리가 달려오면서 멍멍하고 짖어댄다.

그는 「아, 그렇지」하고 생각을 떠올리고, 그 근방을 지나가는 사람을 붙잡고서 「불행을 당한 멍멍씨의 댁은 어디입니까?」라고 물었다. 그 사람은 속으로 「이 남자는 꽤 농담을 좋아하는구나」라고 생각하여 강씨 집을 가르쳐 주었다.

상가집 빈소로 들어가서 살며시 앞산을 바라보니 산이 울퉁불퉁하게 보였다. 그는 위패 앞에 엎드려 「울퉁불퉁」이라고 하면서 통곡하였다. 차려온 술상 위에 마른 명태가 있었다. 그는 「이것이다」라고 무릎을 치며 「마른 명태와 같은 일을 무엇이라 말씀드릴 일이 없습니다」라고 하였다.

상가집 사람은 그의 곡소리와 인사 그리고 그 맨발로 찾아와 말하는 것이 우스워서 무심코 하하하 하고 크게 웃어 버렸다. 그 때 그는 자신의 버선이 없는 것을 비로소 깨달았다. 그는 이 놈이 자신의 버선을 숨겨놓고 웃는 거라고 생각하여 「버선 내놔라, 버선 내놔라」하고 쫓아 다녔다. 상가집 사람은 할 수 없이 새 버선 한 켤레를 그에게 주었다고 한다.

(1928년 5월 평안남도 강서군 성대면 대마리 임정길씨 이야기)

## 36. 주창과 관우

흔히 우둔한 사람을 가리켜 「關王廟에 있는 周昌과 같은 놈」이
라 한다. 주창은 처음에 황건적이었는데 나중에 관우를 만나서 그
의 가신이 되었다. 힘은 관우의 몇 배나 되었지만, 지혜는 조금도
없었다고 한다.

어느 날 주창은 관우에게 혼이 나서 분한 나머지 몰래 관우의
등뒤에서 주먹을 불끈 쥐고 내리치려고 했다. 그 그림자를 발견한
관우는 큰소리로 웃으면서 「나는 뒤에도 눈이 있다」라고 말하자,
그 후 주창은 관우의 뒤를 그 앞과 마찬가지로 무서워했다고 한
다.

또 어느 날 주창이 이 한 마리를 잡아 죽이려고 바위 위에 놓
고 주먹을 치켜올려 힘껏 내리쳤다. 바위는 산산이 부서졌지만 이
는 의연하게 살아있었다. 이것을 바라보고 있던 관우는 주창에게
그 이를 가져오게 하여 두 손톱으로 이를 눌러 죽였다. 그러자 주
창은 매우 놀라서 「관공은 나보다도 수백 배나 강한 사람이고 천
하제일의 장사이다」라고 감탄하였다고 한다.

(1927년 8월 서울시 부관동 72 김태향씨 이야기)

이 얘기는 항우와 조조 사이의 이야기라고도 말해지고 있다.


## 37. 방귀시합

경상도의 방귀대장과 평안도의 방귀대장이 방귀싸움을 하게 되
었다. 먼저 경상도 대장 쪽이 엉덩이 부분에 절구통을 대고 힘껏

방귀를 한 발 발사하였다. 절구통은 휙 하고 날아가서 평안도 대장의 이마에 정면으로 부딪칠 뻔하였다. 깜짝 놀란 평안도 대장은 재빨리 절구통을 향하여 방귀를 한 발 발사하였다. 절구통이 다시 날아와서 경상도 대장의 이마에 맞을 뻔하였다. 경상도 대장도 놀라서 다시 절구통을 향해 방귀를 한 발 발사하였다. 이런 일을 반복하는 동안에 절구통은 이쪽으로 날아가고 저쪽으로 날아다니다가 결국 하늘 높이 올라가 버렸다. 그 절구통은 석 달하고도 10일 후에 비로소 떨어졌다고 하는 이야기이다.

(1927년 8월 경산 마산시 명주영군 이야기)

## 38. 세 바보자매

어느 마을에 세 자매가 있었다. 첫째 딸은 신혼 첫날밤 신랑이 그녀의 옷을 벗기려고 하는데 고집을 부리며 응하지 않았다. 신랑은 신부가 자신을 싫어하는 것으로 오해하여 다음날 아침 일찍 돌아간 후 그것을 마지막으로 돌아오지 않았다.

둘째 딸은 큰언니의 실수를 거울삼아서 신혼 첫날밤 옷을 전부 벗어 둥글게 말아서 머리에 이고 벌거숭이가 되어 신방으로 들어갔다. 신랑은 그 모습에 기가 질려서 도망쳐 버렸다.

셋째 딸은 신혼 첫날밤 신방 앞에 서서 「옷을 벗고 들어갈까요? 아니면 입은 채로 들어갈까요?」라고 방안에 있는 신랑에게 물었다. 그 신랑도 질려서 도망쳐 버렸다고 한다.

(같은 날 명주영군 이야기)

## 39. 세 바보 며느리

시댁에서 쫓겨난 세 며느리가 한 곳에 모였다. 그 여자들의 이야기가 재미있다. 「너는 어째서 쫓겨났니?」하고 한사람이 물어본다. 「나는 아무 일도 아닌 일 때문이야. 어느 날 밤 시어머니가 담뱃대에 재를 두고 왔다고 해서 담뱃대를 갖고 마당으로 나오는 길이었어. 마침 그곳에 둥근 돌이 있어서 툭툭 그곳을 쳐보았지. 운이 나쁘게도 그것은 달빛에 빛나는 외삼촌의 대머리였던 거야. 그래서 쫓겨났지」라고 한 여인이 대답하였다.

그러자 다음 여인은 「나도 아무 일도 아닌 일 때문이야. 어느 날 밤 시어머니가 담뱃불을 갖고 오라고 해서 채 속에 뜨거운 재를 수북히 담아 갔는데 이 꼴이 된 거야」라고 말하였다.

마지막 여인은 이렇게 말하였다. 「나는 정말로 사소한 일로 쫓겨났어. 허리춤에 이가 있어서 옷을 밥짓는 가마 속에 넣고 삶았어. 그것이 죄라네.」

(같은 날 명주영군 이야기)

## 40. 꼬마 신랑

한 과년한 아내가 어린 꼬마를 남편으로 두었다. 한밤중이 되어도 남편이란 자는 아내의 말을 들어주지 않아서 항상 얄밉게 생각하고 있었다.

어느 날 그 꼬마 신랑이 솥에서 밥을 푸고 있는 아내에게 다가와서는 「야, 그 누룽지 좀 줘」라고 철없는 소리를 하였다. 아내는 너무 화가 난 나머지 꼬마 신랑의 목덜미를 움켜쥐고 지붕 위로 내던졌다. 그런데 그때 마침 시어머니가 외출했다가 돌아왔다. 꼬마 신랑은 자신이 어리지만 명색이 한 사람의 남편인데, 아내에게 내동댕이쳐져 이런 곳에 있는 사실을 어머니가 아신다면 면목이 없다고 생각하였다.

묘안을 짜낸 꼬마 신랑은 지붕에 열려 있는 호박을 만지작거리면서 아내에게 「이봐, 큰 것을 딸까? 작은 것을 딸까?」라고 말하였다고 한다.

(같은 날, 명주영군 이야기)

## 41. 陰上에 돼지를 그리다

질투심이 많은 남자가 며칠동안 여행을 떠나게 되었다. 그는 아내의 비밀스러운 곳에 돼지를 그려놓고 길을 떠났다. 여행에서 돌아와 보니 돼지가 개로 변해 있었다. 간부(姦夫)는 돼지를 개로 잘못 보았기에 정을 나눈 후 개를 그리고 간 것이다.

남편이 화를 내며 「나는 돼지를 그려 두었는데 이것은 개다. 너는 분명히 나쁜 짓을 했다」고 하자, 아내는 태연한 얼굴로 「그렇다면 돼지가 개로 둔갑했는지도 모르겠군요」라고 대답하였다. 그러자 남편은 과연 그럴지도 모른다고 생각하여 아내를 용서했다던가 어쨌다던가?

(1928년 1월 경남 마산시 이은상군 이야기)

## 42. 陰部에 누운 소를 그리다

행실이 좋지 않은 아내를 둔 남자가 외출할 때에 아내의 비밀스러운 곳(陰部)에 누운 소를 그려 두었다. 그런데 돌아와 보니 소가 서 있었다. 간부가 착각하여 서 있는 소를 그렸던 것이다.

「나는 누운 소를 그려 놓았는데 이 소는 서 있다. 너는 부정한 짓을 하였다」라고 하자, 아내는 「그 주변에 풀밭이 있어서 그것을 먹으려고 섰는지도 모르겠군요」라고 대답했다. 그러자 남편은 과연 그렇다고 생각했다나 어쩼다나?

(같은 날, 이은상군 이야기)

## 43. 부부가 떡을 놓고 다투다

어느 마을에 할머니와 할아버지가 살고 있었다.

어느 날 이웃집에서 제사음식을 가지고 와서 부부는 그 밥과 나물을 함께 먹었다. 그런데 떡은 딱 하나 밖에 없었기 때문에 두 사람은 이렇게 약속하였다. 「누구든지 먼저 말하는 사람은 이 떡을 먹을 수 없는 것으로 합시다」라고.

두 사람은 떡을 한가운데 놓고 묵묵히 이것을 바라보고 있었다. 그 때 마침 도둑이 들어와서 두 사람의 모습을 보고, 두 사람은 모두다 장님이고 벙어리임에 틀림없다고 생각하여 물건을 훔치고 게다가 할머니를 범하려고 하였다. 그렇지만 할아버지는 묵묵히 그 모습을 바라보고만 있을 뿐이었다.

할머니는 결국 참을 수가 없어 「이 박정한 영감아, 내가 이런 상황에 처해 있는데도 너는 가만히 있느냐?」라고 외쳤다. 그러자, 할아버지는 재빨리 떡을 집어 입 속으로 넣으면서 「이제 이 떡은 내 것이다」라고 하였다고 한다.

(1923년 8월 경북 달성군 월배면 상인동 윤화병군 이야기)

이 이야기도 전국적이다.

## 44. 호랑이보다 무서운 곶감

호랑이가 아이들을 잡아 먹으려고 어느 날 밤 마을로 내려왔다. 어느 집의 창문 밑에서 귀를 기울이며 안의 모습을 살펴보고 있는데, 마침 그 집의 아이가 울기 시작하였다. 그러자 아이의 어머니는 「저런, 호랑이가 왔네」하며 아이를 놀라게 하였지만 아이는 울음을 그치지 않았다.

그래서 호랑이는 속으로 「이 녀석 나를 무서워하지 않는구나. 뻔뻔한 놈이군」이라고 생각하였다. 그런데 어머니는 다음에 「자, 곶감이다」라고 말하자 아이는 뚝 하고 울음을 그쳐서 호랑이는 이렇게 생각하였다. 「곶감이라는 녀석은 나보다도 무서운 놈임에 틀림없다」라고.

호랑이는 아이를 단념하고 그 집의 송아지라도 훔쳐내려고 외양간에 들어갔다. 그 때 마침 소도둑놈이 와서 그 부근에서 움직이고 있는 호랑이를 소로 잘못보고 등에 올라타 버렸다. 그러자 호랑이는 호랑이 나름대로 「이놈이 곶감이라고 하는 녀석임에 틀림없다」라고 생각하여 쏜살같이 도망쳤다. 그 소리로 집안사람들이 떠들썩해지자 소도둑놈은 호랑이의 등을 터지도록 채찍질하며 도망쳤다.

그럭저럭 날이 밝아와서 자세히 보니 소라고 생각하였던 것은 호랑이였기에 도둑놈은 허둥지둥 뛰어 내렸다. 그리고 호랑이도 또 「아이구 살았다」하며 한숨쉬고 뒤도 돌아보지 않고 도망쳐 버렸다.

(1925년 5월 개성시 마해송군 이야기)

## 45. 사신 사이의 수문답

옛날 중국의 사신이 조선에 온다고 하면 조선 조정은 근심에 휩싸였다. 중국의 사신들은 조선에 뛰어난 인물이 있는지 없는지를 시험하기 위해서 여러 가지 어려운 문제를 갖고 왔기 때문이다.

어느 때인가, 중국에서 뛰어난 사신이 온다고 해서 조선 조정에서는 그를 접대할 만한 인물을 전국에서 구하게 되었다. 그 때 전병을 좋아하는 사람이 사신이 되려고 청원하였다. 그는 집안이 가난해서 좋아하는 전병을 한번도 만족하게 먹어본 적이 없었다. 그는 「사신이 된다면 좋아하는 전병을 질릴 정도로 먹을 수 있을 것이다. 역할 따위는 어찌되어도 상관없다. 그리고 죽는다고 하여도 여한이 없다」고 생각하여 자원했던 것이다.

조정에서는 그에게 그의 평생소원이라고 하는 전병을 많이 주었다. 그는 전병을 포식한 뒤 중국사신을 맞이하러 사대관복을 입고 의주까지 갔다. 중국 사신은 압록강 맞은 편 언덕에서 네 손가락으로 네모 모습을 만들어 높게 올려 보였다. 조선 사신은 이것을 「전병은 네모난가?」라고 묻는 것으로 해석하고 손가락으로 둥글게 원을 만들어 보이며 「아니다. 그것은 둥근 모양이다」라고 대답하였다. 그러자 중국사신은 또 세 손가락을 펴 보였다. 조선사신은 이것을 「너는 전병을 세 개 먹을 수 있느냐?」라고 묻는 것으로 오해하고 「아니다. 다섯 개는 먹을 수 있다」라는 의미로 다섯 손가락을 펴 보였다.  다음에 또 중국 사신은 그의 수염을 쓰다듬자, 조선사신은 이것을 「이젠 다 먹고 수염을 씻을 셈이냐?」라고 묻는 것으로 알고는 「과연 그렇다. 이젠 배부르다」라는 의미로 그의 배를 내밀어 보였다. 그러자 중국 사신은 「조선에는 위대한 인물이 있다」고 놀라 도망쳤다.

어떤 사람이 중국사신에게 그 까닭을 묻자 사신은 다음과 같이 대답하였다고 한다. 「처음에 내가 지리(地理)를 알고 있는가를 물으니, 그는 天文까지 안다고 대답하였다. 다음에 내가 三綱을 아느냐고 물으니 그는 五倫까지 안다고 대답하였다. 게다가 내가 炎帝神農氏(炎과 髥은 같은 '염'자이다)를 아느냐고 묻자 그는 太皥伏羲氏(伏과 腹은 같은 '복'자이다)까지 안다고 대답하였다. 그는 두려울 만큼 뛰어난 인물이다」라고.

(1923년 8월 경북 칠곡군 왜관읍 김영래씨 이야기)

## 46. 시골 부인이 몰랐던 거울

옛날 한 선비가 경성에서 과거시험을 보고 돌아올 때에 거울 한 개를 사 가지고 왔다. 그는 이것을 다락 속에 넣어두고 아침저녁으로 꺼내어 얼굴을 비쳐 보고 있었다.

어느 날 그의 아내는 이를 이상히 여기고 남편이 외출했을 때 몰래 거울을 다락에서 꺼내 보았다. 그러자 웬 젊은 여인이 있어서 화가 나서 곧바로 시어머니한테 달려가서 그것을 보이며 「남편은 경성에서 첩을 데리고 왔습니다」라고 하였다.

시어머니는 거울을 보고 「아가, 거짓말하지 마라. 언덕너머 사는 할머니가 놀러 온 것이 아니냐?」라고 말하였다. 다음으로 시아버지가 이것을 보고 머리를 숙이고 공손하게 절하면서 「아버님 무슨 일로 이렇게 나타나셨습니까?」라고 하였다. 며느리는 도무지 의심쩍어 다시 거울을 보았지만 역시 그것은 남편의 첩임에 틀림없어 「그런 못생긴 얼굴을 하고 잘도 남의 남편을 흘렸구나」하고 욕을 하였다. 거울 속의 여인도 대답은 하지 않고 그저 입을 뾰로퉁히 내밀고 자신의 입을 흉내낼 뿐이었다. 참을 수 없을 만큼 화가 난 며느리는 주먹을 휘둘러 거울을 깨뜨려 버렸다고 한다.

(필자의 기억)

## 47. 아내와 첩의 싸움에 남편 머리카락이 뽑히다 (妻妾爭摘夫髮)

옛날 한 노인이 몰래 젊은 첩을 숨겨두고 항상 그 첩을 시켜 자신의 흰 머리카락을 뽑게 하였다. 남편의 흰 머리카락이 점점 줄어가는 것을 눈치챈 부인은 「분명히 이것은 젊은 첩을 숨겨 둔 것이다」라고 추측하여 심하게 그 남편을 다그쳤다.

그러자 남편은 결코 그런 일은 없다는 것을 입증하기 위해서 아내에게 그 검은 머리카락을 뽑게 하였다. 아내는 첩이 남편을 독차지하는 것을 시기하여 남편의 검은 머리카락을 전부 뽑아 버렸다. 이렇게 해서 그는 대머리가 되었다고 하는 이야기이다.

(1920년 9월 경남 동래시 사하면 하단리 장씨 부인 이야기)

# IV. 기타의 민담

# 4 기타의 민담

## 1. 잉어를 놓아주고 용궁의 여인을 얻다(放鯉得龍女)

옛날 한 어부가 홀로된 늙은 어머니와 함께 살고 있었다. 그는 아침 일찍 나가서 고기를 잡아 그것을 팔아 어머니를 봉양하였다. 어느 날 물고기가 한 마리도 잡히지 않아서 그는 단념하고 집으로 돌아가려 하다가 마지막으로 낚시를 던져 보았다. 그런데 이번에는 낚시 바늘 끝이 이상하게 무거워서 끌어 당겨보니 그것은 황금색을 띤 커다란 잉어였다.

그러나 잉어가 입을 꾸물거리는 것이 마치 우는 것처럼 보여서, 어부는 잉어를 불쌍히 여겨 바다 속에 놓아주었다. 다음날 여느 때처럼 바닷가로 나가자 갑자기 푸른 옷을 입은 낯선 아이가 나타나 그에게 머리를 숙인다.

어부가 누구냐고 물으니, 그 아이는 매우 정중하게 「저는 용왕님의 사자입니다. 어제 당신이 우리 용왕님의 따님을 구해 주셨기에 용왕님은 그 보답을 하고 싶다고 반드시 당신을 용궁까지 모시고 오라고 말씀하셨습니다」라고 대답하였다. 어부는 「그러나 저는 사람입니다. 어떻게 바다 속으로 들어갈 수 있겠습니까?」라고 말하자, 「걱정하실 필요는 없습니다」라고 대답하면서 사자는 바다를 향해 뭐라고 주문을 외웠다. 그러자 바다는 둘로 갈라지고 그 사이에 훌륭하고 탄탄한 큰길이 나타났다.

사자에 이끌려 용궁에 도착하자 용왕님은 버선발로 뛰어 나와 어부를 맞이하였다. 용왕님은 어부를 위하여 성대한 잔치를 3일 동안 베풀었다. 그리고 「자네는 내 딸의 은인이다. 부디 내 딸을 데리고 가게」라고 용왕님이 간청하였다. 어부는 용왕님의 딸과 결혼하여 몇 개월 동안 모든 일을 잊고 즐겁게 생활하였다.

어느 날 그는 집에 홀로 남기고 온 어머니가 떠올라서 집에 잠시 다녀오고 싶다고 아내에게 애원하였다. 아내는 몇 번이고 말렸지만 결국 허락하였다. 그리고 작별할 때에 구슬상자 하나를 남편에게 건네주면서 「용궁으로 돌아올 때까지는 결코 이것을 열어 보아서는 안됩니다. 이 상자를 향해 주문을 외우면 바다가 갈라져 육로가 그 사이에 생깁니다. 그러나 한번 열어보면 이 상자는 아무런 쓸모가 없습니다」라고 몇 번이고 되풀이하여 알려주고, 그 주문까지 가르쳐 주었다.

어부는 용궁에서 나와 바닷가 해안에 이르러 상자를 향하여 배운 대로 주문을 외웠다. 그러자 정말로 바다와 육지 사이에 커다란 길이 생겨났다. 어부는 그 해안에 당도하였을 때 상자 속에 무엇이 들어 있나 보고 싶어 견딜 수가 없었다. 두 번 세 번 망설이다가 끝내 그는 그 뚜껑을 열고 말았다.

그러자 상자 안에서 그저 희미한 연기같은 것이 자욱하게 일어날 뿐 그 속에는 아무 것도 없었다. 그래서 어부는 용궁으로 돌아갈 수 없게 되었다고 한다.

(1924년 8월 경남 동래군 동래읍 박씨부인 이야기)

경상도 지방에서는 이 이야기가 보편적이다.

## 2. 우렁각시

옛날 어느 마을에 혼자 사는 총각이 있었다. 그는 열심히 황무지를 경작하며 겨우 입에 풀칠할 정도의 생활을 하고 있었다. 어느 날 예전처럼 황무지 밭을 갈면서 이런저런 자신의 앞날에 대해서 생각해 보았다. 벌써 서른 살이 되었는데도 아내도 얻지 못한 채 지내는 자신의 처지를 슬퍼하여 「이런 일을 한다고 해서 누구와 살 수 있겠는가」라고 혼잣말을 하며 한탄하였다.

그러자 어디선가 「저와 살지요」라는 여자의 목소리가 들렸다. 이상히 여기고 사방을 살펴 보았지만 사람의 모습은 보이지 않았다. 다시 한번 앞의 말을 되풀이하자 역시 똑같은 대답이 들렸다. 세 번째도 역시 똑같은 소리가 나서 그 소리가 나는 땅을 파보자 그 속에서 커다란 우렁이가 나왔다. 어찌된 영문인지 모르지만 여하튼 이상해서 그는 그 우렁이를 가지고 집으로 돌아와 옷장 속에 넣어두었다.

다음 날 아침에 밥을 지으려고 부엌에 들어가 보니 누가 갖고 왔는지 따뜻한 김이 모락모락 나는 쌀밥이 반찬과 함께 밥상 위에 나란히 놓여져 있었다. 저녁 때 일터에서 돌아와 보니 역시 똑같이 밥상이 차려져 있었다.

이상한 일도 있구나 하고 생각하고 다음날은 일을 일찍 마치고 살짝 집으로 돌아왔다. 울타리 틈 사이로 살펴보니 아름다운 처녀가 자기 방에서 나와 부엌에서 밥을 지은 뒤 다시 방으로 돌아가는 것이었다. 이는 틀림없이 우렁이의 소행이라고 생각하고 그는 다음날도 역시 울타리 뒤에서 엿보다가 뛰어나와 처녀의 손을 덥석 잡았다.

그러자 처녀는 그를 밀쳐내며 이렇게 말하였다. 「저는 본시 하늘의 선녀였는데 옥황상제에게 벌을 받아 인간세상으로 내려오게 되었습니다. 그리고 당신과 연분이 있어서 이곳으로 온 것입니다. 그렇지만 지금은 아직 그 시기가 아니오니 앞으로 두 달만 기다려 주십시오. 그렇게 한다면 우리들은 영원히 함께 살 수가 있지만, 그렇게 하지 않으면 우리들은 결국 헤어지게 됩니다.」

그러나 그는 도저히 그렇게 오랜 시간을 기다릴 수가 없어서 곧바로 부부가 되기를 강요하였다. 여인은 할 수 없이 허락하였다. 잠시동안 두 사람은 행복하였다.

어느 날 총각은 배가 아파서 밭에 나가 일을 할 수 없었다. 하는 수없이 그의 아내가 대신하여 밭으로 나갔다. 밭에 물을 주고 있는데 때마침 그곳으로 그 마을의 현감이 지나가기에 여인은 급히 근처 숲으로 몸을 숨겼다.

현감은 그 숲을 지나다가 숲 속에서 빛나는 상서로운 빛을 발견하여 포졸에게 알아 오라고 하였다. 포졸의 보고를 들은 현감은 「곧바로 그 여인을 데리고 오너라」고 하였다. 포졸들이 쏜살같이 달려가서 여인을 재촉하자, 여인은 금팔찌를 꺼내 포졸들에게 건네주면서 「이것을 현감께 드리고 부디 몸만은 허락할 수 없다고 말씀드려 주십시오」라고 하였다.

그러나 포졸은 그녀의 청을 들어주지 않았다. 여인은 다시 금반지를 주면서 간청하였지만 역시 들어주지 않았다. 다음으로 상의를 벗어주고 또 치마까지 벗어주었지만 역시 포졸은 이를 들어주지 않았다. 결국 그녀는 속옷 하나만 걸쳐 입고 울면서 현감이 있는 곳으로 끌려 갔다.

이 이야기를 들은 총각 - 이제 총각은 아니지만 - 은 기절할 듯이 놀라, 당장 관가로 가서 아내를 돌려달라고 애원하였지만 그것은 헛수고였다. 비통하고 분한 나머지 그는 결국 관가의 기둥에 머리를 부딪쳐 자살하였다. 그리고 그의 원혼은 파랑새가 되어 그 시체에서 떠났다.

그리고 그 파랑새는 아침 저녁으로 관가를 향하여 슬픈 소리로 울었다. 그의 처도 음식을 전혀 먹지 않아 며칠 후 정조를 지킨 채 굶어 죽었다. 그 여인의 혼은 참빗이 되었다고 한다. (왜 참빗이 되었는지 그 연유는 잊어버렸다.)

(1923년 5월 전북 전주군 완산면 유춘섭군 이야기)

## 3. 개와 고양이와 진주

옛날 바닷가에 할아버지와 할머니가 단둘이 오두막집에서 가난하게 살고 있었다. 할아버지가 바다에서 낚은 물고기를 팔아 입에 풀칠하며 살았다.

어느 날 여느 때처럼 아침 일찍 낚시바늘을 드리우고 있어도 그날은 어찌된 일인지 물고기가 한 마리도 잡히지 않았다. 할아버지는 그만 낚시를 그만두고 돌아가려고 하다가 시험삼아 마지막으로 낚시바늘을 던져 보았다.

그런데 잠시 후 뭔가 엄청나게 무거운 것이 낚시바늘에 걸린 것 같았다. 간신히 낚시대를 들어 올려보니 그것은 엄청나게 큰 잉어였다. 잉어는 눈물을 뚝뚝 흘리며 목숨을 구걸하는 것처럼 보였다. 할아버지는 이 잉어가 단순한 물고기가 아니라 신물(神物)일 것이라고 생각하여 그대로 바다에 놓아 주었다. 그러자 잉어는 몇 번이고 할아버지 쪽을 뒤돌아보면서 깊은 바다 속으로 사라져 버렸다.

다음 날도 역시 바닷가에서 할아버지가 물고기를 낚고 있는데 어디선가 초립동이가 나타나 매우 정중하게 인사를 하였다. 할아버지는 「너는 누구냐?」라고 물었다. 그러자 그 젊은이는 「저는 용왕님의 사자입니다. 어제 당신이 용왕님의 아드님을 살려주셔서,

용왕님의 명에 따라 당신을 맞이하러 왔습니다」라고 말하였다. 그리고 두 사람은 용궁으로 향하였다.

젊은이가 바다를 향하여 뭐라고 주문을 외우자 바다는 두 갈래로 갈라지고 그 사이에 탄탄하고 큰 길이 나타났다. 할아버지가 용궁에 도착하였을 때 용왕이 맨발로 용상에서 내려서 할아버지를 맞이하였다. 용궁에서는 매일 성대한 잔치를 열어 할아버지를 극진히 환대하였기에 잠시동안 세월이 흐르는 것도 잊고 지냈다.

며칠 후에야 할아버지는 혼자 두고 온 할머니 생각이 났다. 이제 할아버지는 용궁의 잔치에도 싫증이 나고 집으로 돌아가고 싶은 마음뿐이었다. 그래서 용왕님께 그런 말씀드렸더니 용왕님도 할 수 없이 할아버지의 뜻을 허락하였다.

할아버지가 용궁을 떠나올 때에 용왕님의 아들이 찾아와서 말하길 「당신이 떠날 때, 아버지께서는 반드시 당신께 무엇인가 선물을 드릴 것입니다. 무엇을 원하느냐고 묻거든 다른 것은 아무 것도 필요없으니 용왕님 곁에 있는 옥상자 안의 진주(마해송 군에 의하면 개성에서는 이것을 연적이라고도 한다)를 부디 달라고 말씀하십시오. 그 물건은 원하는 것을 말하기만 하면 뭐든지 나오는 진귀한 것입니다」라고 했다.

용궁을 출발할 즈음에 용왕님은 과연 「원하는 것은 없느냐?」라고 묻기에 할아버지는 용왕님의 아들이 가르쳐준 대로 대답하였다. 용왕님은 깜짝 놀라며 「그것만은 도저히 줄 수가 없구나」라고 하였다. 그 때 용왕님의 아들이 용왕님 곁으로 다가서며 「아버님 무슨 말씀이십니까? 이 분은 저의 생명을 구해 주셨습니다. 자식의 목숨이 귀중합니까? 그렇지 않으면 저 보물이 귀중합니까? 부디 그것을 할아버지께 드리십시오」라고 하였다.

그 말을 듣고 용왕님은 할 수 없이 그 진주를 할아버지에게 주었다. 할아버지가 진주를 가지고 집으로 돌아와 보니 할머니는 눈이 빠지게 일편단심으로 할아버지를 기다리고 있었다. 처음부터 끝까지 할아버지에게 그 내역을 들은 할머니는 매우 기뻐하며 「영감, 그렇다면 언제까지 이 작은 오두막집에서 살아가는 것은 싫으니까 훌륭한 집이 생기도록 말해 보구려」라고 하였다.

할아버지가 진주를 향해 「집을 만들어 다오」라고 하자, 순식간에 작은 오두막집은 어디론가 사라지고 훌륭한 기와집이 생기더니 그 안에 할머니와 할아버지가 서로 마주 앉아 있다. 그리고 돈을 꺼내고 곡식을 꺼내고 곳간을 나오게 하여 두 사람은 큰 부자가 되었다.

어느 날, 강 건너 사는 심술궂은 할머니가 방물장수로 변장하고 찾아왔다. 심술궂은 할머니는 「이 구슬 좀 사세요. 당신 집에 용궁에서 가져온 진주가 있다고 하는 이야기를 들었지만, 이 구슬도 천하에 둘도 없는 아주 진귀한 것입니다. 당신의 구슬과 견주어 보세요」라고 교묘하게 거짓말을 하며 접근하였다. 낮말은 새가 듣고 밤말은 쥐가 듣는다던가 나쁜 할머니는 그 구슬에 대한 것을 전부 알고 있었던 것이다.

그날 때마침 할아버지는 외출하여 집에 없었다. 마음씨 착한 할머니는 처음에는 거절하였지만 너무나 찰거머리처럼 강요하기에 귀찮아서 잠깐 구슬을 꺼내 보여주었다. 나쁜 할머니는 잠시 그것을 만지며 감상하는 척 하다가 착한 할머니가 잠깐 한눈파는 사이에 그것을 자신의 구슬과 바꿔쳤다. 가짜 구슬을 마음씨 착한 할머니께 건네주면서 「정말로 훌륭한 것이군요. 저는 이만 돌아가겠습니다」하고는 성급히 돌아가 버렸다.

그러자 훌륭했던 기와집은 사라져 버리고 할머니의 집은 원래 살던 초가집으로 변해 버렸다. 깜짝 놀라 나쁜 할머니가 간 곳을 찾아 보았지만 이미 그림자도 보이지 않았다. 이윽고 외출했다가 돌아온 할아버지는 할머니와 함께 실망한 나머지 울고 있을 뿐이었다.

할아버지와 할머니는 개와 고양이를 자식처럼 기르며 귀여워하고 있었다. 개와 고양이는 주인이 한탄하고 있는 모습을 보고 구슬을 찾아올 의논을 하였다. 그리고 나룻배를 얻어 타고 강 건너 마을에 도착하였다. 그 마을을 살펴보니, 옛날에 없던 훌륭한 기와집이 생겼다. 이를 수상하게 생각하여 그 집으로 들어가 보았다.

과연 그 집의 주인은 방물장수였던 할머니였다. 이런 저런 논의 끝에 고양이가 먼저 할머니의 방으로 들어가 보았다. 구석구석 찾아보아도 구슬은 보이지 않았다. 그런데 단 한 곳 어쩐지 다락이 수상쩍어서 살며시 그 다락문을 열어보려고 하는 순간, 할머니에게 들킨 고양이는 밖으로 내던져졌다.

고양이는 다락에 진주가 숨겨져 있는 것을 알아냈지만 찾아낼 묘안이 떠오르지 않았다. 그리고 밤은 깊어만 갔다. 고양이와 개는 배가 고파서 먹을 것을 찾아 나섰다. 고양이는 할머니의 창고로 들어가고 개는 밖에서 망을 보고 있었다.

나쁜 할머니의 창고에는 많은 쥐들이 쌀이랑 보리 등을 훔쳐내어 성대한 잔치를 시작하고 있었다. 한 가운데에 살찐 임금쥐가 앉고 그 주위에는 수 천 마리의 쥐들이 마시며 춤추며 흥청거리고 있었다.

고양이는 갑자기 임금쥐에게 달려들어 그 목을 콱 움켜 쥐었다. 그리고 쥐들에게 할머니의 다락 속에 있는 구슬을 가져오지 않으면 임금쥐를 잡아 먹겠다고 협박하였다. 그러자 쥐들은 그런 일이라면 문제없다면서, 「여봐라. 추치야, 거치야」하고 부하들을 불러 구슬을 훔쳐오도록 명령하였다. 추치는 그 송곳같은 이빨로 벽에 구멍을 뚫고 거치는 그것을 잘라내어 감쪽같이 구슬을 훔쳐다가 고양이에게 주었다.

고양이는 개와 함께 구슬을 가지고 집으로 향하였다. 나루터까지 와보니 배는 매여져 있었지만 날이 밝지 않아 뱃사공은 없었다. 할 수 없이 고양이는 구슬을 입에 물고 개의 등에 올라타고 개가 헤엄쳐 강을 건너가게 되었다.

강 한가운데까지 왔을 무렵 개는 고양이가 아직 구슬을 갖고 있는지 어떤지 불안하여 「이봐, 아직 갖고 있겠지?」라고 고양이에게 물어 보았다. 고양이는 대답이 없었다. 몇 번이고 물어보아도 대답이 없자, 개는 결국 화를 내고 헤엄치는 것도 그만두고 「왜 대답하지 않느냐」라고 크게 소리쳤다. 고양이도 참다못해 그만 「갖고 있어」라고 대답하는 바람에 입을 열어 구슬을 강 한가운데 떨어뜨리고 말았다.

강가에 도착하자 개는 면목이 없어서 살금살금 도망쳐 집으로 돌아갔다. 그러나 고양이는 돌아가지 않고 「뭔가 좋은 묘책이 없을까?」하고 여러모로 생각에 잠겼지만 뾰족한 수가 떠오르지 않았다.

마침 배가 고파서 음식을 찾으러 이곳저곳 주위를 둘러보다 저쪽에서 어부들이 뭐라고 투덜대면서 커다란 물고기 한 마리를 버리는 것을 보았다. 고양이는 잽싸게 달려가서 그것을 물어뜯었다. 먼저 물고기의 배를 찢어 내장을 잡아뜯는데 커다란 돌덩이가 이빨에 걸렸다.

뱉어보니 그것은 뜻밖에도 조금 전 잃어버렸던 구슬이었다. 어부가 한밤중에 쳐놓은 투망에 진주를 삼켜서 죽은 물고기가 걸렸던 것이다. 어부들은 죽은 물고기는 필요없다고 버렸던 것이다. 고양이는 구슬을 가지고 집으로 돌아왔다. 그래서 할아버지와 할머니는 다시 부자가 되었다.

할아버지와 할머니는 고양이에게 이렇게 말하였다. 「너는 끝까지 힘을 다하여 구슬을 다시 찾아왔으니 그 보답으로 이제부터 방 안을 드나들고 맛있는 음식을 먹어도 좋다」고 하였다. 그리고 개에게는 「너의 수고는 고양이에게 뒤지니까 이제부터 방에는 절대로 들어오지 말고 마당구석이나 툇마루 밑에서 잠을 자고 음식도 물고기같은 것만 먹도록 해라」고 하였다. 그러나 개는 그것이 불만이었다. 그리고 고양이를 미워하게 되었다.

그래서 오늘날에도 개와 고양이는 만나기만 하면 서로 으르렁거리게 되었던 것이다.

(1922년 8월 서울 방정환 군 이야기)

## 4. 큰 호랑이를 물리치다

옛날에 유명한 사냥꾼이 있었다. 그는 날아가는 새도 쏘아 떨어뜨릴 만한 재주를 지니고 있었다.

어느 날 그는 강원도 금강산으로 호랑이를 잡으러 출발하였다. 금강산 입구에는 할머니가 혼자 살고 있었다. 사냥꾼은 할머니 집에서 하룻밤을 묵고 7일 분량의 식량으로 누룽지를 담은 자루를 할머니한테서 받았다.

출발할 때쯤 할머니가 「당신은 어느 쪽으로 가십니까?」라고 묻기에, 「금강산으로 호랑이를 잡으러 갑니다」라고 사냥꾼이 대답하였다. 「그렇다면 그 일은 그만두는 것이 좋을 것입니다. 이 산으로 들어간 사람은 자주 보았지만 아직 돌아온 사람을 본 적은 없습니다」라고 할머니는 충고하였다. 그렇지만 사냥꾼은 할머니의 말에는 귀를 기울이지 않고 출발하였다. 그리고 나서 정말로 그 사냥꾼의 소식은 끊어지고 말았다.

어느 마을에 아이가 있었는데, 그 아이는 바로 사냥꾼의 유복자였을 것이다. 여덟 살이 되었을 때 아이는 마을의 아이들로부터 애비없는 자식이라 놀림을 당하자 집으로 돌아가서 「어머님, 제

아버지는 누구입니까? 지금 어디 계십니까?」라고 물었다. 그러자 어머니는 「너의 아버지는 죽었단다. 아버지에 대한 생각은 하지 말고 열심히 공부하거라」라고 대답하였다.

그러나 아이는 「아버지는 어떻게 돌아가셨습니까?」라고 어머니를 끈질기게 졸랐다. 어머니는 할 수 없이 그 연유를 이야기하였다. 아이는 그날 당장 공부를 그만두고 총 한 자루를 구하여 새벽 일찍 어디론가 나가 밤늦게 돌아오는 것이었다. 어머니는 아이의 마음속을 헤아리고 아무런 말도 하지 않고 묵묵히 아이가 하는 대로 두었다.

그럭저럭 3년이라는 세월이 흘렀다. 어느 날 아이는 「지금부터 아버지의 원수를 갚으러 떠나겠습니다」라고 어머니께 허락을 구하였다. 어머니는 「네 아버지는 내가 십 리 밖에서 머리에 이고 있는 물동이의 왼쪽 손잡이를 쏴 맞힐 수가 있었다. 그런데도 호랑이의 밥이 되어 잡혀 먹혔다. 지금 너는 어떻게 아버지의 원수를 갚을 수가 있겠느냐?」라고 했다.

아이는 어머니를 십 리 밖에 세우고 물동이의 손잡이를 겨누어 쏴 보았지만 맞히지 못하였다. 아이는 그로부터 3년 동안 수련을 더 쌓았다. 드디어 십 리 밖에 있는 물동이의 왼쪽 손잡이를 쏴 떨어뜨릴 수가 있었다.

그러자 어머니는 또다시 「네 아버지는 내가 십 리 밖에서 들고 있는 바늘을 구멍만 쏠 수가 있었다. 그렇게 못하면 그 호랑이를 잡을 수 없다」고 했다. 아이는 그대로 해 보았지만 또 실패하여 다시 3년 동안 수련을 쌓았다.

그리고 겨우 바늘구멍을 쏴 떨어뜨릴 수 있게 되었다. 어머니는 마음속으로 매우 기뻐하였다. 아이의 아버지는 물론 그러한 기술이 없었기 때문이었다.

소년은 어머니의 허락을 받고 금강산을 향하여 출발하였다. 어머니는 금강산 입구에 산다고 하는 할머니한테 미리 사람을 보내어 사정을 잘 이야기해 두었다. 소년을 맞이한 할머니는 「네 아버지는 천하무적의 사냥꾼이었다. 맞은 편에 서 있는 나무의 맨 위에 달린 나뭇잎을 쏴 떨어뜨렸다. 그렇게 한 번 해 보거라」고 하였다.

소년은 며칠동안 연습을 하여 보기좋게 그 나뭇잎을 쏴 떨어뜨렸다. 그러자 할머니는 다시 「네 아버지는 십 리 밖에 있는 바위 위의 개미 한 마리를 쏴 죽일 수가 있었다. 그렇게 할 수 있다면 너는 원수를 죽일 수 있을 것이다」라고 했다.

소년은 다시 또 3년 동안 수련을 쌓아 드디어 그렇게 할 수 있었다. 할머니는 기뻐하며 몇 개월 동안 먹을 수 있는 누룽지를 만들어서 소년에게 건네주었다. 소년은 그것을 먹으면서 금강산 깊숙이 들어가 아버지의 원수를 찾고 있었다.

어느 날 소년이 바위에 기대어 담배를 피고 있는데 한 스님이 와서 「담뱃불 좀 잠시 빌려 주시오」라고 해서 담뱃불을 주었다. 스님이 담배에 불을 붙이려고 입을 오므렸다 펴는 모습을 문득 바라보니 둥근 이빨이 마치 호랑이의 이빨처럼 보였다. 「만약 이 스님이 정말 사람이라면 큰일이다」라고 잠시 망설이다가 결국 소년은 스님의 가슴을 겨누어 한 발 쏘았다. 과연 스님은 호랑이로 변하여 죽었다.

소년은 다시 걷기 시작하였다. 어느 마을에서 밭에서 감자를 캐고 있는 할머니를 만났다. 그 소년은 「할머니, 배가 고파서 그러니 저에게 감자를 조금만 주세요」라고 했다. 할머니는 「안돼, 그럴 여유가 없어. 지금 남편의 혼이 찾아와 자신은 나쁜 놈에게 죽임을 당하였으니 빨리 감자를 캐다가 소생시켜 달라고 했어. 이 감자를 빨리 남편에게 먹이지 않으면 안돼」하며 뒤도 돌아보지 않는다.

소년은 이상한 생각이 들어 감자를 캐고 있는 손을 보았다. 그 손은 정확히 호랑이의 발이었다. 그래서 소년은 할머니의 가슴을 겨누어 한 발 쏘았다. 그러자 할머니는 암호랑이로 변하여 죽었다.

다시 길을 가는 도중에 샘에서 길은 물을 머리에 이고 오는 아름다운 여자를 만났다. 그는 「목이 마르니 물 한 모금 마시게 해 주십시오」라고 하자, 그 여자는 「안돼요, 그럴 틈이 없습니다. 지금 시어머니와 시아버지의 혼령이 와서 우리들은 나쁜 놈에게 죽임을 당하였으니 빨리 약수물을 퍼와서 우리들을 소생시켜 달라고 하였습니다. 이 물을 빨리 두 분께 마시게 해야만 합니다」라고 대답하였다.

이 여인의 앞모습은 아름다운 여자였지만 그 뒷모습은 완전히 호랑이였다. 그가 정확히 겨누어 한 발 쏘자 그 여자는 젊은 암호랑이로 변하더니 죽었다.

그는 다시 길을 걷던 중에 급히 산을 내려오는 청년을 만났다. 그는 「담배를 피우고 싶은데 잠시 불 좀 빌려 주시오」라고 하자, 그 청년은 「안돼, 그럴 여유가 없어. 지금 부모님과 아내의 혼령이 와서 우리들은 나쁜 놈에게 죽임을 당하였으니 빨리 제사를 지내서 우리들을 소생시켜 달라고 했다. 나는 빨리 집으로 가서 부모님과 아내를 구하지 않으면 안돼」하고 대답하였다.

자세히 보니 다리 아래로 호랑이의 꼬리가 질질 끌리고 있었다. 그는 이 청년도 역시 총으로 쏘아 죽였다. 청년은 젊은 숫호랑이로 변하더니 죽었다.

잠시 지나 이번에는 산처럼 커다란 흰 호랑이 한 마리가 나타났다. 수 천년 동안 나이를 먹어 털이 하얗게 된 것이었다. 호랑이가 커다란 입을 벌리고 소년을 삼키려고 하자, 소년은 벌린 입을 향하여 한 발 쏘았다. 그렇지만 호랑이는 끄떡하지 않았다. 계속해서 몇 발을 쏘았지만 호랑이는 그 거대한 이빨로 총알을 막아 냈다. 오히려 총알은 그 이빨에 부딪혀 하나씩 튕겨졌다.

소년은 총알이 떨어질 때까지 쏘았지만 모두 허사였다. 그 커다란 호랑이는 결국 소년과 함께 총마저 삼켜 버렸다. 거대한 호랑이의 뱃속은 마치 한 마을처럼 넓었다. 그리고 그 뱃속에는 잡아먹힌 사람의 해골이 여기저기 흩어져 있었다.

소년은 그 안에서 아버지의 해골을 찾아냈다. 해골 사이에서 집어낸 총 자루에 아버지의 이름이 새겨져 있고 그 총 옆에 해골이 있었기 때문이었다. 소년은 조심스럽게 그 해골을 자루에 넣었다. 소년은 다른 구석에서 기절한 처녀를 발견하였다. 그는 온갖 방법을 동원하여 그 처녀를 소생시켰다.

그리고 두 사람은 뭔가 무기가 될 만한 것을 찾아 보았다. 그러던 중 그들은 해골 사이에서 단도 한 자루를 발견하였다. 그것은 해골이 된 사람의 허리주머니에서 나온 것이었다. 그들은 그 단도로 호랑이의 항문을 약간 잘라 내었다. 그러자 바깥 세상이 조금 보이게 되었다. 처녀는 그 구멍으로 호랑이가 지금 들판에 있는지, 절벽 위에 있는지, 바닷가에 있는지 산 속에 있는지를 살피기로 하고, 소년은 단도로 호랑이의 옆구리를 자르기 시작하였다.

거대한 호랑이는 점점 심한 복통을 느꼈다. 그래서 산신인 곰에게 가서 약을 달라고 애원하였다. 곰이 과일을 먹으면 나을 것이라고 가르쳐 주자 호랑이는 산에 있는 사과와 배 등을 닥치는 대로 따서 먹었다. 뱃속에 있던 두 사람은 마침 배가 고프던 차에 들어오는 과일을 다행으로 여기며 닥치는 대로 주워 먹었다.

과일을 먹었는데도 복통이 심해진 호랑이는 다시 곰에게 가서 약을 요구하였다. 그러자 곰은 약수물을 마시라고 가르쳐 주었다. 호랑이는 약수물을 마셨다. 뱃속에서 갈증이 난 두 사람은 때마침

홍수처럼 쏟아져 들어오는 물을 마음껏 마셨다. 그렇게 하여 두 사람은 기운을 회복해 가며 그들의 작업을 계속하였다.

호랑이는 통증 때문에 결국 미쳐서 한동안 산과 들을 미친 듯이 뛰어넘거나 데굴데굴 굴렀다. 어느 순간 호랑이가 움직이지 않자 처녀가 몰래 밖을 바라보니 그곳은 넓은 들판이었다. 호랑이의 배는 결국 잘려서 열 수 있게 되었다.

그러나 무심코 나왔다가 호랑이한테 다시 잡혀 먹히면 큰일이라고 생각한 소년은 호랑이의 항문으로 손을 내밀어 호랑이의 고환을 잘랐다. 그런데도 호랑이는 꿈쩍도 하지 않았다. 그들은 비로소 호랑이가 죽은 것을 확인하고 호랑이의 벌어진 옆구리를 통해 바깥 세상으로 나왔다. 호랑이는 앉은 채로 정말 죽어있었던 것이다.

그들은 호랑이의 껍질을 벗겨 둘이서 짊어지고 집으로 가는 길에 할머니 집에 들렀다. 할머니는 이미 눈썹까지 하얗게 늙어 있었다. 그들은 할머니를 모시고 소년의 집으로 갔다. 소년의 어머니도 그 사이 나이를 먹어 할머니가 되어 있었다. 모두 기뻐하였고 마을 사람도, 나라 백성도 모두 소년의 공을 칭찬하였다. 아버지의 해골은 정중히 장사지냈다.

처녀의 말에 의하면 그녀는 어느 대신의 외동딸이었는데, 어느 날 밤 머리를 감으려고 마당으로 나갔다가 그 호랑이에게 잡아 먹혔던 것이었다. 그리고 그날은 마침 소년이 잡아 먹히기 전날이었다.

소년은 처녀를 데리고 경성으로 가서 처녀의 부모에게 처녀를 인도하였다. 그러자 대신 부부는 한없이 기뻐하며 딸의 생명의 은인인 그를 사위로 맞이하였다. 소년은 그렇게 하여 아버지의 원수를 죽이고 대신의 딸을 얻어 행복하게 살 수 있었다고 한다.

(1928년 1월 마산시 이은상 군 이야기)

## 5. 머리 아홉 달린 도둑

옛날, 어느 마을의 뒷산에는 머리 아홉 달린 대도둑이 살고 있었다. 한번 그 도둑이 동네로 내려오면 반드시 한 사람을 채어 갔다. 그래서 마을사람들은 「어찌하면 이 도둑을 퇴치할 수 있겠는가?」하는 것이 걱정이었다.

어느 날 그 마을에 사는 아름다운 여인과 하녀가 물을 길러 가다가 도둑에게 잡혀 갔다. 그 여인의 남편은 아내를 찾으러 산 속으로 향했다. 그는 산기슭에서 내려와 초가집 한 채를 발견하였다. 그 초가집 안에는 할머니가 있었다.

그는 할머니에게 도둑의 집을 물었다. 그러자 할머니는 「이곳에서 조금만 가면 그곳에 초가집이 있다. 그 집의 할머니는 틀림없이 자네를 도와줄 것이네」라고 하였다. 얼마를 가니 정말로 초가집이 한 채 있었다.

그 집의 할머니에게 자신의 사정을 이야기하였다. 그러자 할머니는 그에게 무 하나를 주면서 「그 도둑은 매우 강한 놈이기 때문에 자네의 힘으로는 도저히 대적할 수 없네. 이 무를 먹은 뒤 집 뒤쪽에 있는 커다란 바위를 들어 보게나」라고 하였다. 그 무처럼 보였던 것은 사실은 동자삼이었다. 그는 기뻐하고 그 무를 먹고는 가르쳐 준 바위를 들어 올려 보았다. 그러나 간신히 움직이게 할 수 있을 정도였다. 그러자 할머니는 다시 그 무 한 개를 주었다. 그것을 먹으니 겨우 바위를 무릎 위까지 들어 올릴 수가 있었다. 그렇게 몇 번이고 되풀이하는 동안에 그는 마침내 바위를 자유롭게 휘두를 수가 있게 되었다.

그래서 할머니는 그에게 장검 한 자루를 주면서 「이곳에서 조금만 가면 발 밑에 돌이 걸어 채일 것이네. 그 돌을 들어 올리면 커다란 구멍이 나타나는데 그 구멍으로 들어가면 도둑의 집에 이를 수가 있네. 지금의 자네 힘이라면 분명히 도둑을 죽일 수 있을 것이네」라고 하였다.

그는 할머니가 말한 대로 해서 순조롭게 도둑의 소굴로 들어갔다. 처음에는 작은 구멍이었지만 자꾸 들어감에 따라 그 밑에 커다란 별천지가 나타났다. 그곳에는 화려하고 커다란 기와집이 있었고 아홉 개의 대문이 세워져 있었다.

그는 도둑의 집 옆에 있는 우물가의 버드나무 위에 올라가서 몸을 숨기고 도둑의 동태를 엿보고 있었다. 잠시후 한 여인이 우물물을 길러 나온다. 자세히 보니 틀림없는 그의 하녀였다. 하녀가 물을 다 길었을 때 그는 버드나무 잎을 따서 하녀의 물항아리 위에 떨어뜨렸다.

그러자 하녀는 「꽤 심한 바람이군」하고는 항아리의 물을 쏟고 물을 다시 길었다. 그는 또 버드나무 잎을 떨어뜨렸다. 여인은 또 물을 쏟고 다시 물을 긷는 것을 되풀이하였다. 세 번째에 그녀는 버드나무를 바라보았다. 그리고 그곳에 자신의 주인이 있는 것을 발견하고 그를 내려오게 한 뒤 몰래 도둑의 집으로 인도하였다.

그리고 「지금 때마침 도둑이 도둑질을 하러 나갔으니 주인님께서는 저 창고 속에 숨어 계십시오」라고 하면서 그를 컴컴한 창고 속에 숨겨 두었다. 그녀는 또 그의 아내에게 달려가서 그를 본 사실을 알렸다. 그런데 아내는 뜻밖에도 「뭐라고, 오늘은 가만히 앉아서 한 마리를 잡았구나」하면서 남편에게 가지 않았다. 하녀의 말로 아내의 변심을 안 그는 분노하면서 도둑이 오는 것을 기다리고 있었다.

잠시 후 멀리서 쿵쿵하는 무서운 소리가 들려왔다. 「저건 무슨 소리지?」하고 묻자, 하녀는 「저건 도둑이 십 리 밖에 왔다고 하는 신호입니다」라고 대답하였다. 꽝하는 소리가 더욱 크게 들렸다. 그러자 「이것은 오 리까지 온 신호입니다」라고 하녀는 말했다. 얼마 후 천둥번개가 치는 듯한 소리와 함께 머리 아홉 달린 도둑이 들어오자 그의 아내는 반갑게 도둑을 맞이하면서 「저는 오늘 집에 있으면서 진귀한 것을 잡았어요」라고 자랑하듯 말하였다.

하녀는 주인의 신상에 대한 것을 생각하고 「빨리 도망가세요」라고 애원하였다. 그렇지만 주인은 태연히 창고에서 나와 도둑에게 싸움을 걸었다. 공중에서 두 사람의 싸움이 시작되었다. 이윽고 도둑의 머리는 하나 둘씩 땅에 떨어졌는데 마침내 그 수는 아홉 개에 이르렀다. 이제 도둑은 완전히 죽었다. 아내였던 여인도 물론 죽음을 당하였다.

그는 도둑의 창고를 조사해 보았다. 한 창고에는 곡식이 가득 차 있었다. 다른 창고에는 사람의 해골이 가득 쌓여 있었는데, 그 가운데에는 아직 살아있는 사람도 있었다. 그는 하녀와 함께 큰 가마솥에 미음을 끓여 그들에게 먹여 기운을 차리게 했다. 그리고 도둑이 지배하였던 땅을 그들에게 주었다. 그는 많은 보물을 소와 말 에 싣고 집으로 돌아와서 하녀와 결혼하여 부모님과 함께 호의호식하며 행복하게 살았다. 집으로 돌아가는 길에 그를 도와준 두 할머니 댁에 들러서 은혜를 갚은 것은 두말할 나위도 없다.

(1923년 8월 13일 함흥읍 하동리 김호영씨 이야기)

## 6. 네 거인

옛날 옛적에 어떤 사람이 자식이 없는 것을 항상 한탄하고 살았다. 어느 날, 화장실에서 갓난아이를 주워서 애써 유모를 찾아서 아이를 맡겼다. 그런데 갓난아이가 젖을 먹지 않으려 해서 밥을 줘 보았다. 갓난아이는 기뻐하며 밥을 먹는 것이었다.

순식간에 쑥쑥 자라서 두 달이 지나자 「산에 나무하러 갈테니

지게를 만들어 주세요」라고 하였다. 아버지는 너무나도 이상해서 칡넝쿨로 지게를 만들어 주었는데「아버님 이런 것으로는 안돼요」하며 부숴 버렸다. 아버지는 대장장이한테 부탁하여 쇠로 만든 지게를 만들어 주었다. 그러자 아이는 기뻐하며 산으로 갔다. 잠시 지나자, 산이 아버지를 향하여 움직여 오기에 깜짝 놀라 바라보았다. 산은 점점 가까이 왔고 그 밑에 자신의 아들이 나타났다. 산이라고 생각하였던 것은 아들이 산에서 해 온 나무짐이었다.

커다란 집을 갖고 싶은 그는 거목을 뚝뚝 손으로 꺾고 손바닥으로 쇠못을 툭툭 박아 순식간에 집 한 채를 만들었다. 또 돌로 된 문을 갖고 싶다면서 커다란 바위를 운반해 와서는 손바닥으로 툭툭 깎아 세우고 손톱으로 갈아서 훌륭한 돌문을 세웠다.

그후 전쟁이 일어났다는 소식을 듣고는 아버지의 허락도 받지 않고 집을 떠났다. 거인의 이름은 장귀쇠였다고 한다. 그는 도중에 이상한 일을 경험하였다. 그의 앞에 서 있는 커다란 나무가 대단한 기세로 앞뒤로 흔들리고 있었던 것이다.

나무 아래를 내려다보니 거대한 남자가 그곳에서 자고 있는데 그 남자의 숨소리 때문에 큰 나무가 흔들리고 있었다. 숨을 들이마시면 나무가 앞쪽으로 쓰러지려 하고, 숨을 내뱉으면 뒤쪽으로 쓰러지려 하였다. 그런가 하였더니 이번에는 나무가 뿌리채 꺾여 쿵하고 쓰러져 버렸다(바위가 앞으로 밀리기도 하고 뒤로 날려 물러나기도 하였다고도 한다). 그는 자고 있는 남자 옆으로 가서 그 사람의 코를 손가락으로 눌러 보았다.

그러자 자고 있던 남자는 숨쉬기가 힘들어서 잠을 깨어 일어나면서「이것 참 깜짝 놀랐습니다. 당신은 누구십니까?」라고 물었다. 그래서 그는 전쟁이 일어난 일을 이야기하고 함께 출전하지 않겠느냐고 권유하였다. 그래서 자고 있던 남자는 그의 동생이 되었다. 그 남자는「거친 숨을 쉬는 큰 남자」라는 사람이었다.

길동무가 된 두 사람이 어느 마을에 다다르자 지금까지 눈앞에 있었던 커다란 산이 갑자기 무너져 평지가 되어 버렸다. 「이것은 또 어찌된 영문인가?」하고 맞은 편을 보자, 커다란 남자가 곰발바닥같은 손으로 산을 가운데 부분부터 끌어내려 무너뜨린 것이었다. 장귀쇠는 그 사람의 커다란 손 위에 앉았다. 그러자 그 손이 움직이지 않아서 「곰발같은 손의 큰 남자」도 동생이 되었다.

이번에는 세 사람이 함께 어느 곳에 당도하자 지금까지 널찍한 평야였던 것에 갑자기 커다란 강이 맹렬한 기세로 흘러 온다. 「이것 참 재미있군」하고 꽤 먼 상류를 바라보니 커다란 남자가 서서 오줌을 누고 있었다. 장귀쇠가 그 사람의 목덜미를 움켜쥐고 쓰러뜨리자 그의 오줌은 폭포처럼 하늘에서 쏟아져 내렸다. 그래서 또 「오줌누는 큰 남자」를 동생으로 삼아 네 사람은 함께 전쟁터로 향하였다.

네 사람이 전쟁터에 도착하여 보니 아군은 여지없이 패배하여 병사들은 부대를 이탈하여 도망치려고 하는 참이었다. 먼저 「오줌누는 큰 남자」가 산 위에서 적진을 향해 '쉬'하고 오줌을 누었다. 그러자 적진은 순식간에 큰 바다가 되어 적군들은 간신히 목을 위에 내놓고 둥둥 떠다니며 허우적거렸다.

그 때 「거친 숨을 쉬는 큰 남자」가 '휙'하고 거칠게 콧김을 불자 콧김은 차가운 바람이 되어 순식간에 바닷물을 얼려 놓았다. 물에 빠진 적군들은 전부 목만을 얼음 위로 내밀게 되었다. 그 때 마지막으로 「곰발같은 손의 큰 남자」가 그 커다란 손으로 얼음을 내리쳐서 쓱쓱 움직이자 적군의 목은 하나도 남김없이 베어졌다. 그렇게 하여 적은 전멸하였고 아군은 전승의 함성을 지르며 큰북을 치면서 개선하였다.

고향으로 돌아가는 도중에 그들 네 사람은 어느 산 속의 집에서 하룻밤을 신세지기를 청하였다. 그러자 집주인은 「아, 너희들이냐, 잘 왔다」라고 하면서 네 사람을 한 손에 움켜쥐고 어두운 감옥에 쳐넣었다. 이건 더 지독한 놈이구나 하고 네 사람은 조그맣게 움츠리고 있다.

얼마 지나서 날개 깃털을 지닌 무서운 얼굴의 중이 집으로 돌아오면서 「오늘은 어떤 것이 잡혔냐?」라고 기분 나쁜 소리를 하였다. 그것은 도둑의 두목이었다. 그러자 무리 가운데 어느 도둑이 「숫병아리 네 마리를 잡아 두었습니다」라고 대답하였다.

잡힌 네 사람이 귀를 기울이고 들어보니 도둑들은 큰소리로 무엇인가 언쟁을 하고 있었다. 한 사람이 「저 녀석들은 내 생일날 잡아먹자」라고 하자, 다른 한 사람은 「안돼, 저 녀석들은 내 생일날 잡아먹자」라고 하며 여럿이서 다투는 것이었다. 그리고 마지막으로 그 두목같은 자가 「멈춰라, 그 녀석들은 내 생일날에 죽여서 요리할 참이다」라고 말하자 모두 조용해졌다.

네 형제는 힘을 모아 간신히 감옥을 부셨다. 그러나 그들은 다시 붙잡혔다. 그리고 이번에는 쇠로 만든 감옥 속에 갇히게 되었다. 점점 감옥 밑바닥이 점점 뜨거워졌다. 도둑들은 쇠로 된 감옥 밑바닥에서 한참 불을 지피고 있었던 것이다.

그래서 장귀쇠가 감옥 벽에 서리 霜자와 바람 風자를 써 붙이자 지금까지 뜨거웠던 감옥 안이 갑자기 추워져 그들 네 형제의 수염에 고드름이 달렸다.

다음날 아침 도둑이 감옥 문을 열고 그들을 잡으려고 하자 장귀쇠는 그놈을 잡아 뼈를 뽑아 그것으로 바둑판을 만들었다. 다음에 들어 온 놈의 뼈를 뽑아서는 바둑알을 만들었다. 그리고 네 사람은 그것으로 바둑을 두었다.

그 모습을 본 도둑의 두목이 그들에게 싸움을 청하자, 장귀쇠는 「공중에서 싸울 것이냐? 땅에서 싸울 것이냐?」라고 물었다. 그러자 날개 깃털을 지닌 중은 「공중에서 싸우자」라고 하였다. 공중에서 도둑 두목과 장귀쇠의 맹렬한 싸움이 시작되었다. 그리고 두목 부하들과 세 동생들은 밑에서 그 승부를 보기로 하였다.

그렇지만 두 사람의 두목은 꽤 높게 하늘로 올라갔기에 아래에 있던 사람들은 그들의 모습조차 볼 수가 없었다. 이윽고 한 사람의 팔 한 쪽이 떨어졌는데 그것은 틀림없는 장귀쇠의 팔이었다. 그것을 본 나쁜 중의 아내인 구미호는 재빨리 볏집재를 갖고 와서 잘려진 팔에 재를 뿌리려고 하였다. 동생들은 재빨리 그 여인을 찔러 쓰러뜨리고 절단된 부분에 점분을 발라 그것을 하늘로 날려 버렸다. 그래서 팔은 원래대로 붙어 완전한 팔이 되었다.

다음에는 중의 한쪽 팔이 떨어졌다. 구미호가 점분을 붙이려고 하는 것을 동생들이 빼앗아 팔에 볏집재를 뿌리고 내던지자 그 팔은 다시 땅으로 떨어졌다. 이윽고 중의 목이 떨어졌는데, 그 목이 순식간에 하늘로 올라가려는 것을 동생들은 볏집재를 뿌렸다. 그래서 그 목은 일단 하늘로 날아 올라가기는 하였으나 원래 있던 부분에 붙을 수가 없어 결국 나쁜 중은 죽고 말았다.

장귀쇠는 의기양양하게 하늘에서 내려와 구미호를 잡아 그 배를 갈랐다. 그러자 구미호의 뱃속에서 핏덩이 두 개가 튀어나오더니 「앞으로 3일만 더 있었다면 우리가 아버지의 원수를 갚을 수가 있었는데 분하구나」하면서 흩어져 버렸다고 한다.

도둑들을 하나도 남김없이 죽인 네 형제는 도둑의 창고를 조사해 보았다. 한 창고에는 금이 가득 쌓여 있었고 또 한 창고에는 은이 가득 쌓여 있었다. 또 다른 창고에는 곡식이 가득 쌓여 있었고 다른 창고에는 그 밖의 보물이 산처럼 가득 차 있었다.

네 사람은 그 보물 전부를 도둑의 노예와 심부름꾼에게 나누어 주고 그들은 네 마리의 용마에 귀중한 보물만을 가득 싣고 돌아가 맛있는 음식을 먹으면서 행복하게 살았다고 한다.

(같은 날, 김호영씨 이야기)

## 7. 지하국대적퇴치 (그 첫 번째)

　옛날 어떤 한량이 과거를 보러 서울로 가는 도중, 큰 부자가 딸을 도둑에게 빼앗겨 슬퍼하고 있다는 소문을 들었다. 「딸을 되찾아오는 사람에게는 내 재산 절반과 딸을 주겠다」라는 방을 8도에 붙여서 한량은 그 처녀를 찾아보려고 결심하였다.

　그러나 그 도둑이 사는 집이 어딘지 조차 아는 사람이 없었다. 정처없이 걷고 있는 어느 날 그는 길가에서 세 초립동을 만나 그들과 의형제를 맺었다. 그리고 네 젊은이는 도둑의 집을 찾으러 떠났다.

　도중에 그들은 다리가 부러진 학을 헝겊으로 정성스럽게 매주었다. 그 학은 독수리 때문에 보금자리와 새끼들을 잃은 데다가 한 쪽 다리마저 부러졌던 것이다. 학은 기뻐하면서 그들에게 꽤 먼 산을 가리키며 「당신들은 도둑의 집을 찾고 계시죠, 저쪽에 보이는 저 산을 넘어서 또 그 저쪽의 산을 넘어서 또 그 쪽의 산에 들어가면 그곳에 커다란 바위가 있습니다. 그 바위 밑에 있는 하얀 조개껍질 파편을 치워보세요. 조개껍질 밑에는 바늘귀 정도의 좁은 구멍이 있는데 그 구멍을 파나가다 보면 넓고 넓은 별천지 세계가 있습니다. 그 세계의 왕이 당신들이 찾고 있는 도둑입니다」라고 말하였다.

　그들은 학과 작별하고 산을 넘고 또 산을 넘어 가르쳐준 장소로 가서 바위를 찾았다. 바위 밑에 있는 하얀 조개껍질 파편을 제거하니 정말로 그곳에는 조그마한 구멍이 있었다. 그 구멍을 파내려감에 따라서 점점 커지더니 구멍 밑에는 넓은 별천지 세계가 보였다.

　그렇지만 그 구멍은 매우 깊었기에 쉽사리 그 밑까지 내려갈 수가 없었다. 그래서 그들은 풀과 칡넝쿨을 뜯어와서 긴 밧줄을 만들었다. 가장 나이어린 사람이 먼저 그 밧줄을 타고 구멍 밑까지 내려갔다. 내려가는 도중에 만약 위험한 일이 생기면 잡고 있는 밧줄을 흔들어서 신호를 주면 위에 있는 사람들은 재빨리 그 밧줄을 잡아 올리기로 하였다.

막내동생은 조금 내려가더니 밧줄을 흔들었다. 무서워서 더 내려갈 수가 없었기 때문이었다. 세째는 반정도 내려가서 밧줄을 흔들었다. 둘째는 삼분의 이 정도까지 내려가서 두려워 밧줄을 흔들었다. 마지막으로 가장 큰형이 내려가게 되었다.

그는 동생들에게 「너희들은 아직 어려서 갈 수 없다. 내가 도둑을 죽이고 돌아올 때까지 여기서 기다리는 것이 좋겠다. 그때에도 밧줄을 흔들 테니 너희들은 나를 끌어 올려다오.」 이렇게 말해 두고 밧줄을 잡고 구멍으로 뛰어 내려 유유히 그 밑에 도착하였다.

그곳은 넓은 지하국으로 훌륭한 집이 많이 세워져 있었다. 그는 도둑의 집이라 생각되는 제일 큰 집 옆에 있는 우물가의 버드나무 위로 몸을 숨기고 도둑의 동태를 살피고 있었다. 잠시 시간이 흐르자, 아름다운 여인이 그 우물가로 물을 길러 나왔다.

여인이 물을 항아리 가득 담은 다음 물항아리를 머리에 얹으려고 할 때 그는 버드나무 잎을 한움큼 따서 뿔뿔이 물항아리 위에 떨어뜨렸다. 그러자 여인은 「어머, 얄미운 바람이군」하면서 항아리의 물을 버리고 새로 물을 길었다. 여인이 다시 항아리를 머리에 얹으려고 하였을 때 그는 또 버들잎을 떨어뜨렸다. 여인은 또 물을 다시 길었다. 세 번째에 여인은 나무 위를 올려다 보았다.

그리고는 바깥세상 사람을 발견함과 동시에 놀라기도 하고 반갑기도 하여서 물어보았다. 「당신은 도대체 어떻게 이런 곳까지 오셨습니까?」라고. 그는 그녀에게 처음부터 끝까지 이야기해 주었다. 그러자 여인은 더욱 깜짝 놀라 「당신이 찾고 계시는 여인은 사실은 저입니다. 그러나 도둑은 엄청난 장사입니다. 여하튼 저를 따라 오십시오」하고는 그를 어두운 창고 속에 숨겼다.

그녀는 커다란 철판을 하나 가져와서 그것을 그의 앞에 놓고는 「당신이 어느 정도 강한지 시험하려고 하니, 이 철판을 들어 올려 보십시오」라고 하였다. 그는 겨우 그 철판을 들어 올렸다. 그러자 여인은 「그런 힘으로는 도저히 그 도둑을 죽일 수 없습니다」하고 도둑 집에 마련되어 있는 동삼즙을 매일 여러 번 갖고 와서 그에게 주었다.

그는 동삼즙을 마시고 드디어 두 개의 큰 쇠방망이를 두 손으로 자유롭게 사용할 수 있게 되었다. 어느 날 여인은 커다란 칼을 건네주면서 「이 칼은 그 도둑이 사용하는 것입니다. 도둑은 지금 자고 있는데 한번 자기 시작하면 석 달하고도 열흘동안 자고 일을 하더라도 석 달하고도 열흘동안 일하고 음식을 먹더라도 석 달하고도 열흘 동안 먹습니다. 지금은 자기 시작한지 꼬박 열흘이 지났습니다. 이 칼로 도둑을 베어 주십시오」라고 하였다.

그는 칼을 받아들고 여인의 안내에 따라 용감하게 도둑의 침실로 들어갔다. 도둑이 두 눈을 부릅뜨고 있는 것을 보고 그가 무서워 그 자리에 서 있자 여인은 웃으면서 「이 도둑은 눈을 뜬 채 잠을 잡니다」라고 가르쳐 주었다.

그는 온힘을 다하여 도둑의 목을 베었다. 도둑의 머리는 잘려진 채로 천장으로 튀어 오르더니 순식간에 다시 제자리로 달라붙으려고 하였다. 그 때 여인은 준비해 온 재를 손바닥에 펴 보이고 재빨리 그것을 목 부분에 뿌렸다. 그래서 머리부분은 원래대로 붙을 수가 없게 되어 도둑은 결국 죽고 말았다.

그는 여인과 함께 도둑의 창고를 하나 하나 조사해 보았다. 한 창고에는 금·은 보화가 가득 차 있었고 다른 창고에는 쌀이 가득 쌓여 있었다. 또 다른 창고에는 많은 말과 소가 매여져 있었고 다른 창고에는 사람의 해골이 가득 쌓여 있었다. 그것은 모두 도둑이 죽인 사람의 뼈였던 것이다.

또 다른 창고를 열어 보니, 그곳에는 거의 죽어가고 있는 남자와 여자로 가득 차 있었다. 큰형과 여인은 재빨리 미음을 만들어 그 사람들에게 마시게 하여 살려냈다. 그리고 도둑의 금은 보화와 쌀, 말, 소 등을 그들에게 나누어 주었다.

큰형과 여인은 몸에 지닐 만큼의 보물을 가지고 그 여인과 같이 도둑에게 잡혀온 다른 세 아름다운 처녀도 데리고 출구인 그 구멍 밑까지 왔다. 그리고 밧줄을 흔들었다. 땅 위에서 기다리고 있던 세 젊은이들은 큰형의 귀환이 너무나도 늦어져서 분명히 도둑에게 죽임을 당했을 것이라고 생각하여 단념하고 돌아가려고 하던 참에 때마침 밧줄이 흔들려서 매우 기뻐하며 밧줄을 끌어 올렸다. 큰형과 네 처녀는 한 사람씩 올라갔다.

네 젊은이는 네 처녀를 구해내고 각자 그 부모들에게 데려다 주었다. 처녀의 부모들은 한없이 기뻐 그들의 딸을 각각 젊은이들에게 시집을 보내고 또한 많은 재물까지 그들에게 선물하였다. 그 부자의 딸을 큰형이 얻은 것은 두말할 나위도 없다. 부잣집 딸은 결혼 첫날밤에 남편에게 이렇게 말하였다.

「소녀는 그 도둑에게 잡혀간 그날부터 도둑한테 몸을 강요당하였지만, 소녀는 몸이 아파서 그런 일을 할 수 없다고 속였습니다. 그리고는 몰래 소녀의 허벅지 살을 베어 증거로 그것을 도둑에게 보였습니다. 도둑은 소녀의 상처를 치유하려고 여러 가지 약을 사용하여 소녀의 상처는 며칠 지나 치유되었습니다. 그러나 치유될 때마다 소녀는 다시 살을 베어 일부러 새로운 상처를 만들었습니다. 그래서 지금까지 정조를 지켜온 것입니다. 부디 이것을 봐 주십시오.」

그렇게 말하고 그녀는 자신의 허벅지를 보여 주었다. 과연 깊은 상처가 아물지 않은 상태였다. 그는 약속대로 아름다운 처녀와 부잣집 재산의 절반을 얻고 행복하게 살 수 있었다고 한다.

(1926년 3월 16일, 대구시 본동 이상화군 이야기)

※ 나의 어린 시절 기억에 의하면, 이 이야기 속의 도둑을 경상남도의 부산·동래 등지에서는 彌勒豚(큰 돼지라는 뜻)이라고 하였다.

※ 도둑을 죽이는 방법에 대하여 나의 기억은 다음과 같다. 여인이 무인에게 동삼즙을 마시게 하든지, 철판을 내어 그의 힘을 시험하는 것은 없고, 여인이 어느 날 미륵돈(도둑)에게 「당신은 세상에서 무엇이 가장 무섭습니까?」라고 물어보니 도둑은 큰소리로 '하하하' 웃으며 「내가 무서워하는 것이 이 세상에 있을까?」라고 대답하자 「그래도 뭔가 무서운 것이 있겠지요?」라고 다시 물으니 「딱 하나 있다. 그것은 양이라는 놈이다. 그 녀석에게는 도저히 대적할 수 없다. 양(羊)털이 하나라도 내 몸에 닿으면 특히 그것이 내 콧속에 닿으면 나는 죽게 된다. 그러니까 내 집에서는 양을 기르지 않는다. 내 집을 모조리 뒤져보아도 양의 털은 하나도 없다」라고 대답하였다. 젊은이가 몰래 들어간 다음 여인은 그것을 생각해 내고 그에게 이 사실을 알려준다. 그는 자신의 몸을 뒤진 끝에 허리에 차고 있던 열쇠고리가 양털로 만들어진 것을 생각해내고 그것을 여인에게 건네주었다. 여인은 그것을 도둑의 콧속(인중)에 넣어서 쉽사리 도둑을 죽일 수가 있었다고 한다.

## 8. 지하국대적퇴치 (그 두 번째)

옛날 지하국에 대마왕(귀신)이 살고 있었다. 대마왕이 가끔 이 세상(인간세상)에 나와서 세상을 휘젓기도 하고 아름다운 여자들을 잡아가기도 하였다.

어느 날 대마왕이 이 세상에 와서 세 공주를 한꺼번에 잡아갔다. 왕은 신하들을 불러 그 마왕을 잡는 것에 대하여 의논하였지만 그 누구도 묘책을 말하는 자가 없었다. 잠시 후 한 무신이 나와서 「대왕마마, 신의 집은 대대로 국록을 먹고 있습니다. 이제 소신의 몸을 바쳐서 국은(國恩)에 만 분의 일이라도 보답하고자 하오니 부디 소신에게 마왕퇴치의 중임을 맡겨 주십시오. 반드시 공주님들을 구해 오겠습니다」라고 하자, 왕은 흔쾌히 이를 허락하였다. 그리고 또 말씀하시길 「누구라도 공주들을 구해 오는 자에게 내가 가장 총애하는 막내 공주를 주겠다」라고 했다.

무신은 몇 사람의 하인들을 데리고 그날로 귀신의 소굴을 찾아 출발하였다. 그는 몇 년 동안 천하 구석구석을 찾아 다녔다. 그렇지만 귀신의 소굴은 어디에 있는지 짐작조차 할 수가 없었다.

어느 날 그는 너무 피곤하여 산기슭에 쓰러져서 바위를 베개삼고 잠이 들었다. 꿈 속에서 백발노인이 나타나 「나는 산신령이다. 자네가 찾고 있는 귀신의 소굴은 이 산의 건너편 그 맞은 편 산 속에 있다. 그 산 속에서 자네는 이상한 큰 바위를 발견할 것이다. 그것을 치워보면 바위 밑에 겨우 한사람이 들어갈 만한 구멍이 있다. 그 구멍을 따라 내려가면 구멍은 점점 커져 결국에는 넓은 세계의 입구에 도달하게 된다. 그 세계가 바로 귀신의 나라이다」라는 말을 남긴 채 모습을 감춰 버렸다.

그는 산신령이 가르쳐준 대로 산을 넘고 계곡을 지나 귀신이 사는 산에 도착하였다. 그리고 이상한 바위와 구멍을 발견하였다.

무신은 하인들에게 명하여 튼튼한 밧줄을 만들게 하고 풀로 만든 가마를 하나 만들게 하였다. 그리고 하인들에게 「누가 이 가마를 타고 내려가서 적의 동태를 탐문하고 올 사람은 없느냐?」라고 하였지만 대답하는 사람이 없었다.

그는 하인 중의 한 사람에게 「네가 내려가라」 하고 명령하였다. 그리고 「도중에 뭔가 위험한 일이 있을 때에는 밧줄을 흔들어라. 그렇게 하면 곧바로 끌어올리겠다」라고 말하였다. 그자는 땅에서 조금 내려가더니 밧줄을 흔들었다. 무서웠기 때문이었다. 다음 사람은 거의 구멍 밑까지 갔을 때 밧줄을 흔들었다.

무신은 할 수 없이 자신이 내려가기로 하였다. 그리고 그는 어려움없이 구멍 밑에 도착하였다. 그 넓은 세계에는 훌륭한 집이 많이 있었다. 그 중에서도 가장 훌륭한 집이 귀신의 소굴 같았지만, 그는 곧바로 그 집으로 들어가는 것을 그만두고 귀신의 집 부근에 있는 우물가의 큰 나무에 올라가서 귀신의 동태를 엿보기로 하였다.

잠시 후 아름다운 여인이 머리에 물항아리를 이고 우물가로 물을 길러 나왔다. 귀신이 사는 집에서 나오는 그 여인은 틀림없이 공주님 가운데 한 분이었다. 공주님이 물항아리에 물을 가득 담고 항아리를 올리려고 할 때 무신은 나뭇잎을 한 주먹 따서 그것을 물항아리 위에 떨어뜨렸다.

공주님은 「얄미운 바람이군」하고 중얼거리면서 담은 물을 버리고 다시 물을 담기 시작하였다. 물을 다 담았을 때 그는 또 나뭇잎을 떨어뜨렸다. 세 번째에 공주는 「이상한 일도 다 있군. 오늘은 바람도 불지 않는데」라고 중얼거리며 나무 위를 올려다보았다. 그랬더니 그곳에 사람이 있어서 「당신은 보아하니 사람이군요. 어떻게 이런 귀신 소굴에 들어왔습니까?」하고 물었다.

무신은 나무에서 내려와 자초지종을 이야기하였다. 그러자 공주는 「그렇지만 귀신 집 앞에는 모질고 사나운 문지기가 있습니다. 어떻게 하면 귀신의 집으로 들어갈 수 있을런지...」라고 한탄하였다. 무신은 이에 「나는 젊었을 때 어느 도사에게 무술을 조금 배운 적이 있습니다. 지금 제가 수박으로 변할 테니 부디 잘 처리해 주십시오」라고 하며 열 걸음 정도 가서 공중에서 세 번 몸을 빙글빙글 돌아 수박으로 변했다.

공주는 그것을 치마 속에 숨기고 어려움 없이 귀신 집안으로 들어가서 선반 위에 올려 놓았다. 문지기는 공주의 치마를 살펴보았지만 수박이었기에 수상히 여기지 않고 통과시켰던 것이었다. 그러나 역시 귀신은 「어쩐지 사람의 냄새가 난다. 어찌된 일인가?」하며 몇 번이고 코를 씰룩씰룩 하더니 버럭 화를 내며 공주들을 불러내어 물어보았다.

그렇지만 공주들은 태연한 얼굴로 「그럴 리가 없습니다. 몸이 편찮으셔서 그런 탓이겠지요」라고 속였다. 귀신은 그때 마침 몸의 상태가 좋지 않아서 쉬고 있던 참이었다. 공주들은 센 술을 몇 병이고 빚어 놓고 귀신이 낫기만을 손꼽아 기다리고 있었다.

며칠 후 공주들은 센 술과 돼지 세 마리로 큰 잔치를 열고 귀신을 불러 「주인님의 병이 말끔히 치유되어서 우리들은 그 하례로 이 잔치를 열었습니다. 오늘은 저희들과 즐겁게 놉시다」하며 예전에 없던 아첨과 애교를 떨기에 귀신은 무심코 그 수법에 넘어가 기분좋게 술을 마셨다.

세 병의 독주를 남김없이 마시게 한 뒤 이번에는 귀신을 자신들의 무릎을 베개삼아 눕혀놓고 이까지 잡아주었다. 귀신은 드디어 자신이 원하는 것을 공주들이 들어 주는 것이라고 생각하고 매우 기뻐하였다.

그리고 「오늘은 공주들이 나를 위해서 큰 잔치를 베풀어 주었으니 그 보답으로 공주들의 소원을 뭐든지 들어 주겠다」고 하였다. 공주들은 이때다 싶어 기뻐하며 「저희들에게는 특별히 소망하는 것이 없지만 단지 하나 알고 싶은 일이 있습니다. 주인님은 이 세상에서 가장 강한 분이지만 역시 죽는 일도 있겠지요」라고 물었다.

그러자 귀신은 너무 기쁜 나머지 무심결에 입을 놀려 「당연히 나도 죽을 수가 있지. 내 양 겨드랑이 아래에는 비늘이 두 개씩 있다. 그것이 빠져 버리면 내 목숨은 없는 것이지. 그렇지만 이것을 빼낼 놈은 이 세상에는 없으니까, 하하하」라고 말한 뒤 술에 취해 크게 코를 골면 깊은 잠에 빠졌다. 공주들은 좋은 기회라고 생각하고 그녀들이 평소 소중히 간직한 은장도를 뽑으려고 그 칼집에 손을 댔다.

그러자 갑자기 은장도는 윙윙하고 울기 시작하였다. 공주들은 왼쪽 발을 쿵쿵 구르면서 질타하였다. 그러자 은장도는 겨우 우는 소리를 멈춘다. 공주들은 귀신의 좌우 겨드랑이 밑에서 비늘을 네 장 잘라 냈다.

그러자 귀신의 목은 갑자기 몸통에서 떨어져 천장으로 튕겨지더니 다시 원래 있던 곳으로 붙으려고 한다. 한 공주가 준비해 온 재를 재빨리 그 절단된 부위에 뿌리자 그 목은 결국 원래 있던 곳에 붙지 못하게 되었다. 그 목은 눈물을 뚝뚝 흘리면서 몸통과 떨어져 나뒹굴게 되었다. 그리고 귀신은 죽었다.

공주들은 무신과 함께 구멍 밑까지 며칠동안 걸려서 왔다. 가마는 약속대로 아직 그곳에 내려져 있었기에 「우선 공주들을 살리자고」생각한 무신은 공주들을 한 사람씩 그 가마에 태우고 밧줄을 흔들었다. 위에서 기다리고 있던 하인들은 기뻐하며 밧줄을 끌어 올렸다.

세 공주들을 구해 올린 추종자들은 네 번째의 가마를 내려 보내지 않았다. 그뿐 아니라, 그들은 밧줄 대신 커다란 바위를 굴려 떨어뜨렸다. 그리고는 그들은 공주들을 데리고 고국으로 돌아가서 왕 앞에 공주들을 데려갔다. 왕은 매우 기뻐하고 그들을 위해 성대한 잔치를 베풀었다. 왕은 그들이 공주들을 구해 온 것으로만 믿고 있었다.

천둥처럼 떨어져 오는 바위소리에 깜짝 놀라 몸을 피해 무신은 겨우 목숨을 구할 수는 있었지만 땅 위로 올라갈 묘책이 없었다. 무신은 추종자들의 간계에 빠진 것을 깨달았지만 어찌할 수 없어 혼자 그저 한탄하고 있었다.

그때 꿈 속에서 보았던 노인이 다시 나타나 말을 주면서 「이 말을 타면 땅 위로 올라갈 수 있을 것이다」고 하였다. 그는 그 말을 타고 한번 박차를 가하자 말은 히히힝 하고 울면서 새처럼 튀어올랐다. 말은 수 십 미터나 되는 구멍을 한번에 날아 그를 땅 위로 데려다 주었다. 그리고 말은 눈물을 흘리면서 그와 헤어지고 다시 구멍 밑으로 내려갔는데 불쌍하게도 구멍 밑에서 목이 부러져 죽고 말았다.

공주들은 오랫만에 부모님과 오빠들을 만났기에 너무 기쁜 나머지 무신에 대한 일은 까마득히 잊고 있었다. 왕은 약속대로 막내공주를 간사한 무리의 두목에게 주려고 하였다. 성대한 잔치를 받은 간사한 무리는 왕의 총애를 한 몸에 받게 되었다.

그 때 왕 앞으로 조용히 나오는 무신이 있었다. 그 사람은 두 말할 나위도 없이 진짜로 공주들을 구한 그 무신이었다. 모든 사실을 알게 된 왕은 간사한 무리들을 죽이고 막내공주를 그와 결혼시켰다. 그 후 그 나라는 평화롭게 되고 백성들은 나날이 번성하였다는 이야기이다.

(1927년 8월 강원도 춘천군 신남면 송암리 70, 차경희씨 이야기)

## 9. 지하국대적퇴치 (그 세 번째)

옛날 한 정승 집에 외아들이 있었다. 그는 낮에는 자고 밤이 되면 살짝 일어나 어디론가 사라지는 것이었다. 집안 사람들은 그 것을 전혀 눈치채지 못하였다.

어느 날 밤 그의 아버지는 사랑스러운 외아들의 자는 모습을 보려고 가 보았다. 아들이 없어서 이상하게 생각하며 마당에서 기 다리고 있었다. 이윽고 갑옷을 입고 창과 칼을 든 남자가 준마를 타고 들어온다. 정승이 자세히 보니 자신의 아들이긴 한데 영락없 는 용감한 무사의 모습이었다.

「어찌된 영문이냐」고 아버지가 묻자 「오늘밤 이상한 일이 생겼 습니다. 커다란 독수리가 아름다운 세 처녀를 납치하여 어느 산 속 바위 틈으로 들어갔습니다. 그 도둑을 퇴치하러 가야만 합니다」 라고 아들은 대답하였다.

다음날 아침이 정말로 어느 정승 집에서 세 딸을 한꺼번에 도 둑에게 납치당했다고 한다. 그리고 「딸을 구해오는 사람에게는 엄 청난 돈과 세 딸을 주겠노라」는 방이 붙었다.

소년은 그 정승 집으로 가서 약간의 사람과 석 달하고도 열흘 정도 먹을 양식과 길고 튼튼한 밧줄 그리고 방울 한 개와 몇 사람 정도가 탈 수 있는 상자를 얻어서 출발하였다. 전날 밤에 도둑을 쫓아갔던 바위 아래까지 가보니 그 곳에는 한 사람이 겨우 들어갈 수 있을 정도의 구멍이 있었다.

밧줄에 상자를 묶고 방울이 울리면 상자를 끌어올리라고 위에 남아있는 하인들에게 말해두고 그는 그 상자를 타고 구멍 밑에 도 착하였다. 구멍 아래에는 별천지 세계가 있었다. 잠시 돌아다니다 가 도둑의 집으로 보이는 커다란 집 한 채를 발견하였다.

그는 그 집 옆에 있는 우물가의 나무 위로 올라가서 동태를 엿보고 있었다. 이윽고 한 여인이 나와 우물물을 물항아리에 가득 채우고 그것을 머리에 얹으려고 하다가 물 위에 떠있는 먼지를 불었다. 그때 그는 나뭇잎을 따서 그 항아리 위에 떨어뜨렸다.

그러자 여인은 가득 채운 물을 버리고 물을 다시 채웠다. 그는 또 나뭇잎을 따서 그 항아리 위에 떨어뜨렸다. 여인은 역시 앞서 길은 물을 버리고 물을 다시 채웠다. 그는 또 나뭇잎을 떨어뜨렸다. 세 번째에 여인은 나무 위의 남자를 발견하고 「당신은 어떻게 이런 곳까지 왔습니까?」라고 물었다.

그는 나무에서 내려와 자초지종을 이야기하였다. 그러자 그 여인은 「도둑은 매우 힘이 센 놈입니다. 그리고 열 두 대문의 입구에는 개와 새 그 밖의 무서운 동물들이 각각 망을 보고 있기 때문에 도저히 들어갈 수 없습니다. 부디 단념하시고 돌아가 주십시오」라고 하였다.

그렇지만 그가 완강히 버티자, 여인은 「그렇다면 이렇게 해 주십시오. 첫 번째 대문을 지키는 개에게는 떡을 던져 주십시오. 개가 그것을 먹고 있는 동안에 들어가는 것입니다. 다음 대문을 지키고 있는 새에게는 콩을 던져 주십시오. 또 다음 대문을 망보고 있는(그 다음은 잊어버렸음)...」 이렇게 열두 종류의 던질만한 물건을 가르쳐 주었다.

그는 그 여인이 일러준 대로 해서 도둑의 집으로 들어갔다. 여인은 다시 「도둑은 지금 사냥하러 나갔는데 석 달 후에 돌아올 것입니다. 도둑은 잠잘 때에도 눈을 뜨고 있으니 자고 있는지 깨어 있는지 분간할 수 없으니까 정신을 바짝 차려야 합니다. 그리고 이 큰 바위는 도둑이 제기를 차 듯이 갖고 노는 것입니다. 이것을 들어올려 보십시오」라고 하였다.

그는 그 큰 바위를 움직이는 것조차 할 수 없었다. 그러자 여인은 그를 한 샘물가로 안내하고 그 물을 마시게 하였다. 한 달

동안 그 물을 마시자 자유롭게 그 큰 바위를 갖고 놀 수가 있었다. 석 달 동안 마시니 그보다도 몇 배나 큰 바위를 자유롭게 갖고 놀 수가 있게 되었다.

그렇게 석 달이 흐르고 드디어 도둑이 돌아올 시기가 되었다. 어디선가 쿵하는 커다란 소리가 들려왔다. 「저 소리는 도둑이 백리 밖에까지 왔다는 신호입니다」라고 여인은 말하였다. 잠시 후에 또 한번 쿵하는 소리가 들려왔다. 세 번째 쿵하는 소리와 함께 도둑이 들어왔는데 사냥에 지쳤는지 곧바로 잠이 들었다. 젊은이는 툇마루 밑에서 나와 도둑의 방으로 들어가 보았다.

과연 도둑은 눈을 뜬 채 자고 있었다. 그는 혼신의 힘을 다해 검으로 도둑의 목을 내리쳤지만 도둑은 「벼룩이 물고 있군」하고 잠꼬대를 하면서 그 목을 긁었다. 그는 죽을 힘을 다하여 다시 도둑을 내리쳤다. 그리하여 도둑은 목이 잘려 죽었다.

그는 도둑의 많은 무리를 죽이고 세 딸을 구하여 그 구멍 밑까지 왔다. 가마는 세 명밖에 탈 수가 없었다. 그는 「무슨 일이 또 일어날지 모르니까 내가 먼저 탈 수는 없다」고 생각하여 여인들을 먼저 태우고 밧줄을 잡아당겼다. 그 위에 매달려 있는 방울이 울려 밧줄은 끌어올려지게 되었다. 그렇지만 그 뒤 아무리 기다리고 있어도 밧줄은 내려오지 않았다. 위에 있던 하인들은 딸들을 구한 것을 자신들의 공으로 삼으려 했던 것이다.

젊은이는 할 수 없이 넓은 도둑의 나라를 여기저기 돌아다니다가 우연히 노인을 만났다. 그는 노인에게 땅위로 올라갈 수 있는 방법을 물었다. 그러자 노인은 「저 언덕 가운데에 학이 있으니 그것을 타면 올라갈 수 있을 것이다. 그러나 도중에 학이 기운이 없어 '학'하고 한숨을 내쉴 때, 뭔가 먹을 것을 주어 기운을 회복시켜야만 한다」고 하였다.

그는 최대한 가지고 갈 수 있을 만큼 고기 덩어리를 준비하고 학을 찾아가 제발 살려 달라고 애원하였다. 학은 그를 태우고 구멍 밑에서 날기 시작하였다. 도중에 학이 '학'하고 한숨을 쉬자 그는 재빨리 고기 한 조각을 학의 입에 넣어 주었다. 또 한참 가다가 "학"하고 한숨을 쉬자 다시 고기 한 조각을 넣어 주었다.

그렇게 해서 결국 고기가 다 떨어졌는데도 학은 또 "학"하고 한숨쉬기에 그는 할 수 없이 자신의 팔을 하나 잘라 주었다. 그래서 겨우 그는 땅위에 도착할 수가 있었다. 배반한 놈들은 모두 죽임을 당하였고 젊은이는 정승의 세 딸과 결혼하여 행복하게 살았다고 한다.

(1928년 1월 함한 정정읍 물리학자 김랑하군 이야기)

## 10. 김 소년과 대도둑

옛날 김정승과 이판서 두 집이 있었다. 김정승 댁에는 아들이 있었고 이판서 댁에는 딸이 있었다. 두 집은 매우 사이가 좋았기에 아이들이 네 다섯 살이 되었을 때 이미 정혼하기로 하였다.

김정승 댁의 아들이 꼭 여덟 살이 되었을 때이다. 이판서 댁에서는 딸의 생일날에 성대한 잔치를 열고 김정승 댁의 아들을 초청하였다. 김정승은 그 때 마침 볼일이 있어 집에 남고 아들을 하인들과 함께 이판서의 집으로 보냈다.

두 집은 매우 떨어져 있었다. 두 아이가 커다란 상에 마주앉아 서로 즐거워하고 있을 때 갑자기 하인이 김정승 집에서 달려왔다. 「도련님 큰일났습니다. 지금 도둑이 집을 습격하여 아버님을 죽였습니다. 그리고 어머님을 납치하고 보물을 전부 빼앗아 가 버렸습니다. 빨리 집으로 돌아가세요」라고 헐떡이면서 전하였다.

돌아가 보니 과연 그와 같은 상황이어서 김 소년은 원수를 갚으려고 여행준비를 차리고 출발하였다. 그러나 김 소년은 적이 누구이고 어디에 있는지도 알 수 없었다. 또 비록 그것을 안다고 하더라도 나이어린 그의 역량으로는 도둑을 어찌할 수가 없었을 것이다. 그러나 아이지만 그는 굳은 결심을 하고 원수를 찾아 집을 떠났다.

김 소년이 어느 산 속을 걷고 있을 때의 일이다. 그가 지나가고 있는 절벽아래에서 아이의 이상한 외침이 들려왔다. 절벽아래를 내려다보니 한 소년이 곰과 서로 맞붙어 싸우면서 그에게 도움을 청하는 것이었다. 김 소년은 그를 죽게 할 수 없어서 간신히 절벽을 내려가 둘이 합심하여 곰을 때려잡았다.

그 소년의 말에 의하면 그도 김 소년과 똑같이 어떤 도둑이 습격하여 가족을 죽이고 집도 불타서 할 수 없이 이 산으로 들어와 오두막을 짓고 짐승 따위를 잡아먹으면서 겨우 살아가고 있던 것이었다. 또 그러면서 원수를 찾고 있던 중이었다. 자세히 이야기해보니 그 소년의 집을 망하게 한 도둑이 역시 김 소년의 집을 습격한 그 도둑이었기에 그 두 사람은 형제의 인연을 맺었다.

두 소년이 함께 도둑의 소굴을 찾아다니던 중, 어느 커다란 강을 건너게 되었다. 불행하게도 나룻배는 강 한가운데서 폭풍을 만나 노는´부러지고 돛대는 바람에 날아가서 배는 결국 전복되고 말았다. 그때까지는 기억하고 있었지만 그 뒤의 일은 정신을 잃어 기억하지 못했다.

김 소년이 겨우 정신을 차리고 눈을 떠보니 옆에 그와 동년배인 소년이 그를 간호하고 있었다. 그 소년은 강에서 물고기를 잡으며 살아가고 있는 소년이었다. 소년 어부의 말에 따르면, 그 날 널빤지 위에 기절한 채 강 위를 떠다니던 김 소년을 소년 어부가 발견하여 살려낸 것이다.

두 소년이 서로 자신에 대하여 이야기를 나누었다. 소년 어부도 또한 도둑에게 부모님을 잃고 누나마저 납치당했다. 지금은 남의 노예가 되어 할 수 없이 고기를 잡으며 혼자 살아가고 있는 것이었다. 두 소년은 의형제의 인연을 맺었다. 그리고 곰과 싸웠던 소년의 소식을 찾고 또한 원수인 도둑의 소굴을 찾으러 함께 출발하였다.

두 소년은 길을 가는 도중에 커다란 강을 건너게 되었다. 이번에는 어떻게 될 것인가 걱정하고 있는 사이에 또다시 그들은 강 중간부분에서 폭풍을 만났다. 노는 부러지고 돛대는 날아갔으며 배는 결국 전복되었다. 두 소년은 각자 배의 파편을 움켜잡았지만 기절하여 그 후의 일을 알 수 없게 되었다.

김 소년은 어느 섬에 사는 할머니에게 구조되었다. 할머니의 말에 따르면, 그 섬은 무서운 도둑이 통치하는 섬이었다. 그 도둑은 때때로 육지 나라에 나가서 부잣집을 습격하여 재물을 빼앗고 여자를 납치해 오는 자들이었다.

3년 전에는 김정승 댁을 습격하고 그의 아내를 납치해 왔다고 하는 사실을 할머니에게 들은 김 소년은 오직 복수의 일념뿐이었다. 그렇지만 병상에 있던 탓인지 나약한 그의 힘으로는 어찌할 도리가 없어서 그는 오직 자신의 병이 회복되기만을 기다렸다.

그러던 어느 날 도둑의 명령을 받고 온 심부름꾼이 노파의 집에 왔다. 그는 「이 나라의 법에는 다른 나라 사람을 섬에서 살게할 수 없게 되어 있다. 너의 집에 있는 소년은 불쌍하지만 섬에서 살게 할 수 없다. 빨리 섬에서 떠나보내라. 그렇지 않으면 너까지 죽게 될 것이다」라고 협박하였다.

심부름꾼이 돌아간 뒤 할머니는 울면서 병든 김 소년을 바닷가로 데려 갔다. 그렇지만 소년을 떠나보낼 수가 없어서 노파는 마을에서 떨어진 해안가에 허스름한 오두막 안에 병든 소년을 눕혀두었다.

그 때 마침 사냥에서 돌아오는 도둑의 자식이 이것을 보고 할머니에게 「이 소년은 누구냐?」라고 물었다. 할머니는 겁을 내면서 자초지종을 이야기하였다. 그러자 도둑의 아들은 「음, 그것 참 불쌍하군. 그럼 내가 이 소년에게 밥을 갖다 주겠다. 할머니가 이곳에 있는 것을 아버지(도둑)가 아신다면 일이 커지니까 뒷일은 내게 맡기는 게 좋겠다」고 친절하게 말했다.

할머니는 안심하고 돌아갔다. 도둑의 자식은 김 소년보다 조금 연상으로 열 네 다섯 정도의 똑똑한 소년이었다. 그는 아침저녁으로 김 소년을 위해 남몰래 밥을 가져다 주었다. 그리고 틈만 나면 김 소년의 병석에 찾아와 여러 가지로 위로해 주는 것이었다.

그는 「너는 알 리가 없겠지만 이 섬은 무서운 대도둑의 나라다. 그리고 이곳의 왕이라는 자는 내 아버지인데, 아버지는 천하에 무례하기 짝이 없는 나쁜 도둑으로 수십 나라를 멸하게 하고 수천 집을 망하게 하였다. 이런 나쁜 도둑을 아버지로 두고 있는 나는 부끄러워 견딜 수가 없다. 아버지한테 여러 번 충고를 드렸지만 아버지는 완고하여 내 말을 듣지 않는다. 그뿐만이 아니라 나를 자식으로 여기지도 않는다. 나는 될 수 있는 대로 참고 있지만, 기회가 있다면 아버지의 목을 베어 천하에 그 죄를 사죄하려고 생각하고 있다」라고 도둑의 아들이 말하였다.

이 섬에 도착한 이후 한번도 자신의 이름을 밝히지 않고 또 자신의 집안 내력을 말한 적이 없었던 김 소년은 처음으로 자신의 생애와 나라를 떠난 목적과 이유를 말하였다. 그것을 들은 도둑의 자식은 처음에는 깜짝 놀랐지만 이윽고 다시 마음을 가다듬고 「그렇다면 너의 원수는 내 아버지구나. 그러나 나에게도 아버지는 적이다. 우리 두 사람은 적을 죽일 방법을 연구해야만 한다. 지금의 우리들 힘으로는 도저히 아버지를 죽일 수가 없으니까 너는 이 섬에서 도망가서 무술을 연마하는 것이 좋겠다. 나는 이 섬의 비밀을 모두 너에게 말해 주겠다. 그리고 지금 너의 얘기를 들으니 너의 어머니라고 생각되는 분은 지금 감옥에 갇혀 있다. 그것은 아버지가 말하는 것을 들어주지 않았기 때문이다. 그리고 물고기로 생활하고 있던 소년의 누나는 너의 어머니와 같이 감옥 안에서 너의 어머니를 돌보고 있다. 이 두 사람은 내가 어떻게든지 보호할 테니까 너는 빨리 무술을 연마하러 가는 것이 좋겠다」라고 하고 김 소년을 데리고 나가 배를 태워 주었다.

김 소년이 고국으로 돌아가려고 탄 배가 바다 한가운데에 이르자 또 폭풍이 불어와 전복되었다. 그런데 마침 그곳으로 노인이 탄 큰 배가 나타났다. 배 위의 노인이 김 소년에게 「자네는 김 정승 댁의 아들인 아무개가 아니냐? 나는 너를 구하기 위해 여기까지 왔다」라고 하면서 소년을 구해 주었다.

김 소년은 이상한 노인에게 구조되어 그 노인이 사는 산 속으로 들어갔다. 노인은 도사였던 것이다. 도사는 둔갑장신술과 육도삼략(六韜三略), 풍운조화의 기술에 통달한 신승이었다. 도사는 김 소년의 일거일동을 전부 알고 있었다. 그리고 매일 열심히 여러 가지 수법이나 무술을 김 소년에게 가르쳤다.

김 소년이 열 여섯살이 되던 어느 날, 도사는 김 소년을 불러서 「너는 이제부터 나라로 돌아가야만 한다. 나라에 지금 그 도둑 때문에 큰 전쟁이 일어났다. 임금님은 도둑에게 잡히게 되었다. 빨리 돌아가도록 하여라. 다만 3년 후 몇 월 몇 일에 다시 너와 만날 기회가 있을 것이다」라고 했다.

김 소년은 아버지의 원수이자 그 나라의 적인 그 도둑을 무찌를 수 있다는 기쁨에 넘쳐 출발하였다. 도중에 그는 사람들이 모여 웅성웅성 떠드는 곳으로 다가가 보았다. 사람들은 준마를 에워싸고 있었는데 말은 무서운 기세로 잡히지 않으려고 날뛰고 있었다.

「이 말은 분명히 용마이다. 하늘이 내게 주신 것임에 틀림없다

」라고 생각한 김 소년은 군중들을 헤치고 들어가 용마 곁으로 접근해 갔다. 그러자 이상하게도 지금까지 날뛰던 말이 갑자기 온순해지고 코를 벌름거리며 김 소년을 따르는 것이었다. 김 소년은 그 말에 올라탔다. 말은 소리높이 울면서 나는 새도 따라올 수 없는 속도로 달려나갔다.

그는 뜻밖에 용마를 얻어 임금님이 사는 성에 빨리 도착하려고 말에 박차를 가했다. 그런데 말이 갑자기 멈춰서서 발굽으로 땅을 한참 파더니 소년에게 그곳을 파라는 시늉을 한다. 그는 말이 시키는 대로 그곳을 파 보았다.

그러자 그곳에는 과연 훌륭하고 진귀한 갑옷과 칼과 창이 묻혀 있었다. 그가 그 갑옷을 입고 칼과 창을 손에 들고 용마를 타자 갑자기 훌륭하고 위엄있는 장군이 되었다.

김 장군이 임금님의 성에 도착하여 보니 성은 이미 적병사들에 의해 포위되어 있었다. 그는 도술을 사용하여 말과 자신의 몸을 새로 둔갑하고 적진을 넘어 들어갔다. 임금님 바로 앞에 도달해서는 다시 원래의 모습으로 변하고 임금님을 알현하였다.

그리고 「임금님, 저는 김 정승인 누구의 아들이옵니다. 적은 반드시 제가 남김없이 없애 버릴 테니 부디 안심하십시오」라고 하였다. 임금님은 적에게 항복하려고 생각하고 있던 참이었기에 매우 기뻐하고 곧바로 그를 대원수로 봉하였다.

그는 우선 적진을 살피려고 몸을 개로 변하여 적진 속으로 들어가 보았다. 적진 입구에는 천 년 묵은 곰의 화신인 검고 무서운 얼굴을 한 자가 입으로 뜨거운 불을 맹렬하게 뿜고 있었다. 그 불은 점점 성을 태워 무너뜨리고 있었다.

적진에는 천 년 묵은 여우의 화신인 염도사가 열심히 천문을 보고 있었다. 또 만 년 묵은 쥐의 화신인 일촌법사는 가늘고 긴 꼬리털을 번개처럼 돌리고 있었다. 그 꼬리털 속에서 폭포수처럼 물을 쏟아내 성을 물바다로 만들려는 속셈이었다. 또 만 년 묵은 호랑이의 화신인 사나운 남자는 세 번 공중제비로 변신을 하더니 불칼을 아군 진영으로 던졌다. 그러자 아군 진영은 순식간에 뿔뿔이 흩어지는 것이었다.

그는 즉시 아군 진영으로 돌아가서 도사로부터 배운 도술을 이용하여 불이 날아오는 쪽은 물로 막고 바닷물처럼 다가오는 홍수는 산으로 막았다. 또 큰 비를 내리게 해서 불칼을 차갑게 하였다. 그렇지만 여하튼 적은 수가 많았고 또 도술도 많았기에 악전고투를 겪은 뒤 결국 그는 지고 말았다.

이에 앞서 그는 아군진영에서 이판서의 아들과 정혼자인 그 댁의 딸도 만났지만 불행하게도 그들은 이 싸움에서 모두 전사하고 말았다. 그는 통한의 눈물을 머금고 왕을 구하여 섬으로 도망쳤다. 여우가 둔갑한 염도사는 천문으로 왕이 그 섬으로 달아난 사실을 알아냈다. 쥐의 화신인 일촌법사가 꼬리털에서 많은 물을 내뿜어 그 섬을 물에 잠기게 할 작정이었다.

김 장군은 혼자 많은 적들을 어찌할 수가 없어 여러모로 묘안을 찾다가 몸과 마음이 지쳐서 그만 잠이 들고 말았다. 꿈 속에서 나비가 그의 눈앞을 재빠르게 지나간다. 그는 제비로 둔갑하고 나비의 뒤를 쫓아갔다. 이상한 나비는 눈깜짝할 사이에 수 만 리를 날아가 산 속 깊은 동굴로 들어간다. 그도 뒤따라 그 동굴 안으로 들어갔다.

눈깜짝할 사이에 나비는 어디론가 자취를 감추고 그와 팔 년 전에 헤어져 생사를 확인할 수 없었던 곰과 싸웠던 소년이 병법책을 그곳에서 읽고 있는 것이었다. 김 소년은 그의 앞에 엎드리고 나라의 위급함을 알리었다.

그 소년은 조용히 김 소년 곁으로 다가와 「나는 그 일을 잘 알고 있다. 조금전의 나비는 내가 자네에게 보낸 사자(심부름꾼)이다. 이제부터 나와 네가 힘을 합쳐 임금님을 구하러 가자」하며 떠날 준비를 하였다.

두 사람은 축지법을 사용하여 순식간에 임금님이 있는 섬에 도착하였다. 그리고 두 사람은 있는 힘을 다해 도술을 사용하여 싸웠지만 결국 그 소년도 죽고 일촌법사의 꼬리털에서 나온 물로 인해 섬도 바다 속으로 가라앉고 말았다.

김 소년은 다시 왕을 다른 섬으로 옮겼지만, 그 섬도 결국 바닷물로 뒤덮이게 되었다. 지친 소년은 다시 잠에 떨어져 꿈을 꾸었다. 이번에는 한 마리의 새가 그의 눈앞을 지나간다. 그는 제비로 둔갑하여 새의 뒤를 쫓아 산 속 동굴로 들어갔다.

그곳에는 물고기를 잡으며 살아갔던 소년이 무술을 연마하고 있었다. 그들은 왕을 구하려고 함께 떠났지만 그 소년도 전투에서 죽었다. 김 소년은 또다시 왕을 다른 섬으로 옮겼지만 그 섬도 또 바다 속으로 잠길 것 같았다.

김 소년은 다시 피곤에 지쳐 잠을 자다가 꿈을 꾸게 되었다. 이번에는 파랑새 한 마리가 그의 눈앞을 지나간다. 그도 파랑새로 변하여 그 새를 따라 쫓아갔는데 어떤 산 속에 있는 지하나라로 들어갔다. 그곳에는 보기만해도 씩씩해 보이는 한 처녀가 웃옷을 벗고 상반신을 내보이면서 열심히 병서(兵書)를 읽고 있었다. 처녀는 매우 이상한 도술을 알고 있었는데 그 도술은 도저히 김 소년이 익힐 수 없는 기술이었다.

그렇지만 적들에게는 어쨌든 많은 뛰어난 도사들이 있어서 두 사람은 죽을 힘을 다하여 싸웠지만 겨우 적의 과반수만을 죽였을 뿐이고 그 여장군도 전사하였다.

김 소년은 결국 실망하여 운을 하늘에 맡기고 왕과 함께 한 척의 배를 타고 바다로 도망쳤다. 그 때가 꼭 김 소년이 그 도사와 헤어진 뒤 만 3년이 되는 날이었다. 약속대로 도사는 하늘에서 왕이 타고 있는 배로 내려와 두 사람을 위로하면서 「3년 전 네가 출발할 때 나는 너의 실력을 의심하고 있었다. 그렇지만 일이 너무 시급하였기에 나는 할 수 없이 너의 출세를 재촉하였던 것이다. 결국 지금은 내가 나타나지 않으면 안될 상황이 되었기에 멀리서 여기까지 온 것이다.」

이렇게 말을 끝낸 도사는 뭔가 주문을 외웠다. 그러자 순식간에 천지는 캄캄한 암흑으로 변하고 수많은 번개가 번쩍였나 싶더니 수많은 벼락이 일시에 적진 속에 떨어졌다. 천지도 우당쾅쾅치는 소리와 함께 진동하였다. 아무리 신비한 도술을 갖고 있는 적군의 도사들이라 해도 이것에는 어찌할 도리가 없어 모두 산산히 부서져 죽고 말았다.

하늘은 활짝 개이고 세상은 다시 원래 상태로 돌아갔다. 도사와 김 소년은 그 배로 도둑의 근거지인 섬으로 공격해 들어갔다. 그리고 나머지 잔당을 소탕하고 어머니를 찾아냈다. 소년의 어머니는 도둑의 아들과 소년 어부 누나의 보호를 받고 있었다.

김 소년은 적을 평정하고 어머니와 왕을 구해 고국으로 돌아갔다. 김 소년은 소년 어부의 누나를 아내로 삼고 왕의 영토 절반을 받아 어머니와 함께 행복하게 살았다. 대도둑의 아들도 훗날 위대한 사람이 되었다. 도사는 도둑의 섬을 소탕한 뒤 흔적도 없이 사라졌다고 한다.

(1927년 9월 경상남도 김해군 진영, 김영주군 이야기)

## 11. 나그네와 여우와 호랑이

나그네가 깜깜한 밤중에 적적한 산길을 방황하며 걸으면서 여기저기 인가를 찾고 있었다. 그는 도중에 등불이 켜져 있는 어느 작은 집을 발견하여 그 집에서 하룻밤 묵기를 원하였다. 그 집에서 나온 사람은 아름다운 여인이었다.

여인은 흔쾌히 나그네의 부탁을 들어주었다. 그리고 나그네를 방으로 안내하고 저녁식사를 차려 왔다. 그 집에는 오직 그 여인 혼자서 살고 있을 뿐이었다. 나그네는 여러모로 불안에 사로잡혀 이리저리 뒤척이며 잠을 청하지 못하였다.

한밤중에 귀를 기울이고 들어보니 여인은 부엌에서 칼을 갈고 있었다. 너무 놀란 나그네는 문을 열고 도망치려고 몰래 문 뒤에 숨어 있었다. 아름다운 여인으로 보인 것은 여우가 둔갑한 것이었다. 여우는 나그네가 도망치려는 소리에 황급히 방안으로 들어가 보았지만 나그네는 이미 보이지 않았다.

여우는 칼을 쥔 채로 아래쪽 길로 나그네를 뒤쫓아갔다. 나그네는 위쪽 길로 도망쳤다. 한참 도망가던 중에 높은 누각 안에서 풍악소리가 들려온다. 나그네는 기뻐서 「살려달라」고 외치며 그 안으로 뛰어 들어갔다.

그런데 뜻밖에도 그는 「너는 내 어머니를 애먹었다」라고 하면서 하인에게 명령하여 나그네를 붙잡아 감옥 안에 쳐넣었다. 나그네는 죽음을 각오하고 있었다. 이윽고 여우가 칼을 손에 들고 들어와 그를 죽이려고 하였다.

그는 마지막 소원으로 목이 말라 견딜 수가 없으니 물 한 동이만 달라고 하였다. 「물 한동이라니 바보같이 물을 마시는 놈이군」하면서 여우는 나그네에게 물을 주러 갔다. 나그네는 그 물로 감옥의 벽을 적시고 벽을 발로 차서 밖으로 달아났지만 벽 바깥쪽은 절벽이었다.

그는 절벽에서 떨어져 마침 그 아래에 있던 호랑이의 등에 올라타게 되었다. 깜짝 놀란 호랑이는 나그네를 태운 채 자신의 동굴로 들어갔다. 새끼가 있는 호랑이는 반드시 먹이를 동굴까지 가

겨와 새끼에게 먹이는 것이었다.

호랑이는 나그네의 얼굴 피부를 벗겨 피를 내고 그것을 새끼에게 빨아먹게 하고 다시 동굴에서 나갔다. 나그네는 재빨리 뛰어 올라 새끼 호랑이를 죽이고 동굴에서 나와 큰 나무위로 올라갔다.

한편 여우들은 호랑이가 나그네를 빼앗아갔다고 생각하고 일제히 호랑이 굴로 몰려왔다. 그 때 마침 어미 호랑이가 돌아와서 보니 여우들이 자기 굴에 몰려와서 새끼마저 죽였기에 호랑이와 여우 사이에 큰 싸움이 시작되었다.

그리고 여우는 남김없이 죽임을 당하고 호랑이도 지쳐 쓰러져 버렸다. 나그네는 느릿느릿 나무에서 내려와 여우 집으로 들어가 여우 집에 있던 하인들을 제거하고 많은 재물을 말등에 가득 싣고 집으로 돌아갔다. 그리고 맛있는 음식을 먹으면서 행복하게 살았다.

(1923년 8월 11일, 함흥군 함흥읍 하동리, 김호영씨 이야기)

## 12. 삼형제

옛날 삼형제가 가난해서 제각기 헤어지게 되었다. 삼거리까지 왔을 때 세 사람은 「우리들은 이제부터 10년 동안 각자 기술을 배워 오기로 하자. 그리고 10년 후 오늘 이 시각에 다시 이 삼거리에서 만나기로 하자」고 맹세하였다.

첫째는 10년 동안 관상술을 배웠다. 둘째는 물건의 냄새를 맡아 알아내는 기술을 익혔다. 막내는 새나 짐승의 소리를 알아듣는 기술을 익혔다. 삼형제는 10년 후 그 날 그 시각에 약속장소에서 서로 만났다.

세 사람이 함께 숲을 가로질러갈 때 많은 새들이 울고 있는 것을 듣고 막내는 「사람이 죽어 있다고 까마귀들이 울고 있다. 가보자」라고 하였다. 세 사람이 가 보니 과연 한 남자가 숲 속에 죽어 있었다. 가죽이 벗겨진 채 남자가 죽어 있었다. 세 사람이 그곳을 떠나려고 할 때 마침 그곳에 포졸들이 나타나 그들을 살인범으로 포박하였다.

현감 앞에 나간 그들은 변명할 말이 없었기 때문에 각자 지금까지의 자신들의 삶을 현감에게 이야기하였다. 그리고 막내는 「사람이 죽어 있다고 까마귀들이 울어서 셋이서 가 보았을 뿐입니다」라고 하였다. 그러자 현감은 「새 소리를 알아듣는다는 것은 매우 의심스럽다. 그렇다면 저 제비는 뭐라고 얘기하고 있느냐?」라고 현청에서 시끄럽게 지저귀고 있는 제비를 가리키며 말하였다.

「저 소리는 자식들을 살려달라고 하는 소리입니다」라고 막내는 대답하였다. 포졸에게 명하여 알아보게 하니 과연 뱀 한 마리가 처마밑에 있는 제비집을 노리고 있었던 것이다.

현감은 그 날 몇 마리의 돼지를 샀다. 포졸이 돼지들을 묶어서 가지고 온 것을 보고 둘째는 이렇게 말하였다. 「현감님, 이 돼지는 사람의 젖을 먹고 자란 것입니다. 부디 죽이지 말아 주십시오. 저는 이 돼지의 냄새로 그것을 알 수 있습니다」라고 했다.

돼지를 판 사람에 대해서 조사해 보자, 과연 돼지를 판 여자의 젖으로 기른 적이 있었다. 그것은 그 돼지들의 어미가 새끼들을 낳자마자 죽어서 그 집 여주인이 할 수 없이 며칠동안 새끼돼지들에게 자신의 젖을 짜서 먹인 일이 있었다. 현감은 탄복하고 그들을 석방하였다.

그런데 현감은 그들 몰래 부하를 시켜 그들을 미행해 보았다. 그런 내용을 알아차리지 못하고 첫째는 현청 문을 나올 때 동생들에게 「너희들은 모르겠지만 그 현감은 중의 자식이다. 관상에 그

것이 나타나 있다」라고 하였다. 세 사람은 또다시 포박되어 현감에게 고문당하였다. 양반을 중의 자식이라고 매도한 죄는 사형에 해당된다고 현감은 언도하였다.

현청 안이 너무 소란스러워 현감의 어머니는 무슨 일인가 하고 살짝 앞마당까지 나와 담을 넘어 들어 보니 그와 같은 연유였다. 어머니는 몰래 아들을 불러 「죄없는 그들을 죽이는 것은 견딜 수 없다. 사실 너의 아버지는 중이다. 내가 젊었을 때 자식을 낳을 수 없었다. 그래서 절에 불공을 드리러 간 일이 있는데 그 때 중의 간교한 속임에 속아 그와 관계를 맺어 네가 태어난 것이다. 나뿐만 아니다. 그 나쁜 중의 올가미에 걸린 선비 부인은 몇 명이 되는지 알 수 없을 정도다. 그들 삼형제를 용서해 줘라」라고 하였다. 그렇게 해서 삼형제는 풀려났다. 그 뒤 그 삼형제는 모두 행복한 삶을 살 수 있었다고 한다.

(필자의 기억)


## 13. 曲棄門下問薛郞子

옛날 어떤 사람이 중원의 과거시험을 보려고 북경을 향해 출발하기 전에 무당을 찾아가 앞날을 점쳐 보았다. 그러자 무당은 「중원 땅에 들어가면 제일 처음 만나는 사람을 붙들고 이야기를 물어 보세요. 그렇게 한다면 반드시 과거에 급제할 수 있습니다」라고 하였다.

압록강을 건너 안동현에 도착하자마자 스님을 만난 그는 친근감있게 그 스님에게 인사를 하고 국수라도 먹으러 가자고 권유하였다. 스님은 그를 미친 사람으로 생각하고 처음에는 상대하지 않았지만 너무나 간곡히 권유해서 국수집으로 따라 들어갔다.

무엇이든 이야기를 들려달라고 선비가 재촉하자 결국 스님은 다음과 같은 이야기를 하였다. 「요사이 북경에는 이상한 사건이 있었습니다. 북경에는 曲棗門家라는 큰 집이 있는데 그 대문이 굵은 대추나무로 만들어져서 이름을 그렇게 불렀습니다. 그 집의 딸이 마침 결혼식을 올리기 며칠 전에 죽었는데 또 며칠 후에 소생하였습니다. 그 딸의 말에 의하면, 딸은 죽었을 때 옥황상제 앞에 불려나가 "너는 아무개와 혼약을 하였지만 내가 정한 인연은 남경의 정승 댁 자식이다. 두 집안이 너무 떨어져 있었기에 인연을 맺을 기회가 없었기 때문에 너의 아버지는 다른 사람과 혼약을 시켰다. 그러나 내가 정한 법을 어길 수는 없다. 그래서 너를 잠시 호출한 셈이다"라고 하였습니다. 그리고 남경에 사는 薛郞子라는 사람도 똑같이 불려나가 "너의 인연은 북경에 있는 曲棗門家의 딸이다"라고 옥황상제로부터 명령받고 돌아갔습니다. 그 딸과 자식은 하늘나라 문 앞에서 스쳐지났기 때문에 서로 얼굴을 마주 대할 수가 없었습니다. 소생한 뒤 薛郞子는 북경에 있는 曲棗門家를 찾아가 두 사람은 반갑게 결혼을 하였다고 합니다. 참으로 이상한 이야기죠」

이런 이야기를 들었다고 해서 이것이 과거와 무슨 관련이 있을까라고 생각하면서 그는 스님과 헤어지고 북경으로 갔다. 시험문제는 뜻밖에도 「曲棗聞下薛郞子」였기에 그는 단숨에 멋있는 글을 지어 바쳤다. 다른 응시자들은 문제의 뜻을 알 수 없어 모두 낙방하였지만 그는 급제할 수 있었다고 한다. (曲棗門下問薛郞子라는 말은 좀 이상하게 들리지만 들은 대로 전하는 바이다)

(1928년 1월 함남 정평군 정평읍 물리학자 김량하군 이야기)

## 14. 신선놀음에 도끼자루가 썩는다

재미있는 속담 중에 놀이 따위에 열중하여 중대한 일을 잊어버리는 것을 가리켜 「신선놀음에 도끼자루 썩는 줄 모른다」라는 말이 있다. 그 출처는 다음과 같다.

옛날 한 나무꾼이 도끼를 들고 산의 나무를 베며 점점 산 속 깊이 들어갔을 때 동굴을 발견하였다. 그는 무심코 그 동굴 안으로 들어가 보았다. 동굴 안으로 점점 들어감에 따라 동굴은 깊어지면서 환해졌다.

그곳에는 두 백발노인이 바둑을 두고 있었다. 나무꾼은 그 주변에서 바둑을 두는 것을 바라보고 있었는데 시간이 흐르는 것도 잊고 있었다. 문득 정신을 차렸을 때는 이미 해질 무렵이 되었던 것이다. 급히 집으로 돌아가려고 옆에 놓았던 도끼를 보니 그 도끼자루가 썩어 있었다.

이상하게 생각하며 마을로 돌아와 보았지만 낯익은 얼굴은 하나도 없었다. 이건 어찌된 영문인가 하고 자신의 이름을 말하고 「아무개의 집은 어디에 있느냐」고 한 노인에게 묻자, 그 노인은 「그 분은 저의 증조할아버지입니다」라고 대답하였다 한다.

(바둑두는 주변에서 신선으로부터 대추=신선초(불로장생)를 얻어 먹었다고 전해진다)

## 15. 고래와 새우의 크기

이 세상에서 고래가 가장 큰 동물이라고 하는데, 고래보다 훨씬 큰 것이 있다.

어느 날 제비 한 마리가 바다를 가로질러 날고 있을 때 피곤한 날개를 쉬려고 커다란 기둥같은 데 머물렀다. 그리고나서 또 석양이 질 때까지 날아가 잠잘 곳을 찾으니 그곳에도 전과 같은 기둥모양의 것이 있어 제비는 그곳에 머물렀다.

제비가 기둥이라고 생각하였던 것은 사실은 큰 새우의 더듬이였는데 제비는 하룻동안 그 새우 더듬이에서 다른 더듬이까지밖에 날아갈 수 없었던 것이다. 바다 속의 큰 새우는 고래보다 엄청나게 큰 동물이라고 한다.

(필자의 기억)

## 16. 한 근의 살

옛날 김아무개와 이아무개라는 두 소년이 있었다. 두 소년은 한 서당에 다니며 공부하였고 형제처럼 사이가 좋았다. 그런데 그들이 성장함에 따라 한 처녀를 사모하게 되었는데 그러면서 그 사이가 나빠졌다. 김아무개는 가난하였고 이아무개는 부자였기에 처녀는 결국 이아무개의 아내가 되었다.

김아무개는 그것을 원망하여 돈을 모을 결심을 하였다. 그는 학업도 그만두고 고리대금과 그 밖의 온갖 방법을 사용하여 막대한 재산을 긁어모았다. 그 사이 몇 년이란 세월이 흘렀는지 모르지만 이아무개의 집은 점점 쇠퇴하여 갔다. 게다가 그는 한 친구를 위해 꼭 천냥의 돈을 융통해야만 했기에 그 논의를 하려고 김아무개를 찾아갔다.

그런데 김아무개는 말이 떨어지자마자 그것을 흔쾌히 허락하며 「내가 이 돈을 무담보로 빌려주는데 기한 안에 돈을 반환하지 못하는 경우에 자네의 살 한 근을 베어 버리겠네」라고 했다. 이아무개는 화급을 다투는 일이라서 할 수 없이 그 약속을 하고 돈을 빌렸다. 그렇지만 기한 안에 그 돈을 돌려줄 수가 없었다. 그럼에도 불구하고 이아무개가 살을 베어줄 수 없다고 하여 결국 이 사건은 관가로 넘어가게 되었다.

사또는 이 사건에 몹시 머리가 아파 식사도 못하고 고민하고 있었다. 아버지의 모습을 보고 사또의 딸이 그 이유를 물었다. 「여자 따위가 알 바가 아니다」라고 처음에는 상대하지 않았지만 너무나도 딸이 보채기에 사또는 그 연유를 말하였다. 딸도 며칠 동안 그 사건의 해결 때문에 괴로워했지만 특별히 좋은 생각이 떠오르지 않았다.

그러던 어느 날 바느질을 하던 중에 손가락 끝이 바늘에 찔려 피가 흐르는 것을 보고 크게 깨닫는 바가 있었다. 사또의 딸은 아버지에게 달려가서 「살을 베는 약속은 했지만 피를 흘려도 좋다고 하는 약속은 없었으니, 피가 흐르지 않도록 한 근의 살을 잘라내라고 김아무개에게 전하세요」라고 말하였다.

이 명판결로 인해서 사또는 유명한 판관으로서 칭송받게 되었다.


세익스피어의 「베니스의 상인」과 흡사한 이 이야기는 내가 아이였을 때 우리집 하녀들에게 자주 들었던 것이다. 결코 최근에 수입된 동화가 아니라 조선시대부터 전해오는 일화라고 굳게 믿고 있다.

(1930년 3월 대구시 본동 이상오군 이야기)

## 17. 喪歌僧舞老人哭

상을 당한 사람이 노래를 불러서 비웃음을 사는 경우가 흔히 있다. 그럴 때 「상을 당한 사람이라도 노래부를 수는 있다」고 응수해 주는데 그 출처는 이렇다.

백성을 사랑하신 영조대왕은 매일 밤 혼자 몰래 민가를 순시하여 친히 민심을 살폈다. 어느 날 밤 어떤 집 앞을 지나가는데 그 창가에 세 사람의 이상한 모습이 비쳤다. 걸음을 멈추고 살펴보니 방안에서는 상복을 입은 사람이 밥상을 두드리면서 노래를 부르고 거기에 맞춰 비구니가 춤을 추고 있다. 그 옆에서는 할머니가 훌쩍훌쩍 울고 있는 것이었다.

임금님은 기이하게 생각하고 곧바로 그 집으로 들어가 주인에게 그 연유를 물었다. 잠시 침묵하고 있던 주인은 「손님이 모처럼 물으시니 이야기하지요. 오늘은 어머님(옆에 있던 할머니를 가리키며)의 회갑날인데, 어젯밤 아버님이 돌아가시는 바람에 저는 상을 당한 몸이 되었지요. 그러니 상주로서 문밖에 나갈 수 없는 처지이고 게다가 집안도 가난해서 어머님을 위로할 방법도 없을 뿐만 아니라 사실은 오늘 아침 식사도 드릴 수 없는 지경이었던 것입니다. 그런데 제 아내가 우리들에게 말도 없이 멋대로 목숨보다 소중한 자기의 머리카락을 잘라 마을사람들에게 팔았습니다. 그렇게 얻은 돈으로 음식을 준비하였습니다. 그리고 보시는 바와 같이 잔치를 시작한 것입니다」라고 대답하였다.

영조대왕은 매우 감복하고 그 자리에서 자신의 신분을 알렸다. 또한 그들을 효부효자로 표창하였지만 그들은 아직 상중인지라 다른 계책을 생각해야 했다. 임금님은 그들이 탈상하는 때를 묻고 「그렇다면 내년 몇 월에 특별과거시험이 있다고 하니까 부디 그대도 응시하시오」라고 알려주었다.

임금님은 환궁한 후 약속한 시기에 특별 과거시험을 열고 그 과거시험문제를 「喪歌僧舞老人哭」이라 하였다. 다른 응시자들은 문제의 뜻을 알지 못하여 모두 낙방하였지만 그 효자만은 자신의 가정일로 문장을 만들어 장원급제하였다고 한다.

(1927년 8월 경성부 관동 72 김태향씨 이야기)


## 18. 三難宰相

옛날에 三難이라 불리는 한 재상이 있었다. 이 이름이 붙여지게 된 까닭은 그의 생애에 세 가지 어려운 일이 있었기 때문이었다.

첫 번째 어려움은 그가 소년 시절 때의 일이다. 어느 날 밤 혼자 서재에 앉아서 독서를 하고 있는데 이웃집 아무개 양반댁의 청상과부인 며느리가 춘정을 억누르지 못해 담을 넘어 몰래 들어왔다. 그 소년은 여인에게 명하여 복숭아 세 가지를 꺾어 오라고 하였다. 그는 그것으로 여인의 종아리를 내리친 뒤 「사대부가의 여인으로서 그와 같은 행동은 삼가해야 한다」고 꾸짖고 그녀를 돌려보냈다. 여인은 부끄러워하며 복숭아 세 가지를 가지고 집으로 돌아갔다.

두 번째 조난도 역시 소년 시절의 일이다. 그의 집안에는 일찍 과부가 된 제수가 살고 있었다. 어느 야심한 밤에 제수가 등불을 들고 그가 있는 사랑방으로 몰래 들어왔다. 그는 흥분하여 화를 내서 제수를 꾸짖거나 거절하면 후환이 생길 것을 염려하여 좋은 말로 꾸며서 다음날 밤을 약속하고 겨우 그녀를 돌려보냈다.

그리고 다음날 아침 일찍 친구를 찾아가 그 사정을 털어놓고 도움을 청하였다. 친구와 함께 도모하여 몰래 가마와 노비들을 매복시켜 놓고 밤이 깊었을 때 찾아온 제수를 그 가마에 태우고 친구 집으로 데려갔다. 제수를 친구의 첩이 되도록 하였다.

세 번째 조난은 그가 출세하여 오랜 세월 재상자리에 있다가 귀향하여 구름과 학을 벗삼아 지내던 때의 일이다. 그는 매일 밤 집안을 순시하는 습관이 있었다. 어느 무더운 여름 교교한 달밤에 여느 때처럼 집안을 돌며 앞마당에 이르렀다.

일찍 과부가 된 그의 손자며느리가 이불을 걷어차고 벌거벗은 채로 마룻바닥 위에서 잠을 자고 있었다. 그는 손자며느리가 감기에 걸릴까 염려하는 마음으로 손에 들고 있던 지팡이로 마룻바닥 밑에 있는 속치마를 들어 손자며느리의 몸에 걸쳐 주었다. 그러자 손자며느리는 깜짝 놀라 잠에서 깨어 갑자기 뛰쳐나와 한밤중에 소리를 지르며 통곡하면서 「근친상간을 범하였다」고 야단스럽게 외쳐댔다.

재상은 부끄럽기 짝이 없어 자신의 방으로 돌아간 채 음식을 거절하고 문을 닫고 손님을 거절하였다. 이 소문이 점차로 퍼져가 결국 임금님의 귀에까지 들어가서 재상은 감옥에 갇히게 되었다. 이 사건의 심리를 맡은 재상도 늙은 재상이었던 그가 정직하고 청렴한 것을 잘 알고 있었기에 그이 무죄를 의심치 않았지만, 증거가 없어서 어찌할 수가 없었다.

이로 인해 노심초사하여 자연히 음식도 못 먹고 안색도 창백해지자 그의 어머니는 재상이 걱정하는 연유를 물어 보았다. 재상도 이를 견딜 수가 없어 어머니한테 이야기하였다. 그러자 어머니는 자신의 수치를 참고 젊었을 때에 생긴 사건을 자식에게 이야기하며 「이번 사건은 내가 이것으로 변명하고 싶다」고 하였다.

그 어머니는 남모르게 몰래 감춰두었던 복숭아가지 세 개를 꺼내어 궁궐로 가져갔다. 그리고 왕 앞에 자세하게 아뢴 뒤 그때 맞은 종아리의 상처를 왕에게 보여 주었다. 그리하여 늙은 재상은 무죄임이 판명되어 석방되었다고 한다.

(1928년 2월 경북 김천군 아포면 국사동 김문환씨 이야기)

## 19. 五福洞 전설

옛날 어떤 사람이 산에서 나무를 하다가 사슴을 쫓아 산 속 깊숙이 들어갔다. 사슴이 어느 바위 동굴 안으로 들어가는 것을 보고 그도 그 안으로 들어가 보았다. 한참 들어가 보니 그의 눈앞에 마을이 나타났다. 그곳은 평화롭고 아름다운 마을이었다.

그는 이상한 마을도 다 있다는 생각이 들어 마을사람에게 그 유래를 물어 보았다. 그 마을사람은 「옛날 전란을 피해 산 속으로 숨은 사람들이 이 마을을 세우고 그 후 세상과 단절한 채 자자손손 이곳에서 행복한 생활을 누리고 있다」고 대답하였다.

이곳이 이른바 오복동인데 그 마을 사람들은 세상과 왕래하려 생각하지 않았다. 그 나무꾼은 오복동으로 들어간 유일한 사람으로 그 이후 누구도 이 별천지 세계를 찾아낸 사람은 없었다고 한다.

이 마을은 피난에 가장 적합한 장소였지만 임진왜란 때에도 이 마을로 피난왔던 사람은 없다고 한다. 또 세상사람들은 흔히 이 마을이 상주군에 있다고 하지만 그것은 거짓말이다.

(1923년 8월 경북 왜관, 김영섭씨 이야기)

경상도 지방에서 이 이야기는 유명하다. 오복동은 경북 상주에 있는 깊은 산 속의 반실제적 이상촌으로 알려져 있는데 이 마을은 말할 필요도 없이 공상촌이다. 그리고 흔히 산 속의 벽촌을 가리켜 「상주 오복동같다」고 한다.


## 20. 명판관 治獄

한 소년이 서당에 가는 길에 매일 아침저녁으로 한 처녀를 만났다. 처녀는 어떤 부잣집 외동딸이었는데 소년이 서당에 가는 시각에 물을 길러 우물가로 나가는 것이었다. 두 사람은 자주 눈짓으로 서로 정을 보내고 있었는데 어느 날 처녀는 소년에게 편지 한 장을 건네주었다.

그 편지에는 「오늘 밤 삼경이 되면 저의 방으로 와 주세요」라는 글이 적혀 있었다. 소년은 너무나 기뻐서 날이 어두워지기만을 기다리고 있었다. 소년이 안절부절하며 애태우는 모습을 이상하게 생각한 서당 훈장은 밤이 되자 소년이 선잠을 자고 있는 동안 소년의 소지품을 조사해 보았다.

그리고 책 사이에서 처녀의 편지를 발견한 훈장은 몰래 음탕한 마음을 품게 되었다. 이경이 되었을 무렵 부잣집으로 가보니 과연 뒷뜰 담장에 흰 천이 늘어져 있어 훈장은 그것을 붙잡고 어렵지 않게 처녀의 방으로 들어갔다.

그렇지만 처녀는 훈장이 말하는 것을 들을 리 없었다. 뿐만 아니라 처녀가 자신이 서당 훈장이라는 사실을 알고 있는 이상 자신의 파렴치한 일이 폭로되는 일이 두려워졌다. 훈장은 단도로 그녀를 찔러 죽인 뒤 도망치고 돌아왔다. 서당 학생들은 물론이고 그 소년도 역시 코를 골면서 자고 있어서 그는 겨우 안심하고 자신의 방으로 들어갔다.

그로부터 얼마 후 소년은 번쩍 눈을 뜨고 밤이 으슥해진 것을 알고 급히 부잣집 댁으로 달려갔다. 그리고 흰 천을 잡고 뒷뜰 담장을 넘어가 처녀의 방으로 들어가려고 하던 차에 방안에 처녀가 죽어 있는 것을 발견하였다. 그 소년은 깜짝 놀라 도망쳤는데 그 때 너무 당황한 나머지 한쪽 가죽신발을 벗어 놓은 채 그대로 돌아왔다.

그 신발로 인해 범인은 그 소년이라는 것이 밝혀져 그는 감옥에 투옥되었다. 그 당시 사또는 소년의 태도나 처녀의 편지 등을 주시하고 소년이 범인이 아니라고 짐작하였다. 그렇다면 진짜 범인은 정말 누구일까 하고 몹시 고심하였다.

그 사또는 틀림없이 범인은 소년과 매일 접촉하고 있는 자라고 추정하였다. 그는 몰래 우는 소리를 잘 내는 여인을 고용하여 서당 뒤에 있는 고목나무에 숨어 야밤에 슬픈 귀신소리를 내며 울게 하였다. 그리고 그 근처에 포졸들을 매복시켜 놓았다. 그렇게 한 사흘째에 서당선생은 그 귀신의 곡소리에 번민하며 매일밤 잠을 이룰 수가 없었다. 또 깊이 자신의 죄를 반성하여 학생들이 깊이 잠든 것을 확인하고 몰래 서당에서 나와 고목나무 아래까지 와서 무릎을 꿇고 땅에 엎드려 「한 때의 욕정에 빠져 그런 짓을 하게 되었으니 부디 용서해 주십시오」라고 사죄하였다. 그 때 사방에서 포졸들이 나타나 그 서당선생을 체포하여 사건은 그래서 종결되었다고 한다.

(1923년 8월 경북 칠곡군 왜관 김영섭씨 이야기)

## 21. 近有桃花枝

어떤 아이가 이웃 동네의 서당으로 공부하러 다니던 길에 부잣집의 아름다운 처녀로부터 매일 추파를 받았다. 결국 그 소년도 마음이 흔들렸는데, 하루는 「近有桃花枝, 枝高不可折」이라는 5언시 한 귀절을 돌에 싸서 처녀에게 던졌다.

귀가하던 그 소년이 처녀의 집을 지나가는데 처녀가 「因風近一枝, 折枝解人愁」라는 한 귀절을 소년에게 던져 주었다. 소년은 그 날 밤 몰래 처녀와 만나 정을 통하였다. 그 이후 소년은 매일 밤 그 처녀를 찾아가느라 학문을 게을리하였다.

소년은 선생님으로부터 심하게 꾸중을 듣고 매까지 맞았다. 소년은 학문과 사랑 사이에 끼여서 고민하다가 결국 자리에 눕고 말았다. 소년의 부모는 병을 치료하기 위해 백방으로 노력하였지만 조금도 효과가 없었다. 그 소년의 부모는 비로소 짐작가는 바가 있어 몰래 그 원인을 물어보고, 사실을 알고는 두 집안은 서로 상의하고 그들을 부부로 맺어주었다.

그런데도 역시 그 소년의 병이 낳지 않았기에 신부는 「明月何山不照, 先照最高之峰, 佛心何人不助, 先助最冤之人」이라는 마음을 담은 발원문을 적었다. 신부가 그 발원문을 가지고 가장 가까운 절에 가서 3일 동안 지성을 다하여 기도하자 다행히 그 신랑(소년)의 병이 다 나았다고 한다.

(1928년 2월 경북 김천군 아포면 국사동 김문환씨 이야기)

## 22. 아내를 혼내주다.

어느 방탕한 남자가 있었다. 그가 거의 매일 밤 집을 비우자 그의 아내도 결국 간부를 끌어들이게 되었다. 그것을 눈치챈 남편은 어느 날 밤 외출했다가 몰래 집으로 돌아왔다. 아내의 간부가 술에 취해 자고 있자, 남편은 아내에게 명하여 펄펄 끓인 기름을 간부의 귀에 붓게 하였다. 아내는 무서워하면서 끓인 기름을 부어 간부를 죽였다.

남편은 또 아내에게 명하여 간부의 시체를 짊어지게 하고 그것을 몰래 산에 묻고 오라고 하였다. 남편은 지름길로 먼저 그 장소에 가서 몸을 숨기고 있다가 아내가 시체를 짊어지고 도착하였을 때 갑자기 수풀에서 뛰어나와 「누구냐?」라고 소리쳤다. 아내는 간담이 서늘할 정도로 깜짝 놀랐다.

그리고 이번에는 「네가 사람을 죽였으니까 이 시체를 짊어지고 관가에 가서 자수하라」고 엄명하였다. 그러자 아내는 자신의 죄를 간곡히 사죄하고 용서를 빌기에 남편은 다시 시체를 아내에게 짊어지게 하고 간부의 집에 도착하였다.

그는 문밖에서 죽은 간부의 소리를 흉내내고 「문열어라」하고 소리쳤다. 그랬더니 간부의 아내는 「싫어요, 그렇게 못 하겠어요. 좋아하는 여자 집으로 가서 주무세요」라고 질투어린 목소리로 말하였다. 두 번 세 번 문을 열라고 하여도 똑같은 대답을 하기에 「그렇다면 나는 목매달아 죽을 테다」라고 하였다. 간부의 아내는 「마음대로 하세요」라고 대답하였다.

그래서 그는 밧줄로 간부의 목을 매어 시체를 그 문밖에 매달고 돌아갔다. 한동안 남편(간부)의 목소리가 들리지 않자 수상히 여긴 죽은 사람의 아내는 살짝 나와서 문을 열어 보았다. 그랬더니 정말로 그 남편이 목을 매고 죽어 있었기에 소리내어 울부짖었지만 때는 이미 늦었다. 그녀의 남편도 또한 방탕한 자였던 것이다.

(필자의 기억)


## 23. 今日夜來

한 소년이 서당에 다니던 길에 늘 그 시간에 우물가로 물을 길러 오는 처녀와 자주 만나게 되었다. 그리하여 그들은 차차 눈짓으로 정을 주고받게 되었다. 그러던 어느 날 처녀가 편지 한 통을 몰래 소년에게 건네주었다.

소년이 그 편지를 뜯어보니 편지에는 단지 「岙上豈有山, 昊下更無天, 腋中半月橫, 木邊兩人開」라는 문구가 쓰여져 있을 뿐이었다. 소년은 여러모로 고심한 끝에 겨우 그 뜻을 풀 수가 있었다. 즉 岙上에 어찌 山이 있으랴 라고 하였으므로 그 산을 없애니 '今' 자가 되고, 昊下의 '天'자를 없애니 '日', 腋에서 '月'을 없애니 '夜', 나무(木)에 두 사람(人)이 들어가니 '來'가 되어, 즉 今日夜來라는 네 자인 것을 알았다고 한다.

(1930년 5월 전남 여수군 여수읍 김동무군 이야기)

◆ 저자 소개

## 손진태

1900년 부산 출생
1927년 日本 早稻田大學 史學科 졸업
1933년 延禧專門學校 강사
1934년 普成專門學校 강사
1945년 서울대학교 문리대 교수
1949년 서울대 사범대학장
文敎部 次官 겸 編修局長 등 역임
6·25전쟁 때 납북

저서 : 〈韓國民族史槪論〉, 〈韓國民族文化의 硏究〉,
       〈韓國民族說話의 硏究〉, 〈孫晉泰全集〉

◆ 역자 소개

## 김헌선

1961년 전북 남원 출생
1984년 경기대학교 인문대학 국어국문학과 졸업
1989년 한국정신문화연구원 한국학 대학원 졸업(문학석사)
1992년 경기대학교 대학원 국어국문학과 졸업(문학박사)
현재 경기대학교 인문대학 국어국문학과 교수

저서 : 〈풍물굿에서 사물놀이까지〉, 〈한국의 창세신화〉, 〈경기도 도당
       굿 무가의 현지 연구〉, 〈김헌선의 사물놀이 이야기〉, 〈일반무
       가〉, 〈한국 구전민요의 세계〉, 〈한국 화랭이 무속의 역사와 원
       리 I〉, 〈한국 전통문화 이해의 길잡이〉, 〈그 위대한 사물놀이
       의 서사시, 김용배의 삶과 예술〉

**강혜정**

1969년 서울 출생
1991년 경기대학교 인문대학 국어국문학과 졸업
1993년 경기대학교 대학원 국어국문학과 졸업(문학석사)
논문 : 〈광고의 기호학적 분석〉


**이경애**

1970년 경기도 용인 출생
1994년 경기대학교 인문대학 일어일문학과 졸업
2000년 경기대학교 대학원 국어국문학과 졸업(문학석사)
논문 : 〈제주도와 아이누의 영웅서사시 비교 연구〉

한국 민화에 대하여

◆ 인쇄 2000년 11월 1일   ◆ 발행 2000년 11월 4일
◆ 저자 손진태   ◆ 역자 김헌선 · 강혜정 · 이경애
◆ 발행인 이대현   ◆ 편집 이태곤   ◆ 표지디자인 홍동선 · 안혜진
◆ 발행처 역락출판사 / 서울 중구 필동3가 28-19(진성빌딩 306호)
　 TEL 02) 2268-8656 FAX 02) 2264-2774   ◆ 전자우편
　 YOUKRACK@hitel.net   ◆ 등록 1999년 4월 19일 제2-2803호
◆ 정가 10,000원
◆ ISBN 89-88906-62-4-93810   ◆ ⓒ역락출판사, 2000
 * 잘못된 책은 교환해 드립니다.